悟斋随笔

宋养琰 著

北京出版集团公司
北京出版社

图书在版编目（CIP）数据

悟斋随笔／宋养琰著． — 北京：北京出版社，2015.4
 ISBN 978－7－200－11232－0

Ⅰ．①悟… Ⅱ．①宋… Ⅲ．①散文集—中国—当代 Ⅳ．①I267

中国版本图书馆CIP数据核字（2015）第062048号

悟斋随笔
WU ZHAI SUIBI

宋养琰　著

*

北 京 出 版 集 团 公 司　出版
北　京　出　版　社
（北京北三环中路6号）
邮政编码：100120

网　　址：www．bph．com．cn
北京出版集团公司总发行
新　华　书　店　经　销
北京京华虎彩印刷有限公司印刷

*

787毫米×1092毫米　16开本　15.75印张　150千字
2015年4月第1版　2015年4月第1次印刷
ISBN 978－7－200－11232－0
定价：59.00元

质量监督电话：010－58572393

宋养琰简历

宋养琰，男，1925年10月15日出生于江苏省泗洪县，汉族，中共党员，1949年4月于安徽大学数学系毕业，1949年12月于华北大学教育系毕业，1953年于中国人民大学经济系研究生毕业。

1954年至1981年，在中国人民大学任教。1982年奉调中国社会科学院研究生院，1984年晋升为教授、研究员。在1983年至1989年期间，曾先后任该院经济学教研室主任、马列主义教研部（下设5个教研室）主任、院学报副主编、院学术委员会委员、院学位委员会及评委会委员、研究生院副院长、院党领导小组成员等职务。曾任中国经济规律研究会副会长和中国工经协会学术部副部长。现为中国社会科学院经济研究所研究员、教授，并为国内多所高校聘为客座或兼职教授，为国内多家大型、特大型企业和集团公司聘为顾问或高级顾问。

改革开放以来，主要著作有《社会主义制度的理论和实践》《社会主义经济理论讲座》《社会主义经济理论和实践》《市场学》《当代中国经济问题探索》《社会主义市场经济》《社会主义市场经济学》《中国企业家悲剧》《当代企业创新论》《企业的十大意识》《走出死亡的陷阱》《路漫漫兮而求索》《高增长中的冷思考》等；主编或参与编写了10多部著作；另外，还自编《养琰文选》，共13卷；先后在全国报刊上公开发表论文1000多篇。其中有不少著作和论文得到国内外广泛好评，有的被转载或再版，并多次获得政府、学术团体、学校的奖励，包括特等奖、一等奖、二等奖、三等奖等。1992年，被《经济学家》杂志评为"全国高产经济学家"。

2014年，被《企业家日报》和《经济学家》周报评为"2013年全国经济学人10位著名经济学家"。

宋养琰喜爱文学，文思敏捷、文笔流畅，常以散文形式见诸报端。

另外，宋养琰在理论探索和教学工作中，从不趋炎附势，不随声附和，不唯书，不唯上，不媚俗，治学态度严谨，注重求实，勇于创新。改革开放以来，一直活跃在学术阵地前沿，始终坚持改革开放，立场坚定，旗帜鲜明。1992年被国务院评为有突出贡献的经济学家，终身享受政府津贴。

已耄耋之年的宋养琰仍在孜孜不倦地学习着、思考着、工作着。

平生塞北江南歸來華髮蒼顏風霜未改幻身小龕穩如舡

學書中西東宮於譽風化
雨潤群倫巡天索地宏微
密稽古開金論辯新報國
甘為孺子牛修身常念聖
賢人藏心萬卷齊天樂翠
柏譽松不老春

证 书

宋养琰同志：

　　为了表彰您为发展我国<u>社会科学</u>事业做出的突出贡献，特决定从起发给政府特殊津贴并颁发证书。

政府特殊津贴第(92)492 0222号　　一九九二年十月一日

任命宋养琰同志为研究生院副院长

任期三年

院长 胡绳

(85)院任字第133号　　1985年12月3日

荣誉证书

[HONOR CERTIFICATE]

宋养琰 教授：

  在《经济学家周报》组织、举办的《2013·经济学人》评选中，荣获年度十大著名经济学家称号之殊荣。

  特颁此证，以资证明。

《2013·经济学人》评选专家委员会
《经济学家周报》编辑部
２０１４．５．２２

荣誉证书

宋养琰同志：

  荣获中国社会科学院第八届（2013-2014年度）健康老人称号。

  特颁此证，予以表彰。

中国社会科学院离退休干部工作局
二〇一五年三月

中国社科院离退休研究人员 课题
我的经济观
(2013—2014)
宋养琰
中国社科院离退休研究人员 课题
我的改革观
(2013—2014)
宋养琰
中国社科院离退休研究人员 课题
我的发展观
(2013—2014)
宋养琰

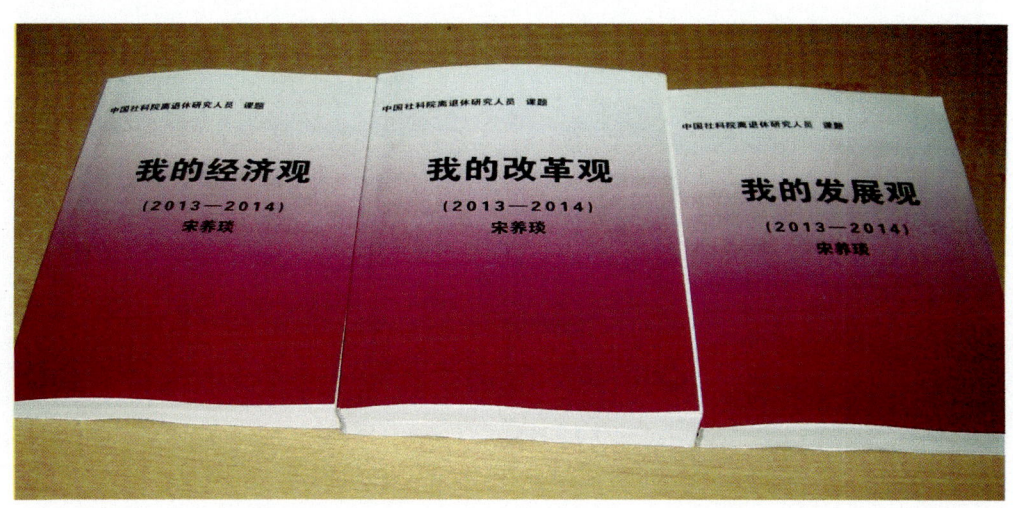

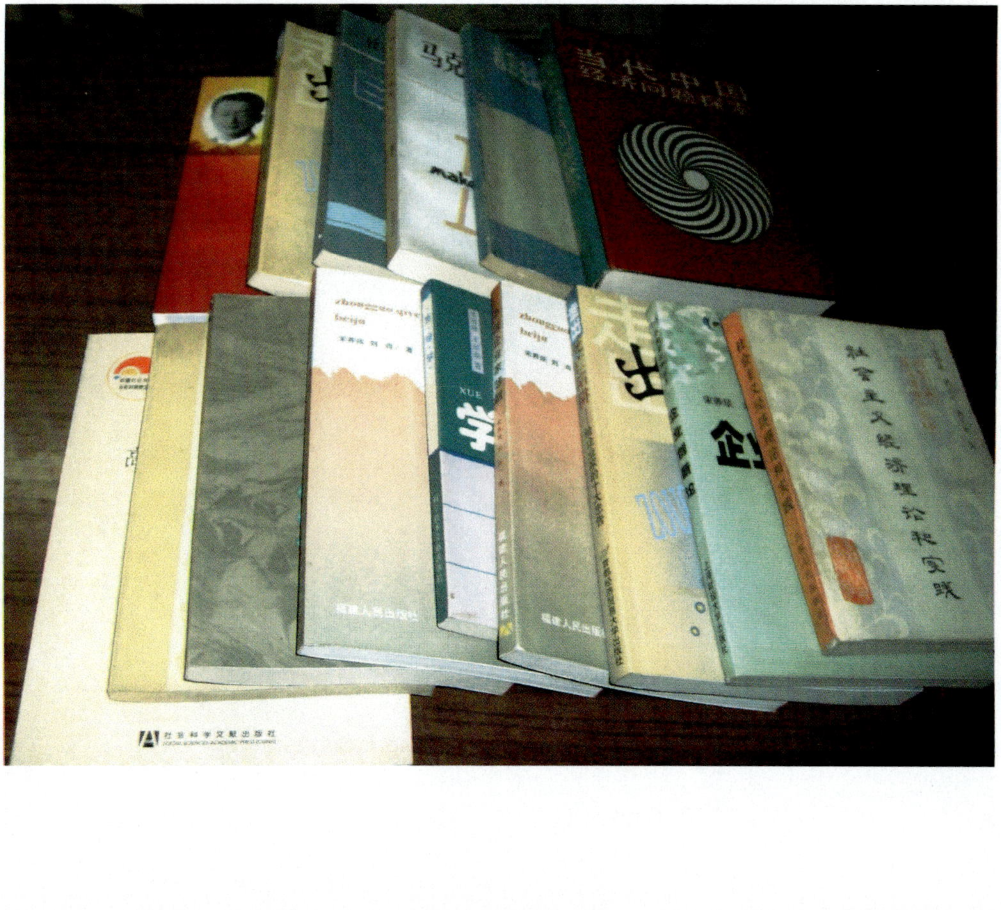
当代中国
社会主义经济理论和实践
福建人民出版社
社会科学文献出版社

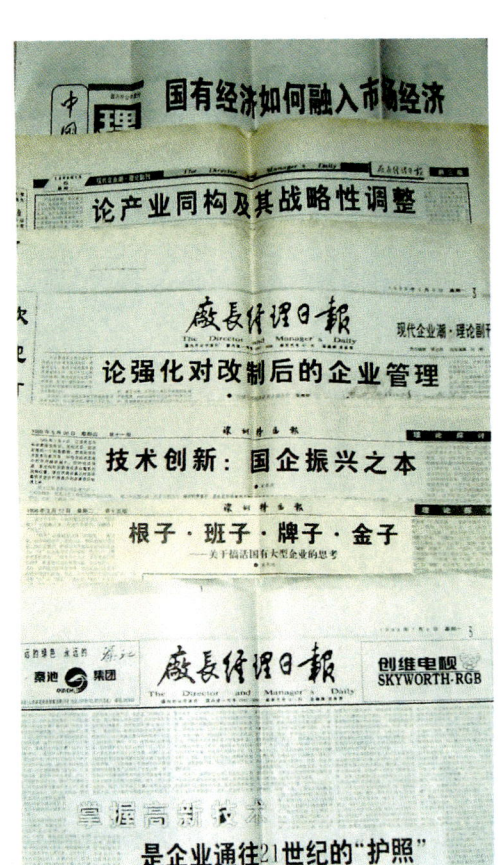
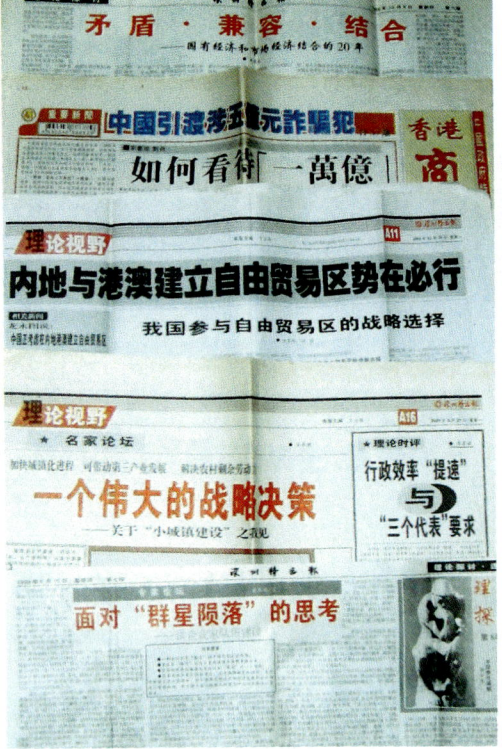

序

我不会写散文，但我喜欢散文。早在中学时代，出于对文学的爱好，曾学着写过几篇不像样子的散文，有的还发表在报刊上。后来进了大学，当了研究生，功课繁忙，又选修了数学专业，就不再写散文了。工作之后，整天忙于教学、课题研究、带研究生，文章倒是写了不少，也发表了不少，但多是经济或政论性的论文，再加上频繁地外出活动，一干就是几十年，慢慢地把散文淡忘了。

离休之后，工作轻闲多了，总想把过去曾喜爱却错过的东西寻找回来，这也许就是我今天再来学着写散文的主要原因。

另外，重新拾笔写散文，是基于我对散文有一种特殊的好感。散文，顾名思义是一种比较潇洒的文体，有别于诗歌、小说、戏剧等形式。秦牧在《海阔天空》中说，散文是"不属于其他文学体裁，而又具有文学味道的一切篇幅短小的文章"。它的主要特点是通过对现实生活中的某些事物或事件的片段描述，来释放自我的观点、感情。散文的语言不受韵律的限制，表达方式具有多样性，可叙述、可议论、可抒情、可描绘，也可将其融为一体，并有所侧重。散文可根据内容和主题的需要，对事物做形象描写，如心理刻画、环境渲染、气氛烘托等，也可像诗歌那样运用象征等艺术手法，创设一定的艺术意境。散文的形式多元化，包括杂文、短评、小品、随笔、速写、特写、游记、通讯、书信、日记、回忆录、史论、传记等。

比较地说，中文是世界上最美的一种文字，这种美在散文中表现得最为充分。比如月亮，在散文里可表现宁静、团圆、乡愁、浪漫、爱情，一提到月亮，就会想到嫦娥、吴刚等，淋漓尽致、惟妙惟肖。而在其他科学里，月亮只不过是一个能借太阳而发光的星球，庞然大物，冷冰冰的，光秃秃的，就没有那么可爱了。

总之，散文比较自由、灵活，能迅速而又自如地反映生活，所以我很喜欢。

写散文是今天的我十分需要的一种生活方式。今后肯定不会再经常走上讲坛了，不会再搞大部头的课题研究了，不会再去写那些泛论或政论性的文章了，更不会再去标新立异地著书立说了。闲下来的时间怎么用呢？或怎么去充实它呢？已经这把年纪，剩下的时间不多，总不能坐而待毙！更何况人生最怕的是空虚，空虚对尚有思维能力的人来讲无疑是一种折磨！所以，我想，在有生之年，还是随心所欲写点我所喜爱的散文为好。

在这本随笔中，我尝试性地选择了30余篇形式多样的、我认为较为可读的文章，其中包括乡愁、史论、读书随笔、人生感悟、游记、年记、祭文、回忆录、传记等。

书中文章大多在不同的报刊上或书中发表过，如今，我把它加以整编成册。初稿完成后，我掩卷沉思，全书朴素无华，没有任何波澜壮阔的历史画面，也没娓娓动听的现实描述，更没有悔恨和抱怨，因为它不是虚构的小说，而是经过时空过滤了的足迹，是逝去的年华！

人的一生中，无情的时光疾驰而过，漫长的岁月抹去了多少时代的印记。记忆的丧失或衰退是任何一个生命体在走向衰老过程中的必然现象，但仍有许多不平常的事情还会记忆犹新。我想，从一个较深的角度看，如果把这些仍在记忆中的，有的甚至已经尘封多年的东西打捞出来，别具一格地用文字表述，并公之于众，还是很有意义的。当然，在这里，也不完全是对仍记忆的东西的简单重复，而尽可能使之升华，将其提升到更高的层次，使之更具有可读性和传承性。

这本小书，名义上是讲自己的一些经历，但它不可避免地会反映出特殊时代的特殊背景。因为我个人的命运是与国家的命运息息相关的。所以，我在叙述任何一段尘封往事时，不论大小，细想起来，其背后往往总有大事存焉。

  此书并没有刻意去追求它的系统性和完整性，也不讲究文字的工整和华丽，纯属随笔之作，随笔者随意之笔也，它像和朋友促膝谈心或聊天，无拘无束，娓娓道来，畅所欲言。但对文中所叙述到的任何事物，我还是认真对待的，大都是在扎实回忆和思考的基础上（有时为了一些事情发生的时空和细节，反复调查求证，力求准确），并认真做好真实的文字表述。

  当你真的阅读了此书的全文时，你会发现，在全书的某些章与章之间，可能有少许几个地方发生文字、用语、观点的重复，其实，这并非我的粗心大意，而是因为这本书是已发表过的一些论文选编，为了保持其初次发表时的原貌，我不忍心对其删减，因而使之自行保留了下来。

  从全书看，虽然文字不多，我似乎感到，我的人生观、价值观、幸福观、生死观等，都在无意之中坦坦荡荡地呈现在读者面前，其中，如有不妥之处，只好恭请海谅了！

宋养琰
写于 2014 年 12 月

目　录

第一部分　故乡记忆 …………………………………………… 1
　　大柳巷：淮水之滨的桃花源 ………………………………… 2
　　我是故乡放飞的一只燕子 …………………………………… 8

第二部分　人生拐点 …………………………………………… 11
　　我是怎样从南京到北京的 …………………………………… 12
　　华大：一段不平凡的学习生活 ……………………………… 17
　　参加隆重的人大开校典礼 …………………………………… 22
　　苦度研究生涯 ………………………………………………… 25
　　初登大学讲坛 ………………………………………………… 34

第三部分　蹉跎岁月 …………………………………………… 39
　　在下放劳动的日子里 ………………………………………… 40
　　追思人大"五七干校" ……………………………………… 48

第四部分　三易门庭 …………………………………………… 59
　　执教师院：惊观风云激荡 …………………………………… 60
　　人大，我又回来了 …………………………………………… 66
　　还是去社科院的好 …………………………………………… 73

— 1 —

一段不平凡的办学历程 ·· 77

第五部分　书伴终身 85
　　悟斋:我的书屋 ··· 86
　　皓首更觉知识浅,老来正是读书时 ······························· 92

第六部分　命运和幸运 99
　　敢与命运抗争 ··· 100
　　重操旧业　返璞归真 ··· 106
　　我的幸福观 ·· 109

第七部分　祭奠亡灵 117
　　生死观和人生观
　　　　——哭方生 ··· 118
　　永远怀念宋养亮哥哥 ··· 122
　　方生十年祭 ·· 124

第八部分　岁月留痕 127
　　我的2012 ··· 128
　　我的2013 ··· 132
　　我的2014 ··· 138

第九部分　梅开二度 153
　　老树发新枝,梅花二度开 ·· 154

第十部分　域外纪行 161
　　云游散记 ··· 162
　　水下之城:阿姆斯特丹 ··· 164

漂浮海上的城市：威尼斯 …………………………………… 168
永恒之都：罗马 …………………………………………… 171
南半球之珠：悉尼 ………………………………………… 176
欧行归来的思考 …………………………………………… 181
旅美观感 …………………………………………………… 193

第十一部分　神州纪行 ………………………………………… 197
重游齐鲁大地 ……………………………………………… 198
青岛：胶州湾之珠 ………………………………………… 202
高原之珠：春城
　　——在昆明的日子里 …………………………………… 207

附录 ………………………………………………………………… 213
老树春深更著花
　　——访著名经济学家宋养琰教授 ……………………… 214

第一部分

故乡记忆

大柳巷：淮水之滨的桃花源

故乡永远是我魂牵梦萦的家园。时光用它的魔法将一切改变，如今，故乡已变得面目全非，但我仍然时刻怀念它。

迄今为止，在我的人生旅途中，到过淮河流域的许多农村，就自然风光和历史人文环境而言，还未见过有一处超越大柳巷。我作为大柳巷尚活着的为数不多的一位老人，之所以要作此文，除怀念我至今难以割舍的故乡外，还想就我的记忆，给当今及后人留下一些很值得参阅、备份和传承的资料。我记得有位名人说过："历史是什么？历史是过去对现在和未来的回声，是现在和未来对过去的记忆。忘记历史，等于背叛。"

淮滨之秀：大柳巷

我的家乡在历史上一直称为大柳巷，又叫梨柳乡，位于苏北泗洪县淮河之滨。梨柳乡，顾名思义是因密植和盛长柳树和梨树而得名。

忆往昔，每当春回大地，草长莺飞，柳树成荫，柳絮绽放，质轻似棉，色白如雪，随风乱舞，散落满地。随后，梨花竞放，花瓣硕大，花开繁茂，盛开时铺天盖地。特别是到了夏天，阳光透过树叶的隙缝，星星点点地洒落在路面上，伴随着宛转悠长的蝉鸣，整个乡村呈现出令人心驰神往的一派欣然景象。特别是柳树，一排排的垂柳沿着河岸伸展，银丝万条，垂入水中，是天然的防洪屏障。梨树，几乎家家户户都有，春华秋实，年复一年，成为当地农民的基础产业，每到收获季节，淮上商船来往于蚌（埠）巷（大柳巷）之间，络绎不绝，这里几乎成了闹市。因此，梨园的收入成为这里农民的主要经济来源。我曾想，这也许是我们先辈为了保护自然生态和美化家园并从中获取源源不断收益的最佳杰作。

大自然鬼斧神工，不知为什么，淮河流到这里自然形成一个分支，在河的北岸画了一个弧，把下游的这块不大的土地包围起来，形成一个不规则的环岛，形如椭圆，然后又合流而去。这个环岛东西长约15千米，南北宽约5千米，面积大约有150平方千米，似一个巷子，故人们自古以来都称之为大柳巷。凡居住在这个环岛里的老百姓，几乎家家户户都傍河而居。巷的中间是居民赖以繁衍生息的一大片比较开阔和平坦的沙土地，宜植小麦、大豆、红薯、花生、芝麻等。勤劳的大柳巷儿女常年在这里植树造林，种粮养畜，休养生息，使这里成为真正的鱼米之乡。

在我的记忆里，常年被流淌着的淮水环绕的那片肥沃的平原，从连成一片的被密植的梨柳所覆盖的茅草屋中不断飘散出来的袅袅炊烟，农田里行进着的步履苍凉的老牛，年迈的老父、老母，以及无数常年以农林业为生的乡亲们等，构成我对故乡永远难忘的轮廓、印象和特征。巷内农户也有贫富之别，但差别不大，据我所知，富者大多是勤劳致富，横行乡里、欺压百姓的人我从未看到。

环岛里的居民，可能因为自然、社会、历史等原因，又分为许多自然村落。村落像一串散落的珍珠分布在这条巷子里。我家位居环岛的南侧，名叫中门庄，我就是在这里喝着淮河水长大的。小时候，我经常在河边戏耍，或河里游泳，或捉鱼摸虾，或水中嬉闹，或打架斗殴，乐此不疲。

在我们的村落里，村前村后几乎布满了鱼塘，这些鱼塘大多是历代村民为了垫高宅基地挖土而成。鱼塘主要功能是养鱼，约定俗成地为集体所有。每到捞鱼季节，村民们约定好开塘日期。时间一到，村民们一哄而上，先把鱼塘里的水搅浑，鱼因缺氧而纷纷张开大口露出水面，村民们几乎全体上阵，各显神通，纷纷下水捕鱼。鱼塘里人头攒动，争先恐后，场面非常壮观。

这里，空气新鲜、清雅，没有嘈杂的人群，大家都能和睦相处。民风古朴醇厚，一切都显得自然、安谧、祥和！

每当日出，轻雾退去，淮水之上金光闪闪，碧波荡漾，近处水鸟翩翩起舞，点点渔船穿梭其上，景色甚是迷人！白日，经常可以看到悠远的蓝天，洁白的云朵，在日光的照耀下耀眼且斑斓，变化无穷！如遇好的年景，这里常呈现出如辛弃疾在《西江月》中所说的"明月别枝惊鹊，清风半夜鸣蝉。稻花香里说丰年，听取蛙声一片"的迷人景象。

到了"人约黄昏后，月上柳梢头"之时，特别是当火红的太阳缓缓落下的时候，常呈现出如白居易所说"一道残阳铺水中，半江瑟瑟半江红"的景色。我常独自一人，漫步堤上，享受这里特有的恬静、安详，欣赏月华如水、树影婆娑的田园风光。夜晚，淮上移动的船灯，闪烁在幽静的水面上，波纹微显，仰望天空，繁星点点，像散落了的无数纽扣镶嵌在茫茫的夜空中，好像离我们很近，如此可感而又可摸的景象，宛如进入梦境之中。

我觉得，当时的大柳巷有点像世外桃源。这里自然环境优美，经济条件也不错，堪称乡的楷模，曾一度被称为模范乡。

在这个乡里及其周围，长期流传着这样一个民谣："金泊岗，银戴阳，万年穷不了大柳巷。"（泊岗和戴阳是大柳巷附近的两个富裕小镇）为什么呢？据这里老人说，在以往的岁月里，特别在明初和清初，经过这里的老百姓世世代代的经营，筑堤围堰、修桥铺路、开荒种田、植树造林，沿河一带的确不止一次地出现过太平盛世的繁荣景象。

据考证，这里在历史上曾是严重的淮泛区，荒无人烟，人迹罕至。明太祖朱元璋时期，为了有限度地开发淮河流域，采取行政手段，实施移民政策，将人烟相对稠密的苏州、无锡一带的一部分居民迁来这里。据说这就是今天这里主要居民大户宋家祖先的本源。与宋家相似的还有李家、杨家等。1996年，我去苏州讲学，顺便对当地的宋氏家族做些调查，他们也认同和我们是同根同族。至今，有些辈分仍和我们相似。

抗日烽火中的大柳巷

1938年冬至1939年春，新四军来到了我们家乡，与国民党处于对峙状态，周围的大小城市又几乎都被日军占领，"天下三分"，刀光剑影，你来我往，成拉锯状，很不太平。1940年以后，新四军在这里建立了抗日根据地，大柳巷成了解放区。

1943年春，新四军四师师长彭雪枫的夫人林颖曾在大柳巷任指导员。同年3月，新四军在这个地区的斗争中取得了胜利，活捉了韩德勤，赢得了暂时相对的稳定，屯兵于这里的彭雪枫给夫人林颖写信，信中说："为了得到休息，为了一赏春光，约定了陈毅军长，还有范长江等人，日内到我们的风景区大柳巷的模范乡来。倘若无其他特别事故及时间充裕的话，准备在这里游玩两天，这是不可多得的福气！假如可能的话，想请你也来，在那里晤面，他们都想见见你！"

1943年4月，新四军代军长陈毅与四师师长彭雪枫、政委邓子恢，文艺工作者苏堃、新华社记者范长江一行，在泗南县县长张太冲等陪同下，到大柳巷试马春游，陈毅将军被这里赏心悦目的田园风光所陶醉，即兴以《大柳巷春游》为题写下多首著名诗篇。以其中3首为例：其一，"淮水中分柳巷洲，平沙绿野柳丝抽。春郊试马优游甚，难得浮生似白鸥"；其二，"为惜春残共举杯，番番（泥红）风雨苦相摧。人间好景随时在，满眼梨花锦作堆"；其三，"十里长淮步月迟，阑珊灯火启情思。旧歌不厌人含笑，抗战新声更展眉"。诗中"十里长淮""淮水中分""平沙绿野""满眼梨花"，都以画龙点睛之笔，如实而又生动地刻画了当时这里的迷人景色。将军赋诗，柳巷增色。时今，皖北乃至全国仍以此传为美谈。

抗日时期，为了培养人才，成立泗南县中学，校址选落大柳巷，陈毅代军长曾在泗南县中做过鼓舞人心的报告。为了培养抗日干部，新四军的淮北行署曾多次在宋家祠堂里举办过干部训练班。

在泗洪县大柳巷境内有一条绿树掩映、驰名遐迩的10千米的长堤，它和抗日名将彭雪枫的名字紧紧连在一起，人们称之为雪枫堤。雪枫堤是怎样诞生的呢？1943年8月，淮北大地连日暴雨，淮水猛涨，加之河堤残破，一天，淮堤大柳巷段决口，滚滚洪流像脱缰的野马，严重威胁着堤内上千农户、两万多居民以及驻扎在这里的抗日将士的生命财产安全。此时，彭师长正在开军中的卫生工作会议，当他听到水情报告后，立即率全体与会人员并号召附近官民以及泗南县中师生奔赴现场，毫不迟疑地带头跳进水中，组成人墙，拦截咆哮的洪水。随即，当地的干部和群众纷纷从家中抬来木板、柴草，堵住了洪流。从下午1点干到天黑，又从天黑干到天亮，身患胃病的彭师长一直泡在水里。随后，彭师长率领官兵和当地群众加固这段河堤，又奋战了20余天。1945年1月，淮北行署应人民的要求，把淮堤大柳巷段，命名为雪枫堤。由此，雪枫堤成为保障大柳巷人民群众的生命财产安全的人工屏障。堤在人情在，如今，大柳巷人民无不时刻怀念雪枫同志。

新中国成立后，按照国家"一定要把淮河治好"的方针，为了拓宽河床，把淮堤的大柳巷段北移加固。今天的淮堤固若金汤，已非往日可比了。

功不可没的大柳巷小学

说到大柳巷，不得不提的是，有一所坐落在梨柳丛中的当时只有几间破旧茅屋组成的小学——大柳巷小学，后来曾一度更名为梨柳乡小学。这所小学是1933年由大柳巷的开明人士宋夕寿出资并主持创建的。后在当地知名人士宋汝任、宋心田、宋心培、宋养洁、宋养兰、杨博和等人的精心呵护、培育下发展起来。我是在这所小学里开始接受启蒙教育的，因而它成了我的第一个母校。不要小看这所不起眼的学校，抗日战争和解放战争时期，有许多新四军的领导，如陈毅、彭雪枫等先后到这里视察和指导。今天看来，正是这所小学，对抗日战争和解放战争的胜利，做出卓有成效的贡献，为人民立下了汗马功劳。《泗洪县志·人物志篇》"人物传"

中记载，中共党政军干部及各类高级知识分子、文化名人及国民党高层人士30多人。从大柳巷小学走出去的有新中国的部长，还有研究生院院长、教授、研究员、博士等。

新中国成立后，大柳巷小学几经盛衰，有人为的因素，也有自然的因素。我总希望，像这样功不可没的大柳巷小学，不能轻易地就让它淡出人们的视野，消失在人们的记忆之中。盼望有关当局或权威部门及人士，伸出援手，救救大柳巷小学。

我是故乡放飞的一只燕子

一方水土养一方人。我在这里度过了宝贵的童年和少年时期。如今,我经常在想,无论我浪迹何方,身居何处,我只是故乡放飞的一只燕子,是永远不会忘记老巢旧窝的。

在这段时光里,我还在考虑,故乡究竟给了我什么呢?它不仅给我以生命,而且赋予我刻苦耐劳、坚韧不拔的性格和奋发向上的精神。故乡之情,涵盖乡情、亲情、友情,特别是父母之爱,就像金色的阳光,永远温暖着我,激励着我,我将永刻铭心,永世难忘。至今,虽然已过去了大半个世纪,可是,故乡的每一块土地,每一个池塘,每一条沟壑,每一户人家,每一个鲜活面孔(指当年的老人、大人和小孩)和每一桩往事,甚至一草一木,仍记忆犹新,并经常浮现在我的思念之中。

人老了,病多了,怀旧情绪倍增,经常清晰地在梦中看到家乡的梨花柳絮,似乎还闻到故乡的泥土味儿!

故乡的土地似乎有一种强大的力量,它时刻在召唤着我:"回来吧!孩子!"

当父母还在世的时候,按照"父母在不远游"的习俗和我对故乡的怀念,我几乎每年都要回乡一次,聊表思念和孝敬之心。在回乡期间,我最喜欢的是和乡亲们聊天,特别是和一些老人们聊天,因为老人们对家乡近几十年的沧桑变化了如指掌。自从父母过世后,回老家的机会越来越少,回老家的周期越来越长。每次回到家乡,乡亲们仍总是笑脸相迎,家乡的一切都是亲切的!虽然老了,但怀乡之情依旧,因为故乡是我的血脉之源、生命之根。如今,遇上年关,再回到家乡,能承受我磕一个头的人几乎没有了，而给我磕头的人越来越多，我已成了老字辈了。

"风流总被雨打风吹去"。如今，时过境迁，梨柳不存，更名为四河乡。四河，顾名思义四面都是河，像个环岛。

每回到家乡，我总愿在自家门前徘徊，想想过去，看看现在，为好多东西都流逝了感到忧伤，因为家乡这片远离城市的净土已经被现代化的车轮吞噬！但又感到，往日的流逝是很自然的，正因为感到有流逝，才证明了我还活着！

这里值得一提的是，在20世纪末特别是改革开放前的年代里，每当在我回家之时和回家之后的耳闻目睹，总使我久久不能平静！我老在想，解放那么多年了，城市发生了翻天覆地的变化，为什么很多农村（包括我的家乡）面貌依旧，或变化很小，有的甚至倒退，农民的生活还是很苦？

难道这里的农民智商不高、干劲不大，或地缘环境不佳？恐怕都不是。如今，在我看来，主要是这里的农民同苏北其他地区的农民一样，和苏中和苏南农民相比，缺乏一种致富的意识，即商品意识和市场意识。俗话说："无商不富"，是有一定道理的。在今天的社会里，光靠农业劳动或农业生产（特别是落后的农业劳动和农业生产）是很难摆脱困境的。

除此之外，在那些年代里，农民负担太重也是重要原因之一。一代又一代的乡官，横行乡里、贪敛钱财、欺上瞒下、横征暴敛、鱼肉百姓，老百姓敢怒而不敢言。

最使我感到难过的是农村教育特别陈腐和落后，就以我们的那个功不可没的母校——大柳巷小学来讲，新中国成立后一直到20世纪六七十年代，越办越糟，学生越办越少，从几百人办到只有几十人，从完小办到只有初小，教师纷纷离去，校舍破旧不堪，都成了危房。到21世纪初，即2003年和2004年，听说有的主政乡官一心想把它取消或合并到其他小学。这一切，都使我看在眼里，痛在心里！

改革开放前，每当我回到家乡时，静观滔滔而去的已经污浊了的淮水，带着漂浮的杂物，不禁使我更进一步陷入沉思之中：共产党有能力打下江山，就一定有能力惩治这群祸国殃民的贪官，根除社会里种种不良风气！水平如镜，无时不在反映着历史的沧桑！

改革开放后，形势发生很大变化，特别最近几年，政府做了很多的工作，如倡导科学发展观，实现一系列惠农政策等，再加上苏南对苏北的大力支援，据了解，光泗洪一县，每年就受惠4个多亿，家乡面貌大为改观！去年，我再回到农村，呈现在我眼前的，已经不是往日的旧农村，而是一个正在逐步走向科学、文明的社会主义新农村，我为此而兴奋不已！

细数年华，我离家已经70多年了，移居北京也已60多年了。按理说，耳濡目染，脱胎换骨，我早已成了大都市的人了，成了大半个"老北京"了。然而，不知为什么，在我的性格上、作风上、行为上、思想上、心理上、谈吐上等，似乎仍残存着不少乡土和农民的习气，小富即安、急功近利、目光短浅等思想也或多或少地存在着，这大概就是禀性难移的缘故吧！俗话说："儿不嫌母丑。"家乡再穷，毕竟还是我永远难以忘却的故园！我始终认为，人的一生最美好的地方，还是他第一次走出来的地方。

乡情是很可贵的，古今多少文人墨客讴歌乡情，如"故乡明月在，何时照君归""举头望明月，低头思故乡"等。

有一年，与乡亲在京聚会，打开一瓶我多年收藏的双沟大曲，那浓浓的醇香飘散屋内，久久不能散去，我体会到这意味着乡情浓厚！

2010年，回乡探访。在我将要返程前的夜晚，我独自一人漫步河畔，仰望天空。故乡的明月就停泊在我的上空，好像特地走来迎接我这个远方归来的游子，甚至我走到哪里她跟到哪里，星星也全都跑出来了，无不笑脸相迎！这时，天空如此明亮和洁净，使我看到60多年来在北京从未看到的大熊星座，看到星座中的像蒙娜丽莎的微笑一样神秘的北斗七星，我得到了空前的享受！如今，我虽然老了，却仍能温习到儿时的一切，我仿佛又变成很久很久以前的那个孩子！

"去北国，倍思乡，京城何处植桑麻？"

故乡，再见！故乡，我还是要回来的！

记得几年前，在我回乡扫墓时，回首流年，曾有过这样的感想："身居北国六十春，碌碌无为愧此生。胸怀故土江淮秀，梦入童年情谊真。"

第二部分

人生拐点

我是怎样从南京到北京的

抉择时刻

记得有一位智者对我说过:"人在路上,会遇到许多难以想象的岔口,只要走错一步,就可能延误终身,甚至粉身碎骨。"

1949年4月中旬,新中国成立前夕,我正在安徽学院(当年改制为国立安徽大学)读书,学制4年,面临毕业考试。按说这应是一个高兴的日子,因为大学毕业,即将走向社会,去开辟新的天地,迎接人生又一个崭新的历程。

可是,正是在这个时候,国共两党处于决战时刻,大江之上炮声隆隆,人民解放军势如破竹,逼近长江北岸,国军败退江南。当时,我清醒地感到,摆在我面前的有3条路:一是跟随国民党去台湾,走逃跑之路;二是就近或就地择业,走听之任之之路;三是渡江"北上",投奔中国共产党,走一条新生之路。这是客观形势发展所形成的我们任何人只能面对而不能改变的现实。

面对这种现实,我们能不能在其中有所选择呢?我想是可以的。当时最大的问题是如何选择,选择哪条路。这时,我深知这样一个道理:如果方向选错了,前进就是倒退。所以我必须慎重而又果断地做出决定并付诸行动。

当时,我还感悟到,人生的道路本来就不长,必须走好和把握好关键性的几步,特别是在险要和拐弯的地方。因此,我权衡再三,并当机立断，义无反顾地决定走"北上"的道路。所谓"北上"，就当时而言，就是马上离开芜湖，取道南京，直奔北平。我敢做出这样的决定的理由很多，但起决定作用的有3条：一是国民党大势已去，日薄西山，奄奄一息；二是共产党正旭日东升，蒸蒸日上；三是从世界潮流上看，二战后的共产主义运动正在蓬勃发展。

同时，我还进一步意识到，"北上"对我来讲，也许是一个非同小可的转折，它可能直接关系到我一生的价值定位和事业取向。形势迫使我进一步感到，只有这样，才能真正步上正道。因为这不是走向倒退，而是走向进步；不是走向黑暗，而是走向光明；不是走进死胡同，而是走向一个别开生面的大环境，迎合时代的大趋势。

人们常说人生有拐点，也许我的这个决定，就是我一生所遇到的第一个足以决定命运的拐点。

人在路上

做出决定之后，我立即安下心来，细心考量旅途中的艰辛，并设法筹措一些必要的盘缠，准备上路。在此期间，一切行动都处于绝密状态，防止有人从中作梗，甚至搞风险或破坏。这时我真的感到我成熟了，懂得怎样用自己的智慧去考虑人生的大问题，用勇气去克服困难，不作声，不张扬，细心地避免不必要的风险。后来，据我所知，在当时的安徽学院几千名师生中，有这种想法的只有我一人，想走这条"北上"道路的也只有我一人。

同年4月底，解放军刚刚渡江，我与北平有关方面取得了联系，并通过地下党组织的介绍，提着跟随我多年的一只破皮箱，里面只装有我仅有的两件打了多块补丁的换洗衣服，只身一人，毅然决然，悄悄地由芜湖匆匆地上路了，先到南京，准备向着正前方——北平进发。走后的第三天，周围原本与我朝夕相处的同学因不见我的踪影，互相传说我已被"蒸发"了！

渡江的那天是五一劳动节，正是国民党飞机大肆轰炸刚解放后不几天的南京。我毫无畏惧，搭乘一艘民用的渡船，大模大样地渡过长江到浦口，紧接着由浦口步行到蚌埠。由浦口到蚌埠，大约200千米，紧赶慢赶，走了4天，一双破旧的布鞋磨穿了，脚后跟磨了好多个血泡，有的已经破裂，流着鲜血，疼痛难忍！我在蚌埠停留3天，主要是为了医治脚伤，处理一些必要的事务，看望几位老同学和老朋友，然后又徒步去徐州。从蚌埠到徐州约150千米，又走了3天。徐州是淮海战役的中心，硝烟还未散去，"残军留废垒，瘦马卧空壕，村郭萧条"的惨状仍到处可见。由于此处为是非停留之地，经过多方设法，好不容易才搭乘军用货车去济南。在去济南的路上，不知为什么，车子走走停停，停停走走，又花了3天多的时间。

在济南期间，因办理进京手续和拜访由延安首批来到济南做接管工作的张淑华同志，在济南又逗留了几天。在济南期间，淑华同志引导我游逛了济南名胜大明湖和趵突泉。战后的济南，虽值春天，但风光已经不在，游人稀少，湖面上漂浮着许多垃圾，岸边杂草和野花丛生，周围的怪味袭人。潺潺的流水，伴随湖上的凄风苦雨，似乎在不停地泣诉着战争的创伤和战后的苦衷！

大约是5月26日，由淑华同志介绍，我乘坐军用汽车到达天津。到天津时，最使我感到无奈的是盘缠已经花光，囊中羞涩到分文无存，连买口水喝的钱都没有。再加上在天津举目无亲，求助无门，不知如何是好。这时，我才切身体会到什么叫真正的无产者。

实话实说，当时，我是用极大的耐心、毅力和勇气，拖着疲惫不堪的身躯，饿着肚皮，步履蹒跚地走进北平的。北平的5月，乍暖还寒，特别是晚上，冷气阵阵逼人。我到北平，正是晚上9点，饥寒交迫，实在寸步难行，只好在前门外老火车站冰冷的地面上凄惨地躺卧一夜。

5月28日，在好心人的指点和帮助下，好不容易到了北平王府井南口，找到原先联系好了的地点、机关和人，这才算一块石头落了地。

当天，经团中央（新民主主义青年团中央）接待处的介绍，住进坐落在王府井北头的华北大学招待所。这个招待所给予我们的是管吃管住的共产主义优惠待遇。此外，还免费提供洗漱用品。

正是这一天，在招待所里，结识了来自台湾大学的几乎同我命运相同的方生。在以后的岁月里，方生和我又似乎结成命运共同体，同时走进革命阵营。

到了目的地后，不由自主地要回头看看：一路之上，因为铁路和公路都遭到战争的破坏，大半的路程都是靠一双不屈服的腿和脚一步一步行走的。我所见到的，除了车辚辚马萧萧的百万大军以排山倒海之势南下外，还有就是山河破碎、满目疮痍的故国！这时，我明确意识到，一个崭新的中国，能够在战后的废墟上迅速崛起，这是时代赋予中国工人阶级及其政党——中国共产党的历史使命和重任。正如古诗上所说："国破山河在，城春草木深。"

古都新貌

我记得，到达北平的第二天，在招待所里做了一些休整，吃顿饱饭，洗洗澡，换换衣服，就利用学习或工作尚未安排之机，独自一人游览了故宫。接着又在以后的几天里，游览了天坛、地坛、中山公园、北海公园、劳动人民文化宫、颐和园、前门及天安门等名胜古迹，这进一步使我感到，北平的一切，无不在夸耀着过去的中华民族是一个无比辉煌和无限高尚的民族。

总的来说，我所见到的这块热土——北平，虽历经多次炮火洗礼，满目沧桑，仍不失它固有的古老、伟大、庄严、慈祥的面貌，它像百年古柏，苍劲而有力！解放后，春天来了，显得格外生机勃勃，热气腾腾！

解放后的北平，像温暖的春风，给沉睡了多年的神州大地带来新的希望；像一盏明灯，把黑沉沉的夜空照亮！

解放后的北平，是高歌猛进的年代，是胜利的年代，到处是欢呼，到处是力量！

解放后的北平,吸引了无数热血青年的目光,温暖了无数华夏儿女的心灵!

那时的北平,如火如荼,如梦如幻,如痴如狂!

那时的北平,人人充满希望,憧憬未来,人民生活在崇高理想和远大抱负之中!

那时的北平,视物欲为邪恶,以奉献为崇高,处处体现助人为乐的精神!

那时的北平,到处都有毛主席挥舞手掌的画像,毛主席指到哪里,就打到哪里,打到哪里,就胜到哪里!

当我投入她的怀抱时,顿感无比的温暖、欣慰、兴奋,油然而生一片赤子之情,满怀报国之志。

多余的话

与此同时,我不由自主地也产生一些似乎多余的想法。在中国吏制史上,开国打天下,莫过于有赖于张扬武功,而治理天下则有赖于善谋文治。所谓"文武之道,一张一弛",自在情理之中。乱世兴武,盛世兴文,齐家治国平天下,历来如此。今后的中国,能不能做到这一点呢,我将乐观其成。

此时,我仍相信,中国共产党不仅能打天下,而且定会坐天下。中国共产党人,个个是文才武略兼而有之。我确信,不久的将来,他们一定会把贫穷落后的中国领上强大之路,令其成为一个生机盎然、富强康乐的伟大中国。

我无比期待着这样一个强大中国能够早日到来。

华大：一段不平凡的学习生活

到北平后，雄心倍增，我原本想报考清华大学或北京大学数学系研究生，继续深造，争当一名今后能有所作为并报效祖国的科学家。但因形势发展的需要，只好改变初衷，后经堂兄宋养初（当时他是新民主主义青年团中央秘书长）的推荐，并通过考试录取，就读于华北大学（简称华大）教育系。

华大历史悠久，1948年2月由华北联合大学与北方大学合并而成。华大的规模很大，有17000多人。除本部（总部）外，下设3个分部，本部在北京，一部在正定，二部在北京，三部在天津。华大有优良的革命传统，是育人的好地方，是改造人的大熔炉。首任校长是延安五老之一吴玉章。

我是二部三分部的学员。三分部坐落在北京市东城区安定门内国子监胡同内。国子监胡同原名成贤街，后因胡同内有国子监而改为国子监胡同。国子监是元、明、清3代封建王朝的翰林院所在地，是皇帝的太学堂，即最高学府，建筑雄伟，气势磅礴，是人杰地灵的风水宝地。孔庙及其碑林也在附近。当时，我曾想过，要不是天下大变，我们这些人怎么可能到这里来读书呢？

在这里，我们读的书有《中国共产党党史》《新民主主义论》《论联合政府》《论人民民主专政》《社会主义由空想到科学的发展》《社会发展史》《辩证唯物主义和历史唯物主义》《人民群众在历史中的作用》《简明哲学》等。除此之外，还经常有中央要员或政府首长来为我们做专题报告或讲革命大道理。我们的老师，大都是来自革命圣地——延安的党内大知识分子和著名的革命活动家，如教育家、文学家成仿吾，哲学家艾思奇、何思敬，历史学家何干之、范文澜、胡华，地理学家孙敬之，经济学家苏星，等等。更可贵的是，这些大师都有渊博的知识、严谨的治学态度、高远的理想和求实的精神，从不居功自傲，谦虚谨慎，以普通教师的身份为我们释疑解惑，平易近人。他们的精神，极大地启发了我的心智，拓展了我的视野。

我在华大虽然学习时间很短，只有5个半月，但收获很大，使我懂得了许多革命道理，进一步明确了我的人生走向。

还值得一提的是，我们班主任丁守和同志，农民出身，与我同龄，是班上唯一的党员，他为人憨厚、活泼正直、勤奋好学、精明强干、平易近人，在我与他相处的短短几个月中，的确从他身上学到不少对我终身受益的东西。

班主任丁守和还兼任团支部书记，同年，他介绍我加入了新民主主义青年团。就当时而言，入团对我来讲是一件了不起的大事。当时我们班上共有50多位学员，25岁以下的学员不到10人，我是较早加入团组织的。与我先后入团的还有好友王桂芬、孟昭华等人。丁守和把很多的教学辅助工作交给我们来做，还时刻关心着我们如何做事和做人。

使我感到更有意义的是华大那一段带有戏剧性的不平凡的生活。华大的学员来自五湖四海，涵盖了社会的各个阶层，有各级政要，有军官（包括将军），有青年学生，有教育、体育、文艺、文化工作者等，但大都是来自国统区的知识分子，到这里来的目的是自觉自愿地接受改造，投奔革命，迎接新生。

那时我们享受的是清一色的供给制待遇。所谓供给制就是生活必需品统由上级特定的部门供给，与商品和市场基本绝缘。这种生活境界，真有点像柏拉图的理想国。生活极为简朴：一日三餐，粗茶淡饭；一个星期改善一次伙食，即大都是饱餐一顿非常难得的红烧肉（比今天酒席宴上的山珍海味还过瘾）；穿戴的是由组织上统一配给的一套浅灰色的旧军服、军帽。据说，旧军服都是从阎锡山仓库里缴获来的，男女一样，上下平等。

开始大家不愿穿,后经说服教育,也就接受了。当时,每人身边唯一常备的"武器",即生产(生产知识)和生活必备的资料,就是用木条和草绳非常简单地组装起来可随身携带的马扎,吃饭、工作、学习都离不开它。睡的是通铺,即大伙儿躺在一起,每人所占的面积不到2平方米。除此之外,几乎再没有其他任何的财产了,我们似乎也不太需要其他的任何财产,对这种现状很满足。我暗自揣想,这也许就是我们苦心追随的共产主义的雏形吧。

如此人生,我们并不感到寒酸、困惑和羞愧,相反倒觉得挺神气、挺充实,每天伴随我们的是歌声和笑声,无忧无虑。

那时,人与人之间都是同志关系,是那样简单、清晰、友好、和善。虽然物质条件十分简陋,但人人心中充满阳光,拼搏向上。

我还清楚地记得,当年的7月1日,为了庆祝党的生日,早上3点钟起床,我们踏着有节奏的旋律,以整齐的步伐,从国子监出发,途经东单、王府井、天安门、前门,行程10余千米,历时3个多小时到达目的地——先农坛主会场,一路上歌声未停。我曾想,人们之所以这么有激情,可能是因为每个人都确信自己是了不得的胜利者。

更使我终生难以忘怀并引以为荣的就是十一国庆节那天,组织上安排我们在天安门城楼下金水桥上当标兵,参加开国大典。主席台就在离我们50米左右的天安门城楼上,党和国家领导人的笑脸均清晰可见。天安门前的广场是红旗的海洋,气势磅礴!按上级规定,我们早上7点来到这里,各就各位,一直站在设定的不到1平方米的框框里,在框里,可转身,不可越线。临行前,领导一再强调,这是一项严峻的政治任务,要确保安全,只能做好,不能做坏。直到下午5点多钟,在长达10多个小时里,我们都毫无倦意,可以说始终处在极端兴奋之中。几十万人的游行队伍浩浩荡荡从面前走过,有气壮山河之势!那时,天安门前两侧的长安街上,还有东西两个三座门,所以队伍行进到此不得不有分有合。当时,我亲眼看到并聆听毛主席在天安门城楼上庄严宣告:"中华人民共和国中央人民政府成立了",声音是那么简洁,那么有力,那么响亮,那么威风,那么气贯长虹！又是那样地震撼着世界！

这一天标志着中国共产党领导的革命取得了彻底的胜利，中华人民共和国正式建立，所有热爱祖国、热爱自由、热爱民主的人无不由衷地高兴，认为中国人民从此将彻底告别过去，告别半封建半殖民地的旧社会，告别贫穷、落后和愚昧，告别一切灾难；人民可生活在自由、民主、平等、博爱的社会环境之中，个人价值和尊严将得到尊重，个人潜能将得到充分发挥和实现。

之后，我时常在想，我们已经开始走上新民主主义的道路，而后还有更神圣的事业要做，更长的路要走，如建设社会主义和无比美妙的共产主义。

我甚至还想到，如今世界上只有苏联一个社会主义国家，我们有苏联这个样板，有毛主席的领导，我们一定有更美好的明天。如果我们倍加努力，有可能在不远的将来，赶上苏联，与苏联并肩战斗，然后再把全世界都推上社会主义大道，实现世界大同和一片红。

现在回想起来，什么叫异想天开？这就是异想天开。恐怕在我的一生中，只有在这个时候，在这种情况下，才会有这种异想天开的想法。这种想法虽然是虚幻的，但却是纯真的，一点虚假也没有！现在看来，所有这些想法几乎都纯属空想。

现在回味华大这段生活，虽然很艰苦，但也很幸福，很有意义，很自豪！因为那个时候的每个同志都有一颗由革命热情而激发起来的滚烫的心，都有一个为之而奋斗不止的并认为可以很快实现的伟大理想——共产主义，我们似乎都成了坚定不移地为共产主义而不懈奋斗的坚强战士，是彻底的革命者或无产者。

1949年11月，我从华北大学二部三分部教育系毕业后，无条件地服从组织分配，又转入俄文大队继续学习。

俄文大队是介于华北大学和中国人民大学中间的一个过渡性的集结体。因为当时华大停办了，人民大学还未成立，为了安排由华大留下来的几百号人的学习和生活，俄文大队便应运而生了。它是适应形势发展的需要而特设的临时性的学习组织，顾名思义是专门学习俄文的。学俄文，又与一般学校不同，基本上过的是集体性的军营生活，仍实行供给制，所以叫俄文大队。

俄文大队的地址是铁狮子胡同3号，一个很大的院落，此处据说原是清王府，后来成了宋哲元的府邸，内部装饰十分讲究，气派非凡。院内有前后两间正房，两边配有偏房，还有花坛。在这里学习，真是天赐良机；在这里生活，也有一种人间天堂之感。

在这里执教的都是苏联教师，他们对教学要求很严，单词要背，发音要准，文法要通，既要求会听、会说，也要求会写，单门独进，进度快，速学速成，全力以赴。像我这样缺乏学外语天资的学生，虽然学习异常勤奋，但在班上学习成绩至多是中等水平，学习5个月之后，已能简单地进行语言交流，并勉强能抱着字典看俄文版的《资本论》了。

办俄文大队的目的是为了培养俄文教师、翻译、留学生和为即将成立的人民大学准备生源。当时队里除从华大选留200名学员外，还从全国各地新招收来大学毕业生200来人，共有400多名学员，分编5个班。我是第二班学员。

5个月过去了，俄文大队举行毕业典礼，并宣布每个学员的分配去向。从总体上看，除少数留学苏联、东南欧社会主义国家外，绝大部分都奉命转入正在组建的中国人民大学，有的当老师，有的当学生，成为人大初创时期的可靠班底，还有少数被分配到其他部门，主要是政府机关当俄语翻译等。

参加隆重的人大开校典礼

新中国成立后,中共中央和中央人民政府为了改造旧教育、发展新教育,培养革命和建设所需要的人才,决定以华大为基础,成立中国人民大学。并任命原华大校长、党内元老之一吴玉章为校长,著名的老共产党员、教育家胡锡奎和成仿吾为副校长。校址初步选定为铁狮子胡同1号,通称"铁1号"。"铁1号"在现代史上是一座具有特别神奇色彩的建筑群落。它最早是清王府,是一片由外国人设计的巴洛克式的楼房。清光绪三十三年(1907年)为清政府的陆军部和海军部。1912年袁世凯把总统府和国务院设在这里。1926年"三一八"惨案也发生在这里。门前的两个奇大无比、威风凛凛的铁狮子当为这段历史铁的见证,铁狮子胡同也因为有这两个铁狮子而名扬后世。1924年,这里是北洋军阀段祺瑞的执政府。1928年"铁1号"改为国民党卫戍区司令部。1937年,日军侵占华北时,它又成为日本关东军派遣军司令部,冈村宁次的大本营。1945年日本投降后,国民党接管,以楚溪春为主席的河北省政府设在这里。1949年后,"铁1号"才回到人民手里。如今,人民大学在这里安家落户,实在意想不到。

1950年10月3日,人民大学开校典礼是在"铁1号"西侧非常简陋的土面大操场上举行的,主席台是用木头临时搭建的,坐北面南。主席台上的布置也非常简单。那天已是初秋季节,但阳光明媚,风和日暖,好像大自然特别为今天的会议安排一个尽如人意的好环境。会议由吴玉章主持。中央人民政府副主席刘少奇、朱德、张澜,秘书长林伯渠,教育部部长马叙伦,委员何香凝、司徒美堂、徐特立、谢觉哉等,政务院副总理董必武及各部、院、署领导都参加了这次盛会。参加这次开学典礼的还有北京各大学校长、各地少数民族代表、苏联专家和其他来宾及全体师生员工，共4000余人。

在开学典礼上，刘少奇代表党中央、国务院首先发言："中国人民大学是我们中国第一个办起来的新式大学，在中国历史上没有过的大学，中国将来的许多大学都要学习中国人民大学的经验，按照中国人民大学的样子来办。"在谈到中国人民大学的发展方向时，刘少奇生动地描述了我国进行社会主义经济建设的远景，并提出中国人民大学目前各系设置的课程正是为将来的需要做准备。他还要求，领导要把学校办好，老师要把课程教好，学生要努力把学问学好。少奇同志的讲话，对全校师生员工是一个极大的鼓舞。会议开得非常隆重。我们是作为人大成立后的首批学员参加这次大会的，并坐在前排，亲临其境、亲目所睹、亲听教诲，实感荣幸！

第二天，《人民日报》以《新中国的第一个新型正规大学中国人民大学举行开学典礼》为题，报道了中国人民大学开校典礼的盛况。

历史赋予了这座学校以最高荣誉的称谓——中国人民大学。中国人民大学是由"中国""人民""大学"3个关键词所组成的复合体。"中国"是我们的祖国，是至高无上的政治、经济、文化实体；"人民"是我们的父母，养育了我们，我们要终生为其服务；"大学"是科学的最高殿堂，是培育高等人才的摇篮。中国人民大学集中华民族之精华于一身，体现高大精深的形象。新中国成立后，党中央之所以马上要成立中国人民大学，其意义深寓其中。

有人说："人民大学是共和国的嫡子。"此言并不为过。当时，在全国高校集群中，它的排头兵位置是任何其他学校无法替代的。这时的人大，汇集了一大批全国一流的社会科学家，如何干之、艾思奇、胡华、尚钺、何戊双、陈唯实等人。

俗话说："先打锣，后开张。"而人大是"先开张，后打锣"，在人大的开校典礼举行之前，我们早已在人大学习了。

1950年2月，即在人大举行开校典礼的前8个月，我在俄文大队毕业后，随其中一部分人一起被分配到人大经济计划系第五班政治经济学专业，继续学习。当时，我有点想不通，因为我感到，我大学早已毕业了，为什么还要再回炉呢？那个时候，讲究一切服从组织安排，我选择了无条件地接受。在理论班里，老、中、青年都有。"老"指的是些年轻的"老干部"，还指来自延安的干部；"青"指的是刚高中毕业的一些青年学生，考入或被保送进入人大；我们是处于中间层，不上不下，不"老"不"青"，是从华大直接转入人大的，是人大的班底，大约有400多人。当时，班上的领导权，如党支书、团支书、班长，都由"老干部"来担当。我记得，当时的班长和支书是由颇受大家尊重的曹国兴兼任的，张佐友为副班长。

在这个班里，我们主要学习《联共（布）党史简明教程》。这本书在社会主义国家具有绝对的权威性，内容简明扼要，概述了联共（布）党从建党开始一直到十月革命取得胜利及进行社会主义建设的全过程。书中还阐述了一些马列主义经典著作，所以当时被誉为马列主义的百科全书。此外，还继续学习俄文和其他一些马克思列宁主义重要著作。

这一段的学习收获不是很大，因为这时社会活动很多，如参加青年团北戴河夏令营、组织腰鼓队到北京各地演出等，虽然都是必要的，也颇受社会欢迎，但的确影响了我们的学习。在此期间，收获最大的是结识了许多校内外朋友，有男有女，有的至今还有来往。

从发展上看，这一段学习也是必要的，因为它作为一个路标，为我的下一段的人生走向，进一步指明了方向。

苦度研究生涯

1951年春，我正在人大计划系政治经济学班学习，人事处处长张树楠找我谈话，问我愿意不愿意再继续深造。其实，事先我就知道他的意图，按照无条件服从分配的原则，我只能说愿意。这样一来，我又由组织安排，转入政治经济学教研室当研究生。那年我已年满26周岁了。

当时，人大几乎没有老人，除了几位校领导外，所有成员全都在30岁以下。

政治经济学教研室是1950年8月成立的，直属校部，宋涛任主任，徐禾任副主任，教职员工近200人，是教学面覆盖全校的教研室，是有较大影响的教研室。

在人大的创校史上，我们是第二届研究生，也是新中国成立后中国的第二代研究生。当时班上有56名学员，来自四面八方，其中有一半是新中国成立后刚从大学里取得了毕业文凭的大学生，也有几位原是大学讲师或助教，如清华大学的朱声绂、武汉大学的曾启贤、云南大学的戴宗衡；另一半是由华大转过来的并具有一定大学毕业资历和水平的干部和学生。我属于后一种情况。

当时，给我们讲大课的都是苏联专家，这些专家大都是从苏联各高校优秀教师中选派出来的。在这期间，苏联专家也经常调换，就政治经济学教研室来说，前后就换了三四位之多。给我们授课时间较长的是莫斯科大学教授阿尔马左夫、讲师然敏等。他们都学有专长，在我们眼里，他们都是才高八斗、学贯中西的老师。而且他们在各自的岗位上尽职尽责，因而他们在我们之中享有崇高的威望。

我们的辅导教师也大都是中国的红色知识分子，如宋涛、苏星、侯大乾、徐禾等。当时教和学都很认真，如果同现在的研究生相比，不论在哪方面都有天壤之别。学校当局是按计划经济的原则和方法来管理学校的，当然也包括我们研究生，要求特别严格，上课和学习时间绝不准许迟到或早退。我们这些人学习的自觉性都很高，虽说这时还不是市场经济，但无声无息的竞争在我们之间也暗流涌动！那时不许讲竞争，只许讲竞赛。在我们班上，我自认为知识基础较差，特别经济科学基础更差，因而我总想，只有加倍努力才能缩小与他们的差距。

我们都深知，革命需要我们，国家需要我们，提高学习水平，尽快增长知识和才干，成为一个合格的新型知识分子，报效祖国，是时代赋予我们的义不容辞的历史使命和任务。

在当研究生期间，除继续学习俄文外，主要读马克思主义的经典著作，其中又把重点放在上级指定的《资本论》《剩余价值学说史》《反杜林论》《政治经济学批判》4部书上，以《资本论》为重头戏。

1845年，马克思曾写道："哲学家是用不同的方式解释世界，而问题在于如何改变世界？"我认为，对于这个问题，在很大程度上，是由马克思自己在《资本论》中来回答的。

马克思的《资本论》一共3卷，其中第一卷先后有好几个版本。最早是1867年出版的德文版。马克思离世前还留下另外两个版本：一个是1873年再版的德文版，另一个是1875年出版的法文版。后一个德文版，对前一个德文版做了较大的修改。马克思的法文很好，他从1872年开始，将已出版的德文版翻译成法文版，1875年完成并出版。法文版对德文版，又做了较多的修改，增添了许多对非西方国家的研究，包括中国。可见，马克思德文版也是在不断修改和完善的，马克思的思想也在修改中得到不断发展。可是，当时，我们读的主要是1938年由郭大力、王亚楠历经10年从德文版翻译过来的《资本论》第一卷。1953年，我们又读了中共中央编译局翻译过来的德文版《资本论》第一卷。马克思为了完成《资本论》第一卷，经历了21年的艰苦奋斗历程。该书伴随着政治上的争论和个人生活的悲怆经历，脱稿在苏荷区的一间简陋的屋子里。2004 年，我去欧洲参观，曾在马克思的这间简陋的书房里沉思良久，迟迟不愿离去，并将可让拍的马克思的遗迹都拍了下来。

马克思的《资本论》第二卷和第三卷，是恩格斯在马克思逝世后由他从马克思大量笔记和手稿中，整理、编辑并出版的。

在这之前，我虽然已经上过几年大学，也读了一些书，但从未见过《资本论》。因而，对什么是资本主义，什么是资本主义社会，知之甚少。我如饥似渴地想从该书里去了解、去认识。

《资本论》首先是一部经济学著作。作为经济学，它开篇之作是构成资本主义细胞的商品和货币。正是这些看起来极为寻常不起眼的东西，由于它的存在、发展和演化，产生和形成资本主义生产方式或社会庞大的有机体。正是这个有机体主宰了当时的这个世界。

马克思是带着浓厚的阶级情感来写《资本论》的，其中讲的都是资本主义当时的现实，它以特定的内涵、感人的意境、激昂的文字、流畅的语言和锋利的文笔，揭露了资本主义制度内在的运行过程，指出这个过程本质特征就是剩余价值的生产。在这个过程中，存在两个对立的阶级，即参与生产剩余价值的工人阶级和占有剩余价值的资本家阶级，资本主义的总利润的秘密就在于资本家阶级占有工人阶级生产的全部剩余价值。由此揭示出资本主义生产方式内在的不可调和的矛盾：生产力和生产关系的矛盾，进而揭示其发生、发展和死亡的客观规律，科学地论证了社会主义必然代替资本主义的历史必然性。马克思《资本论》最终目的是唤起工人阶级和一切劳动人民起来革命，推翻资本主义制度，创建社会主义社会。用马克思自己的话说，《资本论》是用"血"与"火"写成的。

对当代资本主义社会有切身体验的西方左翼思想家认为，当代资本主义是一艘"驶向冰山的泰坦尼克号"，豪华壮观，但逃脱不了覆亡的宿命。A. T. 卡利尼科斯将当今世界的金融危机、环境破坏和恐怖主义三大问题的根源皆归为资本主义制度，尤其是资本主义的剥削和竞争性积累。当代资本主义社会诸多弊端的根源，就在于资本主义制度本身，就算西方左翼思想家为资本主义国家提出所谓的"中间路线"或"第三条道路",也仍未使资本主义发展成为人类最美好的制度。

"资本主义制度的本质决定了它必然产生并导致整个社会人的本质的全面异化。"北京大学哲学系教授陈志尚认为,虽然资产阶级出于自身的利益和统治需要,在某些方面也会采取一些措施,使有些异化(如生态环境恶化、阶级矛盾)暂时或部分得到缓解,或随着资本全球化将异化转移、扩张到全世界,但它不可能通过改革而自觉地从根源上消除异化,总趋势只能日益加剧,直至灭亡。

社会主义之所以优于资本主义,正在于它是资本主义的对立物,是以消除资本主义对人的异化,创造使每个人都能自由全面发展的社会条件为目的的。社会主义本身具有克服异化的力量,其自觉性就在于改变客观世界的同时也改变人类自己,包括重新确立人类在自然中的位置。正确处理人和自然的关系,正确处理作为主体的人和作为客体的人的集合体——社会的关系、人和人的关系及每个人和自己的关系,因而恰恰是对异化关系的否定。

资本主义经济关系构成了资本主义社会的经济基础,资本主义社会或生产方式的其他部分,包括政治、文化等一些上层建筑,都是在这个基础上衍生出来的。资本主义的基本矛盾(即生产力和生产关系的矛盾)或主要矛盾(即工人阶级和资产阶级的矛盾),也是在这个基础上产生和发展起来的。

其中,令人叹为观止的是马克思在《资本论》中对商品拜物教的精辟分析。这一分析在今天看来,比马克思所生活的年代更具有真实性和实践意义。因为他在这里所描述的是在商品经济下,人与人的关系演变成了人与物的关系和人与钱的关系,产生了人对物或钱或资本的如同对神灵般的崇拜。我认为,商品拜物教、货币拜物教和资本拜物教,不单纯是资本主义的产物,也是商品经济的产物,只要商品经济存在的地方,商品拜物教就存在,只不过资本主义条件下的商品拜物教、货币拜物教和资本拜物教发展到了顶峰,即最高峰。

当下在我国,商品和货币拜物教已经蔓延到许多领域,泛滥成灾。不客气地说,在学术界,学术虚伪,学术欺骗到处可见。有少数学者,披着"院士""教授""学部委员""研究员"等名头的外衣,不择手段,用走穴、出场、咨询等方式,要价很高,谋取利益最大化,把学术职称变成赚钱的工具。甚至,有些所谓"学者",因抄袭而成名。还有在院士或学部委员评选中,拉帮结派、近亲繁殖、弄虚作假现象也严重存在着。所有这些现象,就其本质而言,无不是商品或货币拜物教在现实生活中的具体体现。可耻,可悲!

《资本论》不仅是一部经济学著作,也是一部哲学或史学或文学的巨著。

作为哲学,马克思是把资本主义放在人类历史发展的一定阶段来进行研究和认识的,他研究资本主义的产生、发展及其发展的全过程,批判了唯心史观和英雄史观,创建了唯物史观。唯物史观即历史唯物主义,渊深奥博,深入浅出,它不仅给人们提供了认识历史、认识世界和改造世界的动力,而且为人们提出了许多对未来的推理和遐想。

作为文学,《资本论》温润亲切,仿佛一幅温婉的油画,一首轻吟的诗歌。用马克思自己的话说,他是把《资本论》当作一件高雅的艺术品来精心设计和雕琢的。为了表述他高深的理论命题,在《资本论》中引用了但丁、莎士比亚、歌德、巴尔扎克、塞万提斯等文学巨匠的作品,甚至像古代的作家荷马、索福克勒特、荷力士安蒂、巴特洛士的诗篇,也都加以巧妙地运用。在《资本论》中,还不时见到希腊、罗马、印度、北欧等文明古国及地区的许多神话。

《资本论》是马克思主义的"圣经",博大精深,也是一部"大百科全书",它展示给我们的是字字闪光、语语惊人、沁人肺腑、动人心弦的恢宏画卷;它又如同熔化了的一炉黄金,洋洋洒洒,铺撒大地,美不胜收。

1896年,恩格斯在一篇书评中说:"欧文、圣西门、傅立叶的著作现在和将来都是有价值的,可是只有一个德国人马克思才能攀登最高峰,他把现代社会关系的全部领域看得明明白白,而且一览无余,就像一个观察者站在最高的山巅上观看下面的山景那样。"

《资本论》为我们这些嗷嗷待哺的莘莘学子开启了一扇奇异的资本主义世界之门，也相应地描绘出世世代代的人们前赴后继为之而奋斗的社会主义壮丽蓝图。

马克思是一位伟大的思想家。100多年过去了，在西方出现了许多大思想家、大学问家和大科学家，但在我看来，就其理论的广度、深度或高度，及其在社会历史中的影响程度，到目前为止，还未有一个人超越马克思。

在此期间，我还意想不到地读到一些有关马克思在《资本论》写作过程中所遇到的困难的有关资料。马克思是人而不是神。在马克思的一生中，也经历了不少困难，经历了酸甜苦辣的全过程。人民公认，在马克思身旁有两个了不起的人物始终在帮助马克思，帮助他渡过难关，帮助他完成《资本论》的写作大业。这两个人是燕妮和恩格斯。

马克思身旁的主要助手燕妮比马克思大4岁，两人青梅竹马，结成伉俪。起初，马克思向燕妮求婚时，把自己的博士论文献给燕妮的父亲，请其指点迷津。在马克思的博士论文的前言中，提及一个普罗米修斯盗天火的故事。普罗米修斯是古希腊神话中的一个关心人类甘苦的神，他看到人间没有火，人类只能吃生冷食物，因而生活很苦，发展很慢。为了人类的生存和发展，普罗米修斯偷取天火抛向人间。从此人间有了烟火，也有了光明。天神宙斯一向与人类为敌，不允许人间有火，听到此事后，怒火冲天，立刻把普罗米修斯囚禁在高加索的岩石下，并让神鹰白天叼食他的肝脏，可也奇怪，到了晚上，普罗米修斯的肝脏又重新生长出来，神鹰继续叼食，日复一日，普罗米修斯为人类忍受了巨大的痛苦。后人把普罗米修斯的精神称之为人道主义精神。马克思在论文中说，以普罗米修斯盗天火的精神去建立自己的理想和理论。当燕妮的父亲看到马克思这段关于普罗米修斯盗天火的叙述时，拍案叫绝，并满口应许燕妮和马克思这门亲事。所以马克思在《资本论》中始终洋溢着人道主义精神。马克思和燕妮用今天的话说是一对模范夫妻。

另外，我从学习资料中，还得到马克思写给燕妮的一首情诗，名为

《思念》，诗曰："燕妮的名字，哪怕是刻在沙粒般的隙缝里，我也能够把她念出。温柔的风送来燕妮的名字，好像给我捎来了幸福的信息。我将永远讴歌她，让人们知悉，爱情的化身啊，便是这燕妮的名字。"如此热情讴歌的诗句，只有热恋中的情人才能写出。我曾想，马克思也谈恋爱，爱得那么深沉，那么缠绵悱恻！

虽然马克思夫妻之间很幸福，但因经济来源有限，生活很苦。当时有的资本家用高薪聘他当职员或高管，他都以"不愿做资产阶级摇钱树"为由拒绝了。后来，燕妮把出嫁时带来的纪念品、金银首饰当掉或卖掉，为孩子买面包，全力支持马克思的《资本论》研究工作。再往后，马克思认识了恩格斯，恩格斯对马克思鼎力相助，他们在共同战斗中结成亲密的战友。恩格斯还协助马克思完成《资本论》的写作工作，收集、整理、编辑并出版马克思的《资本论》第二卷和第三卷。有人说，恩格斯是马克思哲学生命的继续。马克思的《资本论》中也凝聚了恩格斯毕生的心血。

研究生学习既紧张又充实。我们这些学生，都异常用功，好像都有挖不尽的潜在动力。读书有多种方式，有精读，有细读，有泛读，有速读，而《资本论》只能精读和细读。读《资本论》对我来说不是负担，而是一种特殊的享受。在我的一生中，《资本论》是我最喜爱的一部书，百读不厌，爱不释手。在近3年的研究生学习中，我的主要时间和精力都放在这方面，先后通读了3遍，《资本论》第一卷读了4遍，其中一些重要的段落反复地读，如价值、使用价值、剩余价值、相对剩余价值、绝对剩余价值、利润、超额利润、地租、级差地租等定义，还有一些重要的典故、脚注、诗句，至今有的仍可琅琅背诵。《资本论》使我终身受益。

说实话，我们那时候在那种形势下的学习，是信什么学什么，带有较大的片面性。这种片面性现在看来主要表现在以下几个方面。

其一，重视学习马克思的早年著作和中年著作，而忽视了对马克思晚年著作的学习，如《人类学笔记》《历史学笔记》等。这些著作不仅丰富了他的早年著作，而且发展了他的早年著作，甚至对早年的有些观点，做了必要的修正。

其二，因为时间紧迫，几乎把全部精力都放在了读马克思的著作上，即使也看点西方的东西，大都是在上级指定的范围内作为反面教材在批判中学习的。西方经济学的一些重要著作，如亚当·斯密的《国富论》等，都未来得及看。不要完全排斥西方经济学，特别是古典西方经济学。要知道古典西方经济学与马克思主义经济学有着很难分割的历史渊源。

其三，对于马克思主义的精神，理解和认识得也不够全面。当时，总认为马克思主义只是一部厚重的革命理论，把人道主义排除在外。甚至认为，人道主义不是马克思主义，而是修正主义。今天看来，这种看法和说法未必妥当。其实，爱和恨是对立的统一，有爱必有恨，爱之切，恨之深。人世间从来就没有无缘无故的爱和无缘无故的恨。马克思在批评资本主义的同时，从头到尾都贯穿了关心无产阶级和劳苦大众的人道主义的情怀。到了《资本论》第三卷，当论述到必然王国到自由王国的飞跃时，使人变成充分自由的人，解放全人类，人类过上幸福的日子，更充分体现了人道主义精神。

马克思生活在19世纪的西欧，他的学说反映了19世纪欧洲资本主义发展的实际。19世纪末和20世纪初，马克思主义传遍全世界。在人类历史上，除了宗教，还未有任何一种思潮或学说，能产生如此巨大的影响。19世纪中叶或末叶，由于资本主义在欧洲的发展，历史呈现出一个革命时代的到来。1848年和1871年的两次革命，马克思面对这个时代的需要，用革命理论来指导革命运动的实践，使革命在欧洲如火如荼地燃烧起来。从发展上看，革命终究不是目的，革命的目的是人类的自由和解放。为此，马克思更深入地研究了社会发展的规律，探索人类走向自由和人类解放的途径，提出了科学社会主义、共产主义的理想。在科学社会主义、共产主义的理想里，很自然地包含了人道主义精神。

严格说来，"社会主义""共产主义"并不是马克思的创造，自古以来人们就向往大同世界、千年王国，还有欧文、圣西门、傅立叶的空想社会主义。马克思的伟大贡献主要在于以唯物史观对社会主义、共产主义进行合理性和必然性的科学论证，从而使社会主义和共产主义由空想变为科学。

其四，关于马克思主义中国化的问题。马克思主义不是教条，而是行动的指南。如何结合中国革命和建设的实际，运用马克思主义、发展马克思主义，当时考虑得很少，今天看来，不能不说是一种缺损。

我的一生似乎一直在与愚昧做斗争。我生在一个愚昧和落后的农村家庭，天生智商不高，自童年以来，因为出身贫寒，环境恶劣，少读史书，缺乏宽广的文化视野和深厚的学术底蕴。因此，身处最高学府里的非常正规的研究生这个群体中，与身边的同学相比，自愧不如。这种状况迫使我不能不拼搏向上。古人说："勤能补拙"，我认为，人生最值得珍惜的是时间，最不能浪费的也是时间。我自认为，并下定决心："人一能之己十之，人十能之己百之。"

因此，在我的一生中，真正认真读书并收获最大的要算研究生这个阶段了。

这时我深切体会到，对一个有理想有抱负的人来说，勤奋固然重要，但更重要的是对真理的执着追求。书读多了，眼界开阔了，想法也多了。"会当凌绝顶，一览众山小"，杜甫的这句名诗，对我来讲，似乎赋予了新的含义。他讲的是山，也寄托着对人生的看法。而我体会到，人生的道路也如爬山，流汗甚至负伤、流血，为的是登上高峰。只有登上高峰，才能俯瞰大地和地上的一切，并由衷地感到快慰和喜悦！

初登大学讲坛

1953年研究生毕业之初,就面临着就业问题,自然在心理上有一种朴实而又真诚的想法:我要兢兢业业地为党、为国、为民工作,不计名利,不求封赏,只求在平凡的岗位上做平凡的事,让人民放心,让党满意。

同年留校。那年我27岁。俗话说,三十而立,我已经接近而立的年龄了。在留校之前,人事处干事吴芳俊找我谈话,并征求我的意见:"愿不愿去北大?"我的回答是服从分配。事隔一天,又通知我:决定留校,并在经济系政治经济学教研室任教。

教研室的教师构成很简单,一部分来自参加革命较早的并在新中国成立前革命学校如抗大、联大等校任过教的知识分子,另一部分是新中国成立后由华大、人大自己培养出来的年轻教师。我属于后一种情况。当时教学任务很重,教研室的教师近百人,负责全校10多个系5000多名学生的政治经济学的教学任务。承蒙组织信任,分配给我的任务比一般同志都重。说心里话,从那时起,我对教育事业产生了浓厚的兴趣和感情,并矢志不渝地为之而献身。

校方对中国教师上课有严格的要求:衣冠必须整齐,上下课必须严格按照铃声进行,不能迟到早退。

在这期间,我逐步懂得,要做一个称职的教师很不容易,因为身为教师,不仅要有渊博的知识和敏捷的思维,还要有生动的谈吐和表演自如的技巧。在当时,还必须有一定的政治嗅觉,确实把握住什么能讲,什么不能讲。这是至关重要的。

除了讲课,还规定每讲一课之后,学员们必须在教师指导下进行课堂讨论。当时在中国高校中还没有课堂讨论的习惯，也没有课堂讨论的术语。因此根据俄文的谐音，把课堂讨论叫作席明纳尔。在课堂讨论中，作为主持讨论的教师，必须在和学生面对面的交流中，迅速捕捉各方面的信息，完成对各种观点的归纳、集成、提炼和升华，果断地提出问题，循循善诱，把问题逐步引向深入，最终，又必须不失时机地对问题的解决，做出自己有说服力的判断或结论。

现在看来，在当时的计划经济体制下，经济学是一门非常沉闷的学科，其中的理论、观点、数字、图表，活像僵硬的教条，禁锢人们的思维和言行。就这样，讲课前，还要实行三统一：统一思想、统一提纲和讲义、统一进度。说实话，我们这些所谓的经济学家，充其量只不过是红色书本知识的传播者和政策的传声筒。

教学的最后一个环节是学期末对学员进行考试。当时考试采取抽签制，即由教研室教学小组制定一套考签，每套几十张，每张上面列有两个考题。抽签后有20分钟准备时间，然后回答问题。在学员答题的过程中，教师可以根据学员回答的情况，进行一些提问。学员答完后，教师给打分。分数分优、良、中、劣4个等级，中为及格，劣为不及格。所有这一切的教学过程和教学方法，都是从苏联照搬过来的。

从教之初，我先后担任计划经济系、历史系、农经系的讲授和辅导工作。在此期间，我作为一名教师，由于得到组织上的信任和帮助，加上自己在实际工作中的锻炼和努力，日益成熟起来，并能够较好地完成教学任务，受到校内外广泛好评，可以说我的这一段人生历程是比较称心如意和一帆风顺的。

还记得，大约在1954年至1955年间，按照教研室的教学安排，政治经济学这门课采取大课堂教学制，即把几个教学内容相似、进度相近的系，合并一个大课堂，由几个教师分别讲授。当时我被安排在由系副主任方志西等4人组成的教学组内，在历史系讲的是《资本论》一至三卷。不知为什么，时隔不久，他们都先后退出了此教学小组讲授岗位，这个课堂的全部《资本论》教学任务，只好由我一人来承担。原因大家都心照不宣！虽然说讲课实行"三统一"，但在不违背"三统一"的情况下，在表述和讲解方法、方式及内涵上，还是有很大的自主发挥余地的。一方面，我深感肩上担子的沉重；另一方面，也由衷地体会到组织上对我的信任。

在这个阶段，正值我国处于过渡时期总路线和社会主义改造时期，当时，党提出教学要为政治服务，要为社会主义改造服务。因此，在我的教学内容里，理论结合实际，紧密地讲些现实问题，即过渡时期总路线和社会主义改造问题。

当时，我是怎样讲的呢？我说，早在20世纪40年代，毛泽东就对未来中国社会做过一个制度设计或制度安排，这种安排即在无产阶级夺取政权后，建立一个新民主主义的共和国，政治上组成各革命阶级的联合专政，经济上实行5种经济成分并存，文化上提倡民族的科学的大众文化。毛泽东反复强调过，这个新民主主义的共和国，既不同于欧美的资产阶级专政，又不同于苏俄的无产阶级专政，还特别强调新民主主义的政策将要实行一个很长的时期。

可是，不到4年，短暂的新民主主义社会时期就结束了，毛泽东开始酝酿向社会主义过渡的问题了。

对于这样快的制度性的转变，很多人感到困惑不解。

关于这个问题，我作为教师，不可避免地要在课堂上给学生以正面的回答。为此，我曾先后做了以下几种判断和说明。

第一，毛泽东新民主主义的制度安排和制度构想可能是一个策略，并不一定非要把它付诸实施。理由很简单，当时的中国共产党要成为执政党，需要有一个赢得社会各阶层广泛赞同和拥护的纲领，新民主主义我想就是为了实现这个纲领而提出的一个策略，一旦掌握了政权，策略可以改变。

第二，新中国成立后在短暂时期内经济形势发生了新的巨大变化。国民经济在3年时间里迅速恢复，比原先估计的3至5年更快地实现了经济恢复的目标，这使毛泽东觉得既然经济可以如此迅速地恢复，制度的改造也可以更快地实现。中国公私营经济比例在1952年有了一个倒置性的变化，1949年私营经济的比重占国民经济的一半以上，到了1952年公营经济则占到了53%还多。1951年华北、东北等老解放区兴起农村互助合作运动，轰轰烈烈。毛泽东认为，农民中蕴藏着极大的社会主义积极性，有走集体化道路的要求和愿望，我们必须满足农民的要求和愿望。

第三，为了尽快实现工业化和计划经济。新中国成立后，中国共产党就提出实现工业化战略，这个战略是效仿苏联的模式，即优先发展重工业，而把农业、轻工业放在次要地位。这种模式实际上是政府主导型的工业化模式，它要求政府必须集中和控制各种资源。而要做到这一切的前提，是必须将各种所有制经济统统纳入计划经济的轨道，必须对非公有制经济实行全面社会主义改造。

第四，来自外部的压力。中国共产党执政后，我们提出向苏联学习，走苏联道路。可是，苏联走的不是新民主主义道路。斯大林、联共中央根本就不承认中国共产党的新民主主义或新民主主义社会。在这个问题上，斯大林、联共中央明里暗里给中国共产党很大的压力，所以，中国共产党执政之后不久，就在苏联的影响下，只好放弃新民主主义，改走苏联式的社会主义道路。

到了1956年，毛泽东宣布社会主义改造基本完成了，社会主义制度建立了。这种"社会主义"来得太容易了，老百姓没有做好迎接的准备！

说实在的，这时的老百姓在事实面前，所关心的已经不是什么是社会主义、是怎么样的社会主义，而是想只要这种社会能够多打粮，能够让大家吃饱饭，能够使中国的人民摆脱贫困、愚昧、封闭，就是我们需要的好社会。

我目睹了我国社会主义改造的全过程，这个过程开始时是一个全民轰动的过程，是强行推进的过程，是欢乐与悲伤交织在一起的过程。

后来，邓小平说："贫穷不是社会主义。"

扪心自问，我当时在课堂上所讲的社会主义改造过程和内容，是否都是我所想的或我所认可的呢？我的确有自己的一些想法。可是，我的一些想法，是很难拿到讲坛上来的。我只能这样讲，这是时势造成的。

我总认为，科学工作者必须有良心和良知，不能也不应当去做那些唯心和违背自己良知、良心的事。当然，身处在那段特殊的岁月中，作为一个原本来自旧大学的知识分子，我深知自己的身份和身价。因此，只好寡言慎行，埋头于教学，小心谨慎地生存于群体的夹缝之中，夹着尾巴做人，免得惹是生非或遭人嫉妒，招致飞来之祸。

现实生活日渐使我明白了古人所说的这样一些道理："木秀于林，风必摧之；堆出于岸，浪必湍之；行高于众，人必非之。"英文谚语中说："Silence is golden"（沉默是金）。不要以为一些小事、琐事算不了什么，可是有些人可以把小事、琐事无限放大、歪曲或捆绑起来，再上纲上线，就可以成为置人于死地的大问题了。还记得冯梦龙的《警世通言》中也曾说过："广知世事休开口"。有人说，面对这残酷的现实，为什么不起而抗争。可是在那个年代，如果这样做其后果将意味着什么？这是谁都明白的事。真诚、坦荡和纯洁是要付出惨重代价的，也是一种幼稚的表现。

在这段教学过程中，自我感到有两大收益：一是把过去学过或学到的东西，根据教学的需要，逐步把它系统化、口语化和相应地深化，形成了一套自认为能够适应需要的较为完好的讲稿和讲义；二是把理论和政治更好地结合起来，较深地了解了什么是理论要为政治服务，为阶级和阶级斗争服务的道理。似乎体会到我不单纯是一个大学里的教书先生，同时也是一个所谓的共产主义战士。

第三部分
蹉跎岁月

在下放劳动的日子里

"反右"之后,人民的机警性都提高了,大多学会了看风使舵,一切都得顺着风向走。1957年秋至1958年夏,人大政治经济学教研室的大部分成员被发落到北京远郊的南营、下营、张各庄等地劳动改造,我自在其中。

初下去时,分配我们搞大田作业,挖渠、翻地、种庄稼、淘粪坑等,什么脏啊、累啊的活都得干。早出晚归,累得筋疲力尽,浑身骨头都散了架。对农民来讲,还有一个农忙和农闲或季节之分,但对我们而言,只有农忙而无农闲,春夏秋冬都得拼命地干,因为我们属于被改造的对象,是没有任何成本的苦力,是处于社会最底层的一部分弱势群体,必须听从命运的安排,乖乖地接受贫下中农再教育。

我原本是农家出身,这类农活大都干过,如今重操旧业,虽然累些重些,还能挺得住。再加上我生性好强,无论干啥,都不甘落后,因而能和农民打成一片,获得农民的一致好评。

在下放劳动的日子里,就我而言,干些什么呢?时间已经过去几十年了,现在我还记忆犹新的,并值得永远关注的,有以下几件事。

试验田里的试验员

下放初期,领导看我是个干活的好手,值得信赖和使用,决定分一份试验田给我,由我独立操作。试验田的面积并不大,大约有6平方米。我知道大队长和支书的意图,是想在我身上做篇"大文章",即放个"卫星"。当时社会上放"卫星"成风，到处都在放，什么亩产万斤或几万斤啦，鸡毛可以上天啦，等等。"卫星"像热浪一样，滚滚而来，而且一浪高过一浪，冲昏了每个人的头脑。

支书对我说："我们不能墨守成规，也要放'卫星'，好好地干，希望寄托在你的身上。"

我作为一个被改造者，深感这个任务难以胜任，但又不敢公开推脱或拒绝，更不敢反对或对抗，表面上只能欣然接受，因为这是"指令"。

我怎样来放这颗"卫星"呢？考虑再三，饭吃不下，觉也睡不好，总找不到任何一个好的办法。

当时社会上大肆宣扬和推行一个新的耕作方法，这个方法的诀窍是：一为深耕，二为密植。大家认为这种方法可以高产，我明知这个方法不可为，而又不得不为之。

我接下试验田之后，只好按照领导的意图去干，假戏当作真戏演。为此，我几乎不分昼夜，都泡在这块试验田里。首先，我用铁锹把这块地深挖，两天之后，大约有近一米多深的大坑挖出来了，看起来像个地窖或水井，我下去只露个头。随后，我背着粪筐到处捡肥，捡的都是人肥或牲畜肥，接着往坑里填肥。为了提高肥力，我不惜把我工资的一部分用来从一户农家买下一头因饿而病、因病而死的猪，花了2元1角，经过切块处理，偷偷地深埋在坑里。再后，填土、播种、浇水，悉心照料。然后，按照密植的要求，在每平方米的土地上，以行距和株距各3厘米的距离，种植9棵大白菜，一共$6 \times 9 = 54$棵。为了图个吉利，又在6平方米的面积上，把棵距稍稍收缩一点，再增补了6棵，共60棵，这样就达到"六六大顺"的吉利要求。

这时，我好像正在进行一个前无古人的试验，似乎鬼迷心窍，总以为在这6平方米的土地里，也许会长出奇迹，生产出像水桶粗的大白菜，甚至更大一些，真的放个"卫星"，给领导看看，并取信于社会。

这一切工序完成之后，我好像是一个虔诚的教徒，不停地向上帝祈祷，希望大发慈悲，保佑我的大白菜能够快点茁壮成长！

不久，苗子长出来了，令我大失所望，远没有达到我的预想，而且东倒西歪，病恹恹的，面黄肌瘦，一棵成材的都没有，很快都蔫了。

我怎么面对这种既在意料之中又在意料之外的失败呢？我欲哭无泪，只好负荆请罪，请求处罚，自愿赔偿损失，并苦苦哀求退出试验田试验的岗位。

后来，不知为什么，领导没有追究，只是批评几句，此事不了了之！

事后，我虔诚地请教老农。老农告诉我，施肥太多，把种子都沤死了。还说，挖地太深，把坑底下的黄土、生土都翻上来了，庄稼根本没法长。另外，水浇多了，会烂根。

豆腐坊里的宋老板

再往后，我的工种改变了，分配我到豆腐坊里去磨豆腐、做豆腐和卖豆腐。那时，人手很缺，做豆腐全过程如选材、配料、磨浆、打卤、加温、冷却等，都由我一人操作。这个过程大多在夜间进行，很辛苦。豆腐做成之后，第二天清早，还是我一人，赶着毛驴，拉着三轮车，走乡串户，沿街叫卖。

日子久了，老乡们都认识我了，而且有了感情，成为他们贴心的朋友，于是，他们把我戏称为豆腐坊的宋老板。如果哪天因故没见到我，或者他们的饭桌上少了豆腐这道菜，就自然地想到了宋老板，怀疑宋老板是不是病了？不时还有人到豆腐坊来看我，隔三岔五，还送点吃的过来，如自留地上生产的花生、土豆、大枣等。

我每次卖豆腐回来，总是把银两盘点清楚，画押签字，一分不少上交会计。会计叫张宽，他对我非常信任，并说："宋老板是好样的，我信得过！"

那时，豆腐很便宜，两角钱一斤。即便这样便宜的豆腐，能买得起的人家也不是很多，豆腐成了老百姓餐桌上的奢侈品。

豆腐买卖，大多现金交易，当然也有赊欠的。每隔一段时间，我还要手拿账本，沿街或沿乡登门讨债。这时，我同欠债人的关系变了，变成债权人与债务人的关系，有时在讨债中与欠债人闹点不愉快是有的，但很少。有次，一个小孩看到我，一面笑着对我说："宋老板来了，欢迎！"接着转身嬉皮笑脸地告诉他妈妈："黄世仁来了……"这也难怪，老百姓的囊中的确羞涩啊！没有钱，怎么办？只好成了呆债、烂债，这是豆腐坊的一笔损失。后来我感到不妥，不能让公家受损，只好用我微薄的工资把它补上。

再往后，豆腐坊成了大队对外联系的一个窗口，我似乎成了大队部"外交部长"，人来人往，队与队之间交易不断，这里也成了一个重要的信息沟通渠道。此外，还可从中赚点银两，补充队里捉襟见肘的开销。

不久，我累病了，尿频，浮肿，身体快垮了，我只好请辞回京看病，和豆腐坊只好说 Bye – bye 了！

回城后，医生告诉我并无大病，主要是体弱，严重缺乏营养。那时，囊中羞涩，只好无奈地向在军中的哥哥借了 5 元钱，买点鱼肝油，带上药，又按期回到驻地下营。

扫盲队伍里的宋委员

没多久，大队部又给我一项新任务——扫盲。扫盲的任务也不轻松。据调查，大队里的文盲有 400 多人，加上半文盲，约占队里总人口的 20%，上级规定，一定要在限期内把文盲扫掉。

为了取得事半功倍之效，大队组织了一个扫盲委员会，并选我为委员，大家称我宋委员。后又提升为委员会的负责人，有人戏称"委员长"。好大的"委员长"啊！手下的"兵"只有几个人，但重担在身，无法推脱。

我为了壮大扫盲队伍，除我们自己仅有的已成为"委员"的成员外，还从当地中学生中挑选一部分人参加进来。

所以，每天晚上收工回来，还得组织队伍，晚饭后，分头下去，登门入室扫盲，大都在 9 点以后，才能回到住处。

在扫盲过程中，至今我还记忆犹新的一件事，就是我们队伍中有一位成员，曾与老乡发生一场不愉快的也是不应该的争吵。原因是，我们那位同志，出于好心，想和扫盲对象拉点家常，问她有几个孩子，她说没有，家里只有夫妻二人。我们那位同志轻声慢语带有惋惜地随口就说："怎么搞的"！其实，他的意思说这是什么原因？未想到，对方把脸一翻，破口大嚷大骂："你说我是怎么搞的？我怎么搞的还要向你请教、汇报？"人到矮檐下，不能不低头，我们这些接受再教育的人，生怕把事情闹大，造成不良影响，只好左解释右解释，赔礼道歉，对方才算慢慢平和下来。不久，我们这位同志就被调离了，发配到边远的地区去了。这种不寻常的调动不知是否与这件事有关。

后来，回想起来，这段下放劳动的日子太苦了。我算了一下，一天24个小时内，我最多平均只能睡上3小时。

对于这种劳动，有些人因挺不住而身体垮了，有的当了"逃兵"，有的被折磨致残或致病或致死。

大队部里的红色宣传员

那个年代，宣传工具十分贫乏，一个大队，上百户人家，几百号人口，只有一份《人民日报》。每天收工回营，除了开会，就是睡大觉，生活十分枯燥。但不可或缺的，就是挂在村中心大柳树上的高音大喇叭，整天在不停地吼叫："东风吹，战鼓擂，现在世界上究竟谁怕谁，不是人民怕美帝，而是美帝怕人民""共产党人好像种子，人民好像土地""社会主义就是好""必须把毛泽东思想真正学到手，做到人人读毛主席的书，听毛主席的话，照毛主席的指示办事，做毛主席的好战士"等等。像这些抽象的政治语言被谱写成歌曲，化作抑扬顿挫的旋律，从大喇叭发送出来，音量洪大，盖过一切。

我是在这种形势下临危受命，调任大队做宣传员的。

我深知，这个时候做宣传工作是有风险的，一句话说错了就可以"定罪",但又不能不做。摆在我面前的有两大难题:一是宣传什么?二是用什么来搞宣传?

孤掌难鸣,我紧靠大队,组织一支小规模队伍,并依靠他们开展工作。我记得,在文字方面,我做了两件事:一是办墙报,由大家写稿,我来设计并编排,因我在旧大学里曾在一家小报社里当过编辑,还能写一手较好的艺术字,所以,办墙报是小菜一碟。事实证明,办得有声有色。如今,50多年过去了,几年前,我回去看看,墙报的最后一期的字迹还清晰可见。二是在一些主要墙壁上书写大字标语,如"毛主席万岁""社会主义就是好""千万不要忘记阶级斗争"等等。历史是很难磨灭的。我把这些视为文物,一一把它们拍下来,除留作纪念外,也许将来会派上用场!

另外还在年轻学生中组织一支歌咏队。这都是廉价的,没有任何成本支出。

工作正在进行中,有声有色,未想到一个电话又把我们调走了。

大炼钢铁战线上的"五好战士"

从张各庄回来后,在人大做短暂的休整,又要听候新的安排了!

1958年秋至1959年夏,大炼钢铁时代到来了,北京城里大喇叭嗡嗡响,整天在说这件事。人大校园里建起了许多小高炉,到处浓烟滚滚。我住在人大校园东北角的红楼里,亲眼见到,到处都是炼钢炉。炼钢炉大致分两种:一种是炒钢炉,比较矮,像个土炕,前边是烧火的炕洞,后边有个烟筒;还有一种比较高,像个玉米棒子戳在地上,叫作小高炉。炼钢炉一开,就不能停,晚上要挑灯夜战。我很喜欢看晚上炼钢,离老远就看见一片红光,笼罩着整个校园,火星像萤火虫一样,星星点点,飞上夜空。每个炉前都有几个师生,戴着头盔,手持钢钎,打扮得像武士一样,轮番上阵,用钢钎在炉膛里翻搅。炉膛里的东西好像是一些大块或小块的渣子,烧得通红,随着钢钎的拨动,不停地翻转、滚动,高高低低地变化,同时冒出大量的热气,烤得脸发烫。随着钢钎的戳弄,大颗的火星从炉膛里飞上空中，历久方熄，比过节放烟花还好看。等到钢炼好，从炉子里流出或掏出来，冷却了以后，我再去看，它们与我想象中的那种致密的金属截然不同，是一种半黑不褐的颜色，有点像蜂窝，也有点像马粪，上面布满了孔洞，看上去像是含有大量的杂质。

没过几天，一道指令，又把我们中的一部分在他们看来没有改造好的人，强行发配到密云，继续参与大炼钢铁运动。

在人大是看人家炼钢、炼铁，现在轮到我们自己冲锋上阵了！

在密云的一个开阔地带里，布满了小高炉，有的炼铁，有的炼钢。炼钢的原料，大多是从居户人家收购来的废旧的铁制工具，还有铁锅、铁壶等。

开始我是当泥瓦匠，建高炉，修筑住房，修桥补路，样样都干。后来当上炼钢炉的炉前工，配料装料，白天黑夜拼命地干。

1959年总结评比时，我还被授予"五好钢铁战士"荣誉称号，并颁发了证书。这个证书，至今还保留在我的书柜里，成了珍贵的历史文物。当时，感到很满足！

马克思、恩格斯基于实践论和进化论的考虑，曾不止一次地指出："劳动创造财富""劳动改造世界""劳动创造人类"。按理讲，劳动是光荣的。可是，在现实生活中，劳动一次又一次被异化为一些人惩罚另一些人的手段。这种手段有时使用在强制中，有时又使用在冠冕堂皇的策略中。

说实话，这样违心的、超负荷的劳动苦不苦呢？当然苦。特别是这种劳动，明知与自己追求的目标相悖，与自然生态相悖，与人类共同追求的价值相悖，但在无形或有形的重压之下，又不得不拼命地去干，这种痛苦更加有无奈的难言之隐。于是，我不得不时刻在痛苦中思考，又在思考中痛苦！这时使我想起弗兰克的一句名言："痛苦暗含成功的机缘……缘尔之经历，无人能夺"。同时我也记得尼采说过的话："痛苦的人，没有悲观或一蹶不振的权力。"因此，我又振作起来，静观事态的变化。

就我而言，虽然身处逆境，但从未放弃对理想的追求，更没有动摇我从教的信念和影响我一贯的敬业精神的发挥。我把希望寄托在对形势的转变上。我这时很相信，严冬过去，春天一定会到来的，而且不会很远。

总的看来，在下放的岁月里，收获也很大，因为它使我更深刻地了解到什么是真正的中国农村，什么是真正的中国农业，什么是真正的中国农民，什么是真正的中国国情。这种真知灼见无论如何是在大学课堂上或图书馆里学不到的。从这个意义上说，它使我受益终身。

追思人大"五七干校"

40多年的时光疾驰而过,无情的岁月抹去了多少时代的印记,人大的"五七干校"那段不平常的生活却仍记忆犹新。

对我们来说,虽然"五七干校"的那段岁月只是跌宕人生的一个片段,但它折射出中华民族和中国大地那时正在痛苦中煎熬。

在余江安营扎寨

1969年10月,由于种种原因,人民大学停办。1970年春,按照"五七指示"和中央"一号文件"以战备和疏散城市人口为由,全校2313名教职员工,除了被扣、被关、调离、身残、自谋生路或其他一些特殊的原因外,其余全部被强行迁至"五七干校"劳动改造。

当时有人说:"去'五七干校',离北京渐行渐远,离毛主席路线渐行渐近。"

人大的"五七干校",位于江西省余江县的刘家站。这个余江就是毛主席的《送瘟神》里的余江县,位于武夷山南,庐山北,属上饶地区,是浙赣线上的一个小站,东距鹰潭市10多千米。干校的校区是一片丘陵地带,原是一个在"大跃进"时期公办的农场,后因环境恶化,地质低劣,人为破坏,农场被迫解散,人去楼空,人迹罕至,已变成一片废墟,我们的干校就是在这块荒芜的土地上点燃烟火、开疆辟土、安营扎寨。

就我而言,刚下去时,从根本上断了再回来的念头,彻底退掉了人大"红三楼"的一间经营多年的房子,带走了经处理后的全部家当,包括锅碗瓢勺，并迁移了户口。俗话说："孔子搬家——尽是书"。我的书并不多，除公家发的外，大都是从旧书摊廉价买来的，但书仍构成我的全部家当中的主要组成部分，只好忍痛把它们打捆以1角钱1千克的价格打发了。最使我心疼难忍的是我那部好不容易借钱买来的俄文版《资本论》，已读了一大半，圈圈点点，做了许多旁批，并打算在这上面做一篇大文章，此时此刻，也只好含泪当废纸处理了。

当一切安排妥当之后，接着随大部队一起向江西进发了。

"五七战士"进驻"水晶宫"

"五七干校"是按军事编制和管理的，上设一个由军宣队组成的指挥部，通称总部，是干校的中枢，即最高权力、决策、指挥机构，下设几个直属连，分片驻扎在相关联的几个区域，并就地劳动，其中的所有成员统称"五七战士"。

我被分配到一连。全连的战士最多的时候有150多人，都集中住在一个以大石坑为基础搭建起来的营舍里。这个大石坑位居这块丘陵的高地，是前人在"大跃进"时期采石后遗留下来的一个废坑，约1米多深，长方形，比一个篮球场稍大一些，较工整，有点儿像一个被废弃了的粗糙游泳池。我们初到这里，坑里积存了许多脏水、脏物，我们因势利导，把脏水、脏物排出，在周围用砖块略微加高并加盖一个倾斜度约50度的水泥板，制成了屋顶盖，再在周围打造几个如窗户似的通风口，开辟一条可供人上下的通道，平整好前后面积并不大的活动场地。周围又在从他处搬运来的一些松散泥土上种植几百株杂树，点缀一些尽可能四季常青的花草。这就成了我们堪为满意的营房驻地了。因为它原本是一个水坑，所以我们美其名曰"水晶宫"。

这个"水晶宫"的有利条件是重心低，结构坚固，稳定性好，可以有效地抵御夏季的台风和冬天的寒潮、雨雪，冬暖夏凉，隔音也较好。因此，我们自命为"水晶宫人"。不利的条件是空间太小，人太多，上下铺，每人所占面积不到 3 平方米，除床位外，再也放不下任何其他的东西。人在"宫"中，回旋余地更小，空气也不流通，特别是到了夏天，室内无任何简陋的洗脸、洗澡设施，气味极为异常，深有窒息感。还有就是苍蝇、蚊虫、飞蛾等杂虫太多，必须日夜挂上蚊帐，看书、写信和缝缝补补等活动，只能钻进蚊帐里，凭借放在或挂在床头和放在床边箱子上的一盏小油灯所发出的微弱之光，进行细心操作。仅就这些不利的条件而言，"水晶宫"又活像一座地牢或监狱，不是人能够生存和生活的地方。

锦江镇里来了新居民

我们到干校不久，大部分家属跟着来了，我的小孩也在其中，老幼妇孺近千人，都被集中安排在距干校约 20 千米的锦江镇，分散借住在镇上一些老乡们的家里。因为房子是按政策借住的，老乡们大都把他们多余的破旧房子，包括厨房、厕所、过道、阁楼等让出来，给我们的家属们住。房子大都是木板房或土坯房，因年久失修，干裂、破损严重，几乎都成了危房，难以起到挡风、防雨、御寒的作用。我和孩子被安排在只有 6 平方米的阁楼里，这个房子因旧而使中心偏移，结构失衡，摇摇晃晃，我们担心随时都有倒塌的危险！每天同我们打交道的不是人，而是成群结队的老鼠，有的老鼠比猫还大，堪称硕鼠，它同人玩的是"你来它跑，你走它扰"的策略！有的硕鼠目中无人。俗话说的"老鼠偷油""老鼠成亲"，老鼠生儿育女，就在我们身边频繁地发生，我们只能见怪不怪！

为了安排"五七战士"子女的学习，在锦江办了个"五七中学"，教师都来自"五七战士"，我的孩子也就在这所学校里读书。学校因管理不善，或因受社会武斗和父母派性的影响，常有殴打事件发生，我的孩子至今还留下在那里发生的难以治愈的断骨的残疾。

干校没有星期天，而是把每月 4 个礼拜天集中使用，叫作"四天大休"。每到大休，有家属在锦江的战士，都要从工地赶回锦江镇和亲人团聚。锦江镇是一个临江小镇，人口不多，交通不便，商业不发达，是个穷镇。我们来了之后,给这个相对平静、落后、闭塞的小镇,增添了一些生机和活力。每次大休,这里就活跃起来,孩子们在街上跑来跑去,抢购一些鸡鱼肉蛋和新鲜蔬菜,改善生活。"五七战士"都是带着工资下去的,那个时代的教工工资并不高,教授才100多元,讲师不到100元,但远比当地的乡镇居民宽裕多了。当地的老乡们给"五七战士"编了一个顺口溜:"穿得破,吃得好,光着膀子戴手表。"由于干校在这里给他们带来许多好处,所以我们同当地老乡的关系处得很好!每当他们在路上碰到"五七战士"时,大都笑脸相迎,并亲切问一声:"人大同志,你好!"或"人大同志吃饭了没有?"

开疆采石建红房

各连的情况不一,有的连以农活为主,除主产水田外,还有菜田、茶田和喂养家畜,主要是鸡、猪。我所在的一连,主要搞基建。其中绝大部分的人分配去采石和加工石材。采石是采当地盛产的红石,石质坚硬,呈粉红状。工序的进程是,每当选好一块红石的地面后,做好规划,量好尺寸,接着用打槽、挖沟、加锲、抡锤的方式,一层一层、一方一方地向下钻进并相继取石。取出的石材,再经简单切割后,呈不规则的长方形,每块几十斤或上百斤不等,然后交给下一道工序,经过精雕细刻、千锤百炼,最终才铸成平整的而又纹路清晰的可以砌墙用的成品——石材。

我的岗位是第三道工序,建造石房,当泥瓦匠。这是干校中最苦、最累、最繁重的一个工种。无论冬夏,都是在户外作业。冒严寒,顶酷暑,与天斗,与地斗!相对而言,冬季好过一点,可以晒太阳,只要干起活来,就不怕冷。可是,每逢盛夏,烈日当头,为了赶进度,上指标,争先进,还必须拼命地干,怀抱一块块上百斤的石头一层层向上垒,然后再加盖一层红色屋顶,一幢幢的红石房就拔地而起了。仅在初到的一年内,我们就建成六七幢红石房,排列成行,一片红,很壮观,大家都为自己的劳动效率和成果而骄傲。我几乎每天早上都要到工地的一头,远远望去,一片红房。感到很高兴、很自豪！

在建房的日子里，每天日出而作，日落而息，日复一日，整天挥汗如雨。每当收工回营，内衣都湿漉漉地贴在身上，第二天，又穿上未干的衣服上阵。夏季，穿着极为简单：一顶草帽，一条汗巾，一条短裤，有的连鞋都不穿。一年下来，白面书生个个都晒得像黑炭，变得像个衣着不整的流浪汉。建房是极具风险的，爬高下低或梁坠石落，都有可能造成伤残或死亡。就我而言，至今还留下数个终身难以痊愈的疮疤和隐隐的伤痛。

如今，40多年过去了，有人从那里参观回来，仍能看到我们当年建造的红墙内外所留下的许多我们当年亲手写下的诗篇，如"卢山下，赣江旁，五七战士摆战场""心炼红，眼炼亮，一代新人在成长""知识分子工农化，一颗红心永向党"，等等。

我们干校茶田比较多，再加上不断开发的新茶田，放眼望去一片绿！清明、谷雨前后的采茶盛季，有茶田的连队忙不过来，我们自愿前去支援他们，帮着采春茶。采茶过程中，跟随老乡哼茶歌，有时跳采茶舞，自得其乐，乐此不疲！

记得，刚到刘家站时，还未编入连队前，也曾干过一阵子运输和修路。鲁迅说过路是人走出来的。我们这里的路，大多不是人走出来的，而首先是我们战士在夜以继日的劳动中修出来的，因为原先这里根本没有路。俗话讲，要想富，先修路。没有路，行人不便，车过不来，生活资料和原材料都运不进来，无法生存和施工。所以我们刚进入工地时，头场战役便是修路。修路也是一项非常艰苦而且投入较大的工种。

一年之后，我们的劳动有了辉煌成果。有诗为证："果成园，茶成行，犁田施肥赶插秧，黄土坡上修公路，荒地建成红栋房。"这首诗是我作的，也是我亲手写在红墙上的，至今，据旅游的同志回来说，此诗还残留在干校的红墙上。

劳动创造了家园。房子是自己盖的，粮食和蔬菜是自己种的，猪是自己养的，茶是自己采的，路是自己修的，等等。自食其力，自给自足，就这种条件和环境来说，我们可以说已过上了"自然人"或"半自然人"

的生活了。

为了纪念这段不平凡的日子，至今我还保留着当年修理地球用过的劳动工具，如铁铲、铁锹，还有建房用的瓦刀、抹子，外加一条扁担等。我为什么要把它们视同文物保留至今呢？不仅因为在它们的躯体里浸透了我的汗水，伴我度过那么多难忘的日日夜夜，而也是它们确实见证了一个时代中国人民备受煎熬的苦难岁月。前些时候，在清理我的小型仓库时，发现在这些东西中有的不翼而飞，后经查询，是被小时工当作废品处理了！为此，我倍感失落，一心想把它们用高价收回来。

阶级斗争不要忘

指挥部对阶级斗争抓得很紧。每晚下工回来，一般都要开批斗会。斗争对象主要有3个：一是斗自己，斗私批修，狠斗"私"字一闪念，强调"私"是资本主义和资产阶级产生的根源；二是派斗，到了干校，派性也带了下来，派与派之间，水火不容，明争暗斗，持续不断，强调派性是阶级敌人的"摇篮"或"保护伞"，必须斗倒斗垮斗臭；三是斗"阶级敌人"，对于从北京带下来的被看作敌人斗争对象，如"5·16"分子等，除派专人看守并监督劳动外，还经常开批斗会。

在那个年代里，知识和知识分子半文不值。记得有人说过：在知识不存在的地方，愚昧就自命为科学。

此时，不知为什么，我特别喜读刘禹锡的《酬白乐天》诗，有时不知不觉就想起或背诵其中广为人知的两句："沉舟侧畔千帆过，病树前头万木春。"由于尚存有这种较为坚定的希望和期盼，鼓舞我一如既往地保持向上的信心和勇气。其间，我经常在劳动之余苦读诗书，"黄连树下抚瑶琴，苦中作乐"，来装点这段不寻常的人生！

探亲假里逍遥游

在江西劳动期间，因我爱人在郑州，按国家规定，每年有一个月探亲假，每次探亲都要路过武汉，每到武汉总想游览东湖和黄鹤楼等名胜古迹。人们常说愤怒出诗人，我看忧患也能出诗人，古人有许多好的诗词，大都出自忧患之时。我不懂诗和词，更谈不上作诗填词，但不知为什么那时那地总想诌上几句以寄愁思。一次路经武汉长江大桥，遂发古人之忧思，以《桥头》为题，诌词一首："暮色临桥头，夕阳垂地大江流，千古英雄淘不尽，何愁！满载风尘奔中州（郑州，回家）。"到了胭脂楼又以《访友未遇》为题，再诌一首："旧地得重游，寂寞深锁胭脂楼，万里江山何处觅？悠悠！蛇山默默不点头。"第二天，继游东湖，续以《游东湖》为题又诌一首："绕足屈子头（屈原像前），半湖春色半湖愁，客里无伴兴致扫，休遛！七分醉意三分游。"我不太讲究韵律，也不太注意句子长短，但求表达当时真情实意，足矣！

这里，我特意讲点东湖。当时，在屈原像前，有一位老者问我："东湖是怎样来的？"我无言以答。他虔诚地告诉我："传说，南海观音菩萨从西天佛祖那里回普陀山时，途经江夏，侍女一不小心，把手中玉镜掉下人间，镜片化成一池碧水，形成东湖。镜框的碎片，化成了座座山峰，也就是今天环绕东湖的34座山峰。"他还说，"南宋有个诗人名说友写诗一首，名《游东湖》，诗云：'一围烟浪六十里，几对寒鸦千百雏。'现在的东湖，昔日的风光已经不再，但东湖的湖面，仍然烟波浩渺，依稀动人。"当时，我在屈原像前，驻足良久，追忆屈原之往事。屈原最终被楚襄王放逐到洞庭湖畔。一位60多岁的老人，披头散发、形单影只、步履维艰，徘徊于湖上！他的《天问》《离骚》都是在这个时候问世的。屈原是一位具有远见的政治家、思想家，最后，走投无路，投湖自尽。

有人说："天下之楼，何以名焉？诗文助成也。"此话有一定道理。我每到黄鹤楼，必想起《黄鹤楼》中的"日暮乡关何处是，烟波江上使人愁"。讲出了多少游子的心声,讲出了人生之途茫茫。李白到了黄鹤楼也只能长叹一声:"眼前有景道不得,崔颢题诗在上头。"由崔颢的《黄鹤楼》,联想到王勃的《滕王阁序》:"落霞与孤鹜齐飞,秋水共长天一色",更是才高八斗,精彩绝伦,千百年来无不为此华章而倾倒!再就是范仲淹的《岳阳楼记》,其中说:"进亦忧,退亦忧","先天下之忧而忧",也为世代人所敬仰,谁能忘怀?还有唐人王之涣的《登鹳雀楼》:"白日依山尽,黄河入海流。欲穷千里目,更上一层楼。"可谓人见人爱,百读不厌。特别是后两句,登高望远,催人奋进,千百年来鼓舞了多少有志之士!忆往昔,世世代代,"多少楼台烟雨中",虽历经风雨战火,至今灵魂不死,屹立人间。这就是诗文不朽,楼阁长存之因!历史上一向有"诗文双绝"之美谈,诸如《归去来辞》《桃花源记》《滕王阁序》《阿房宫赋》《秋声赋》《赤壁赋》等,都出自大诗人之手。这也许是因为文以写景、叙事、抒情等为特征,都需要诗意来衬托,方得以工。还有,我还想起唐代张继写了一辈子诗,但他最后只留下一首28字之作——《枫桥夜泊》,供世人代代传诵。正因为这首诗歌才给那座寺庙带来了永恒。

在"9·13"以后的日子里

"9·13"事件后,似乎人们的觉悟一下子提高了许多,开始谈天说地,话古论今,吃喝玩乐,游山玩水。被压抑很久的知识分子的知识火花喷射出来了。

我们中的大多数人很喜欢旅行,认为旅行是一种很好的学习机会。早在孩子还在干校的时候,我就曾利用大休加年假的机会,带着他从刘家站上火车,到茨坪,参观了领袖故居、革命文物、黄洋界和大小五井。然后到南昌,参观了八一起义纪念馆和广场,度过了一次非常有意义的假期。现在看来,这不就是如今时兴的所谓红色旅游吗?

在以后的日子里,我们还去了革命圣地广昌、会昌、零都、瑞金、兴国、弋阳,以及当年在皖南事件中囚禁新四军被俘人员的集中营的旧址

——上饶。在上饶，我们还借机祭奠了在那里殉难的瞿秋白等烈士。此外，还去过抚州、南丰、鄱阳、吉安、吉水、铅山、乐平、德兴等地，目的是寻觅王安石、汤显祖、姜夔、欧阳修、文天祥、杨万里、辛弃疾、苏东坡等历史文化名人生前的足迹或出生地。每到一处，当地人知之甚少，几乎无处可寻！无奈，只好面对青山做一点儿遐想，默默地发一点儿思古之幽情！

在干校的这两年多的时间里，应当说有苦也有乐，前苦后乐。最大的苦，对我们这些教书和念书的人来说，除繁重和艰苦的劳动外，就是很少看书。在干校的前一段时期，受"知识越多越反动"和"书读得越多越蠢"思想的影响，除了《毛泽东选集》《毛泽东语录》之外，别的书一律被当作封资修，遭到禁锢。后期禁令稍弛，但又苦于无书可读。一个知识分子成堆的百十来人的宿舍里，别说找不到几本好书，连临时借一支笔或找一张纸都很困难。我深感，人总是在没有的时候，才体会到有的可贵；人也总是在失去以后，才明白拥有的价值。

再往后，好多人在思索自己的前程：人大不存在了，将何去何从？

当时，按照北京市革命委员会意见，要把人大2000多名教职员工，包括家属共4000多人，交给江西，就地安置。江西方面，感到人大教职员工老干部多、党员多，资历老、级别高，工资负担重、人员数目大，在一省范围内很难消化，因此没有马上接受，讨价还价、左推右推。与此同时，人大的教职员工也不愿留在江西，强烈地要求回北京。

因此，"五七干校"面临解体，人心涣散。当时，养了很多猪和其他家畜，产权都属于自己的，可以任自己宰割，因而宰猪成风，天天吃猪肉。那时的猪都是肥肉型，适合做红烧肉，好吃，爱吃。我们这些人虽然衣衫破旧，但囊中并不羞涩。劳动少了，吃得好了，负担减轻了，睡觉的时间大大延长了。很快，好些人的模样改变了，肚大腰圆，真有点像活菩萨，或像大腹便便的大资本家！有些人因此而得病，如心脏病、高血压、糖尿病、骨质增生、腰椎间盘突出等，有些人还数病并发。

1972年年初，我连发几天高烧，经当地军医院检查，除肺部有阴影外，还患有严重心脏病（心肌严重缺血），经批准，提前返京。

回到北京，仍单身一人落脚在原人大林园二楼二层一间斗室里，这时我真有点"躲进小楼成一统，管他春夏与秋冬"的感悟！当时，面对的是事业上碌碌无为，经济上捉襟见肘！每天除看病外，坚持看书、习字和写作，沉默寡言，心情慢慢平和下来，也无太大、太高的企求，对我来讲，在那个短暂时期内比过去任何时候情绪都低落、消沉，似乎什么理想、抱负、追求，都淡漠了，看不见自己的前途，今后何去何从，一切只好静候命运的发落！有时也曾想，能否再叩开人生理想和欢快的大门，但始终找不到这把万能的钥匙。这时我真正体会到，心灵最大的痛苦，莫过于对生命无度的荒废。有一次，我对着镜子发现自己满头华发稀疏，苍老消瘦，不禁心寒如冰！人到中年，所面对的竟是如此不顺畅甚至残酷的现实、坎坷和无奈，令人不寒而栗！

1973年初，情况有了变化，人大"五七干校"奉命停办，教职员工陆续成批返回北京，继而按原建制、原单位分别分配一些人到北京的不同高校，我也随之被分配到新的工作岗位——首都师范学院，从此又踏上了新的征程。

第四部分
三易门庭

执教师院：惊观风云激荡

1973年夏，有一天，领导找我谈话，具体谈些什么，事先我不得而知。当我走到领导办公室时，意想不到接到通知，我已被分配到北京师院（现在的首都师范大学）工作。由此我又重新走上新的教学岗位，我的工作和生活又开始有了新的转机。

这时，"文化大革命"的阴影仍笼罩着我们。在人际关系中，我明显地感到，与过去大不相同了，一些人甚至周围的人，也都变得多疑、偏执和生硬了，变得很难相处，彼此之间很少见到笑脸。但也有好的一面，似乎人们变得更加成熟和老练了。

当时，我所在的马列主义教研室大致由两部分人组成：一部分是原师院的人马，另一部分是刚分配来的原人大教师。教研室主任叫马春景，是抗日战争初期的老干部，为人较为和善，处人处事都比较灵活、公正、善良，善解人意，爱好书法和篆刻，和我有许多相近之处，我与他相处得很好。在他的领导下教研室同志之间的关系虽然也有矛盾和斗争，甚至有时还较为严重，但对我来说无不淡然处之！自我感觉，经过了政治中的大风大浪，我也逐步成熟起来，多少懂得一些如何适应形势和驾驭形势的道理和韬略。所以到师院之后，从总体上说我的工作还较为顺手和舒心。

时过不久，由于我在领导心目中的信用度逐步提高，我的工作量随之逐渐加大、加重，除了在校内担任外语系、历史系、读书班等一些大课堂的经济科学讲授任务外，还在校外的一些大企业、百货大楼、大工厂、大学校、市府大楼等单位兼任一些讲学任务，几乎每天都马不停蹄地出入于校内外之间，更无礼拜天和节假日可言。但忙中有序、有趣、有乐！

在此期间，更值得一提的是，每周还要为国家建委党组学习班讲授一次经典著作，先后讲了《资本论》第一卷、《工资、价格和利润》、《雇佣劳动和资本》、《反杜林论》、《哥达纲领批判》等原著。这项工作坚持达两年之久，几乎从未间断过。教学效果良好，很受欢迎。如今，每当我回顾这段教学生涯时，仍很自豪，感到很有意义。因为这时期我的教学对象都不是普通的百姓，而几乎都是当时或后来的党和国家及其各部委的重要领导人，如谷牧、韩光、宋养初等，有的成了中共中央委员、政治局委员，国务院副总理。在这个学习班上，班长是谷牧，副班长是韩光，他们认真负责，从不缺席。当时负责接待我的是张百发同志（后来任北京市常务副市长），送往迎来，给我很大的帮助和鼓励。

在与他们相处的日子里，我从他们身上的确学到不少做人做事的道理和干革命的精神。同时，那段日子我隐隐地觉察到当时计划经济条件下的官僚习气比较严重。这也许就是我后来对计划经济萌生否定态度的原因。

我在师院时间虽然不长，但在此期间，大事不断，祖国发生了天翻地覆的变化，我个人在其中也受到了考验和锻炼。

"文化大革命"后期，北京军区驻南口部队某部，邀请我给他们（军官、干部）讲一次有关爱国主义的教育课，并说军队与地方不同，希望能多讲点民族精神和祖国希望，以此来鼓舞士气，振奋精神！我接受任务后，琢磨再三，不知具体讲什么和怎样讲是好，为了增强政治保险系数并有利大局，最后敲定，以《建设社会主义物质文明和精神文明》为题，讲点史与论相结合的内容。为此，我认真做了准备。这份讲稿，我认为是我当时的得意之作，至今我还把它原封不动地保留下来。在这份讲稿中有一段是这样写的：

"中国是一个古老的文明古国。在数千年的历史长河中，它历经沧桑，创造了辉煌、灿烂的文化，号称礼仪之邦。有着爱祖国、爱民族、爱人民的良好传统，历史上曾涌现出一些流芳千古的英雄人物。如'虽九死其犹未悔'的屈原；'生百遗一，念之断九肠'的曹操；'鞠躬尽瘁，死而后已'的诸葛亮；'匈奴未灭，无以家为也'的霍去病；'闻鸡起舞，誓复中原'的祖逖；'欲将血泪寄山河'的李清照；'精忠报国'和'待从头收拾旧山河'的岳飞；'留取丹心照汗青'的文天祥。还有明代名将于谦，12岁时就写出了脍炙人口的诗篇《石灰吟》：'千锤万凿出深山，烈火焚烧若等闲。粉身碎骨浑不怕，要留清白在人间'。明代抗倭英雄戚继光在《马上行》诗中说：'南北驰驱报主情，江花边草笑平生；一年三百六十日，都是横戈马上行。'"

此外，我为了增添讲课的实效性，还引用王昌龄在《出塞》中的诗篇："秦时明月汉时关，万里长征人未还。但使龙城飞将在，不教胡马度阴山。"还讲到抗日战争时期的一些"一寸河山一寸血，十万青年十万军"的悲壮事件。"虽然这些历史上的志士仁人，用鲜血凝成的高尚情操，永远为后人所赞颂，但是他们终究要受到自己所处的历史时代的限制，使这种牺牲精神无不打上忠君或忠于封建王朝的烙印。如今的中国劳动人民当家做了主人，在社会主义社会这块肥沃的土地上，古老的中国文明，只要我们很好地批判和继承，新文明之花定会竞相争艳，大放光彩；只要我们精心地栽培和浇灌，细心地护理，推陈出新，社会主义新中国的文明，必将是当代社会主义文明大花园中的一枝独秀。'春色满园关不住，一枝红杏出墙来。'一切热爱社会主义事业的中国人，无不对祖国即将展现在人们面前的文明寄予这种殷切的期望。"

课讲完之后，自我感觉良好，也获得热烈的掌声，比较满意地回来了。殊不知完全出乎我的意料，正是这一段讲课内容出了问题，引起了麻烦。就在我讲完这堂课的第三天，师院革命委员会办公室向马列主义教研室转来了某部队个别领导对我讲课的书面意见，教研室的领导如何看待这份书面意见和对我采取什么态度呢？当时我不得而知。隔了两天马主任找我谈话，态度严肃，口气和蔼，他既批评了我，也默默地肯定了我，又再三告诫我说："老弟，今后一定要看好自己，不要再惹是生非了！"语重心长，至今难以忘怀！

正是在这一年，中华人民共和国恢复了在联合国的合法席位。1974年4月，联合国召开第六次特别会议，我国派邓小平率代表团参加。1975年

1月中旬，周恩来在四届人大一次会议上，重申了三届人大提出的"在本世纪内分两步走实现四个现代化"。在此期间我们这些做理论教学、科研工作的同志都喜出望外，认为形势变了，可以竭尽全力地为"实现四个现代化"而拼命地工作了。为此，我写了一套完整的讲稿约有3万多字并打印成册，除用于讲课外，还作为资料散发给校内的学生和校外的学员。当时，我除了在校内担任3个大课堂的讲授任务外，还应邀（并得到院领导的同意）在校外为不同单位和各级干部，讲授恢复、发展和建设国民经济的各项专题。

四届人大一次会议后，周恩来病情加重，邓小平在毛泽东支持下，主持党中央和国务院的日常工作。小平同志根据毛泽东提出的"要安定团结，把国民经济搞上去"的指示，明确坚定地制定了全面整顿的指导方针，并在叶剑英、李先念等一批老干部的同心协助下，邓小平领导的全面整顿计划大刀阔斧地开展起来。我们这些理论工作者，正是在这种新的大好形势下，充满信心地学习和工作。

正是在这个时候，我奉院方之命，继续给门头沟党政干部讲课（门头沟是我的一个校外教学点）。我当时仍坚持按原计划讲"如何实现四个现代化"。这时我非常自信，实现"四个现代化"是党和国家的既定方针，没有错，应当大讲特讲。同时我也认为这个讲题对我来说得心应手，也到处受到欢迎。特别在讲到实现工业现代化时，我从古到今，从国外到国内，从经济到政治，全方位地讲了它的重要性、必然性和可行性。其中，我还引用荀子在《劝学篇》中说的这么一段话："假舆马者，非利足也，而致千里；假舟楫者，非能水也，而绝江河。君子生非异也，善假于物也。"何谓"假于物"？我的解释就是运用先进的生产工具、技术手段来发展生产。自然界的一切财富，都需要利用工业部门所生产的生产工具才能予以开发、加工和制作，使其变为各种各样有用的东西，用来满足人们各方面的需要。现在我们向土地要粮食，向地下要石油、天然气、煤和各种各样的矿藏，向大海大洋要各种生物，向宇宙空间要生存条件等，不"假于物"，即不利用各种各样的极其先进的生产工具是不成的。中国有句古语："工欲善其事，必先利其器。""利其器"在今天就是要有先进的生产工具，即实现工业现代化。

同时，在这一讲中我还十分强调，社会主义工业现代化是无产阶级专政的物质基础，是社会主义国家经济独立、政治独立的重要保证，是实现国防现代化不可少的前提条件。最后，我引用列宁的名言"没有高度发达的大工业，那就根本谈不上社会主义"，作为这堂课的结束语。

课讲完之后，在返程的路上，我心中忧喜交织。喜的是，这堂课自以为讲得很成功，很生动，掌声不断；忧的是，我讲的内容可能引火烧身。

果然不出所料，我还未到家，就有人把状告我的电话打到师院革命委员会，说我在课堂上大肆鼓吹"唯生产力论"（指"四个现代化"），要师院革命委员会对我严加批判教育。师院革命委员会马上把电话打至我所在的马列主义教研室，要教研室主任马春景找我谈话，开批判会，并做出适当处理。所幸马主任对我很了解、很爱护，采取了一些保护措施，也未在教研室内部宣布。他要我沉住气，不对抗，不作声，一切由他来周旋！

临走时，马主任还和我耳语："诸葛一生唯谨慎，吕端大事不糊涂。"

1976年1月8日，周恩来逝世，全党和全国人民陷入巨大的悲痛之中。自3月中旬起，全国各地的群众，利用清明节祭祖的传统习俗，自发举行悼念周恩来的活动。首都人民自3月底开始，陆续前往天安门广场，在人民英雄纪念碑前敬献花圈、花篮，张贴传单，朗诵诗词，发表演说，表达对周恩来的悼念。

在这期间，我几乎一天不落地自带干粮到天安门去，参与自发的群众悼念活动，有时到深夜也不愿离去。那时我住在真武庙（复兴门外）国家计委宿舍内，离天安门很近，来去都是步行。4月4日，悼念活动达到高潮，进出天安门广场的人高达200余万次。这时，我似乎感到全中国人民都跑到广场上来了，全世界都在密切关注似乎烧红了的广场。

1976年7月6日，朱德逝世。9月9日，毛泽东逝世。在不到一年的时间里，周恩来、朱德、毛泽东3位领导人相继去世，举国上下各族人民无不沉浸在巨大的悲痛之中。华国锋在"四人帮"咄咄逼人的进攻下，同叶剑英、李先念共同研究和反复商量,并征得政治局多数同志的同意后,决定采取果断措施。10月6日晚,华国锋、叶剑英代表中央政治局,宣布对"四人帮"及其在北京的帮派骨干实行逮捕。

粉碎"四人帮"后,人们大多只是在私下里议论,表面上仍很平静。10月14日,中央文件正式下达,许多传闻得到证实。人们涌到街上去游行,敲锣打鼓扭秧歌,官方还破例放了烟火。饱受磨难的知识分子们,自然感受更深切一些。为迎合社会各界的高涨情绪,北京体育馆举办一场又一场文艺演出,数万人的场馆里,头发花白的军人和知识分子占了不少。延安时期的歌曲成为主旋律。记得当时我以《除四害》为题填词一首:"昔见风雪愁,今见风雪笑。冬未过半春报晓,四害干掉了。天翻地覆人未老,心旷比天高。"

"四人帮"的被粉碎,标志着历时10年的"文化大革命"最终结束。

人大，我又回来了

1978年初，中央决定人大复校，我们这些原本在人大"土生土长"的教师，都做着"回家"的准备，虽然师院十分挽留我们，但很少有人乐意留下。并非师院不好，而是我们对人大的感情太深了！年底我随大伙一起奉命到人大报到。

回人大后，又有一个具体安排问题。由于历史上这里发生过许多的恩恩怨怨，我不愿再回到曾学习和工作过的具体单位——经济系。当时，作为人大一个重要组成部门的函院，也诚心诚意欢迎我们回去，但由于一些原因我们不愿再回到那里。最后，在无可奈何的情况下，经领导同意、自己认可，只好临时挂靠于科研处。此时，与我处于同样命运的还有方生、王瑞荪、黄振奇、苏崇德等人。

可是，科研处一向是全校科研的领导和组织机构，是学校官僚层的"世袭领地"，我们作为普通教师待在那里的确时时处处都感到格格不入。

正值此时，经济系的老主任宋涛（我的经济学启蒙老师）以成立经济研究所为名，要我们去将要成立的经济研究所。我们信以为真，也就高兴地去了。他要我们先在帝国主义经济研究室待上一段，等经济研究所成立后，再转经济研究所。帝国主义经济研究室副主任陈耀庭（主任吴大琨）、党小组组长陈俊殴都是老朋友，也欢迎我们去。后来才知道，校方根本就没有成立经济研究所的意图，当然更不会为安置我们几个在他们看来不太驯服的人而特设一个经济研究所。失望之余，我自然就萌生出"离家（人大）出走"的念头。当然，这时还仅是念头，主客观条件都不具备，很难变成现实。

到了20世纪80年代，特别是党的十一届三中全会以后，改革开放开始了，我们这些人如鱼得水，顿时活跃起来了。

这里我所说的"我们"，就人大来讲，能够在改革开放的旗帜下走到一起来的，为数不多，我算了一下，就当时而言，在人大几千人的教职员工中，不是口头上而是真心实意赞成和拥护并勇于投身改革开放大潮中去的，充其量不过几十人，再把范围缩小到当时不下上百人的人大经济学系来看，人数更少。事实说明，当时只有几个人，敢于首先站出来冲破计划经济的绳索，为改革开放大声疾呼的，毫不隐讳地说只有3个人，分别是方生、何伟和我，这是人所共知的。我们在当时，在众目睽睽下，义无反顾地走出校门、融入社会，和社会上正在形成的一支强有力的坚持改革开放的队伍站在一起，横立潮头，为改革开放鼓呼。随着形势的发展，我们的活动范围急剧扩大，不只限于京城，而是远涉全国各地，包括城市和农村。在社会上，我们3人除了经常应邀参加政府、高校、企事业单位、学术界所召开的各种会议（主要是学术会议）外，还不时在《人民日报》《中国社会科学》《经济研究》《光明日报》等报刊上发表自己关于改革开放的文章，宣传改革开放的观点、方针和政策，同时也发表一些有关经济理论、经济学和政论观点，并相应陆续出版了一些经济理论和改革著作等。由于我们的社会影响越来越大，许多大专院校、政府机关、企业和事业等单位邀请我们去为他们咨询、辅导、讲课，其中有些单位还相继聘请我们去做他们的客座或兼职教授、顾问或高级顾问。有时也应邀登上中央电视台、北京电视台和中央人民广播电台。

我曾算了一下，一年之中，大约有2/3的时间在全国各地穿梭。活动的主要内容除咨询、辅导、讲课外，还有开会、参观和访问。改革开放后的前几年，除拉萨外，我几乎应邀跑遍了全国各大中城市。其间，去的次数最多的要算昆明、重庆、杭州、成都、武汉、上海、南京、郑州、西安、沈阳、长春、哈尔滨、兰州、西宁、银川等城市了。光昆明一地就先后去了8次，南京去了10多次。

由于我同方生、何伟的观点基本相同，活动范围大体一致，在一定程度上形影相依，所以，很快在社会的一定范围内，主要在经济学界，暗暗地把我们3人称之为"人大三剑客"。

在这期间，由全国经济学总会组织了一支由五六十位教授组成的强大的讲师团，方生任团长，成员包括像于光远、高尚全、杨启先等这样的经济学家，我和何伟也在内，先后赴昆明讲学。相比较而言，我去昆明的次数最多，在昆明停留的时间最长，讲课的次数最多。据统计，我光在云南工业干部培训学院课堂上，就讲课50多次，除专题外，还系统地讲授了政治经济学的社会主义部分全部，并得到诸多好评。年终评比，不论从数量、质量或效果上看，我都排在第一位。后来云南出版社还把我的讲稿编成《社会主义经济问题讲座》公开出版发行，发行量达数万册，颇受社会欢迎。

我还记得，在云南讲课期间，有一位同志对我说："你们北京人真有福气，一年四季，泾渭分明，多好呀！"我说："还是你们昆明好，四季如春，不愧为春城，天时地利都被你们占有并享受了。我们北方，特别是北京，虽也有春天，但在四季之中像林黛玉一样数它最短命，每年都一掠而过。说来也怪，从地理位置上看，北京离大海很近，100多千米外就是渤海。但是，居住在北京的人，从来就没有一点海洋性气候的感觉。北京的春天，即使来了，也不是人们想象的那么美，因为北京的春天风大，说来就来，而且都不是空手而至，总是伴随甘肃等地的沙尘同行。我记得，刚来北京时，见到北京的妇女在春天里头戴各式各样的纱巾，很好奇，后来就见怪不怪了。另外，北京城太大，楼太高，我们长期生活和工作在钢筋水泥的森林里，实在太闷！问题的严重性还在于，随着城市的发展，土地和空间越来越小。比如我居住的地方，楼宇之间本来有一小块绿地，渐渐地变成了停车场，那片如毡的草坪，早被橡胶车轮磨得精光！你们去北京，若在北京赶上春，千万'留春住'！"

北京的夏天最长，冬天次之。我喜欢春天，也爱冬天，因为北京太热了，方方面面都热，真是酷暑难耐啊！每到夏天，我总盼望冬天早点到来，因为一切都要冬天来进行"冷处理"。北京的秋天最好，春华秋实，尤其是西山的红叶，最领风骚！

还值得一提的是，在经济特区开创和建设年代，我也曾为之做出力所能及的贡献，特别是蛇口工业区。

袁庚是蛇口工业区的创始人，他思维敏锐，能力卓越，为人诚恳，富有进取心，善于接纳别人意见，在共事者中备受尊崇。袁庚61岁时被指派负责被领导忽略已久的招商局。一向雄心勃勃而精力旺盛的袁庚，很快便制订出了一个可行方案，经过一番整顿，招商局脱胎换骨，成为一个富有竞争力的盈利企业，在制造业、贸易和航运方面建树颇丰。由于香港地价奇高，袁庚将着眼点转移到了蛇口。

1979年1月，交通部和广东省政府都收到了一份关于在蛇口设立工业区的详细计划书。这个报告是袁庚提交的。报告中包括在保安县蛇口区的2.14平方千米的土地上，创建蛇口工业区。很快广东省政府与交通部便分别于1月6日及10日通过了该计划报告书。随后，计划报告书被送到国务院。1月31日，该计划报告书获得了时任国家副总理李先念的首肯。顺理成章的，蛇口工业区成为现实，成为中国第一个工业区。

袁庚说，他要在这块荆棘丛生的土地上杀出一条血路来，他响亮地提出"时间就是金钱，效率就是生命""空谈误国，实干兴邦"等口号，为改革开放写下了浓浓的一笔。

实际上，李先念批准的并不仅仅是蛇口，而是整个南头半岛。但袁庚只要了蛇口这么一个位于南头半岛南端的弹丸之地。他解释说，蛇口贫瘠荒芜，即使项目失败，能造成的影响也微乎其微，而岛上其他地区或多或少都已有一些工业基础设施，将它们归并到工业区不仅会提高成本，还有可能会大幅度增加政治风险。

在创建蛇口工业区初期，一项重要的任务就是开办蛇口工业区干部培训班，为蛇口工业区培育必要的经营管理及领导人才和领导干部。为此，他亲自到北京的清华、北大、人大招兵买马，我就是在这个时期，被召唤到蛇口来的。

我特别感到荣幸的是，在袁庚主持的开班庆典大会上，袁庚把我郑重地介绍给大家："这是我从中国人民大学特聘来的资深教授宋养琰，他是一位改革开放的闯将，知名的经济学家，特来为你们开讲经济学，讲改革开放理论，讲如何办企业。"

蛇口工业区干部培训班后来被称为蛇口的"黄浦"。蛇口工业区干部培训班共办了3期，誉称为"黄浦"的"一期""二期""三期"。我自然是这个"黄浦"的首垦者和开拓者。

当时我深切了解，蛇口不是北京，而是特区；这里的培训班不是大学讲堂，而是特殊意义上的"练兵场"；学员也不是普通学子，而是选自全国的大都有一定理论基础和工作经验的中青年骨干。因而我必须密切结合这里的实际，认真对待。我还记得，在开宗明义的第一讲中，我以《经济科学研究的对象和任务》为题，画龙点睛地点及经济理论在经济建设中的作用，特别是在创建包括蛇口工业区在内的指导意义，会后换来了热烈掌声！在接着的后面几讲中，我以专题的形式，分别讲了《改革开放在振兴中国经济中的重要性》《市场经济的地位与功能》《工业化的内涵和意义》《信息化与现代化》《金融体系的建立及其在国民经济中的地位和作用》《如何借鉴外国特区的经验》《如何创建蛇口工业区》等。均颇受大家欢迎和好评。我所讲的内容大都在《深圳特区报》以显要的版面先后发表。

说实在的，我这些方面的知识还是不足以应对当时形势发展需要的，所以每次讲课前，我总是悉心地准备，在调查研究的基础上，尽可能写出讲稿，在课堂上精心讲解，敢讲真话和新话。每堂课总留出一段让学生提问的时间，使得师生之间能够交流思想，解惑释疑。

在以后的日子里，我还应邀多次来深圳和蛇口讲学，并为当地报刊撰写文章，特别是《深圳特区报》《香港商报》，在改革开放的30来年中，粗略统计，我在这两份报纸上先后发表论文30多篇，大都在理论版的头条上，深受欢迎。

多年之后，我再到蛇口、深圳时，见到这些大多已功成名就的往年的学生时，他们无不笑脸相迎，并异口同声地称赞："宋教授课讲得好，我们都受益匪浅！"

说实在的，在我的大半生中，只有这时，才真正开始觉察到自身的存在还有一点用处，或有一定的社会影响和价值。其实，并不是说，我看重这些、在乎这些、向往这些，而是说这使我感到在人格上受到社会的尊重，这种感觉是过去从未有过的。

当时，我们已清醒地感觉到，我们的言行在我们所在单位及其领导层看来已经离经叛道。我还清楚记得，在一次校内的科学讨论会上，我写了一篇《论计划经济与市场经济》的论文，由于其中揭示了计划经济的一些弊端，并说明市场经济的一些优点，却被"枪毙了"。后来这篇文稿只好拿到校外发表，先后登载在《经济研究》和《经济科学》（北大校刊）等刊物上，并被《新华文摘》摘登，社会反映非常之好。后来，还被国外刊物转载。

除此之外，在改革开放的大背景下，他们拿我们也没有办法，更何况我们的言行是符合时代要求的，为广大群众所欢迎的，同时也是在党的方针、政策所许可和鼓励的范围之内的。

但也不可否认，即使在这种形势下，仍有些人对我们说三道四，甚至颠倒黑白，恶语中伤。所有这些都丝毫动摇不了我追求真理的信念。既然我们已经选定了这条道路和发展方向，当然就不在乎他人如何指手画脚，我们会照样昂首阔步走下去。

古人云：读史可以知兴衰，可以明事理，可以鉴得失。我作为人大的一名老人，伴随人大在风风雨雨中走过几十年，人大的功过得失尽在眼中，了如指掌。应当承认人大在历史上，特别在五六十年代为培养新中国成立后所急需的建设人才做出了自己应有的贡献，可谓功不可没。因此，才受到当时社会的广泛赞许并成为高校的翘楚，甚至有红色摇篮之称。我是人大校园里的一名园丁，承载着崇高理想和抱负，我为之在不懈耕耘中流了不少心血和汗水，倾注了自己的青春和激情，当然我为人大已取得的辉煌成就而自豪。在这里，我也亲身经历了人大建校、复校的时代变迁和沧桑岁月，正因为如此，我由衷地热爱人大，思念人大的培育之恩。

可是改革开放后，特别在改革开放的初期，人大江河日下，往日的光环逐渐褪色和脱落，因为它在这个新的历史时期中很快地变旧、变老了，仅就当时而言，似乎变得与时代的发展格格不入了，与当时改革开放不能相容了。有人把当时的高等教育喻为传统计划经济体制的"最后堡垒"，我认为，当时的人大堪称为其中一个很好的样板。

以后的情况可能好些，当然也自有公论。办学的成效大小，应当让社会来评价，让人民来打分，不能自吹自擂。我还认为，学校办得好坏，关键不取决于经费多少，底座多深，后台或靠山多硬，而在于办学的指导思想和路线是否正确、有无或有多少真正的大师、能否跟上时代步伐和符合社会潮流、还要看重用何人、出多少有益于社会甚至人类的科研成果、培养多少出色的人才等等。否则，钱再多，充其量只能是多建几栋豪华大楼（语出"大学者，非大楼之谓也"），多造几个体育场馆，多修几条马路。如果办学指导思想和路线不正确，与时代的发展和要求不协调或相悖，到头来只能是"金玉其外，败絮其中"。

何谓大师？在正常的文化时代，大师应是在一定的学术圈内最高、最大、最杰出的学术贡献者，为大家公认的学术权威，并对当代社会和人类文明做出卓越贡献的学者。

达尔文说过："人通往坟墓的路是由许多欲望的石子铺成的。"当这些欲望一个一个都不能实现时，就会产生痛苦。如何摆脱这些痛苦，只有远离她。所以这时我才深切地感到，如今（当时）的人大，已经不是我的久留之地，于是我只好狠下决心一走了之了。

还是去社科院的好

我记得，有人说过，人在行进时，转弯的地方最重要。

决心已定，但去向何方？有一个选择问题。虽然此时可去的地方较多，但对我来说，中国社会科学院（以下简称社科院）当然是首选。当时，马洪同志正在主持社科院的工作。我之所以能顺利地进入社科院，首先应感谢我的好友张朝尊的推荐，张朝尊的一个电话打到马洪那里，马洪同志就满口答应了。在这之前，我与马洪结识于成都锦江饭店，据说当时他从我多次发表的言论中，对我多少有所了解。当他知道我要去社科院工作时，甚表欢迎，并及时通知了社科院的人事部门。

到社科院哪个单位，这又有一个选择问题。当时社科院有3个地方要我：一是中国社会科学杂志社、二是经济所、三是研究生院。经济所于祖尧亲临寒舍邀我去那里，中国社会科学杂志社理论部主任晓亮也对我表示欢迎，要我当他的助手。我权衡再三，为了能更好地发挥我在教学中多年积累起来的优势和我个人的爱好，最终决定去社科院研究生院。

说心里话，当时离开人大，内心深处是有矛盾的，甚至是很痛苦的，因为人大是我的母校，在这里居住了几十年，这里的人文环境，对我的确产生了深重影响。在此我经历了30余年的学习和教学生涯，虽然饱尝了辛酸，但毕竟还是有深厚的感情的，因为那里有那么多与我多年患难与共的同学、同事和老师，还有一些情同手足的朋友，人大的一草一木，我都知根知底，一旦离去，很自然在感情上产生难以割舍之痛！

当时，我在办理调离手续时，为了防止可能发生的不必要的人为干扰或意外事情，是悄悄进行的，除人事部门外未告诉任何人（包括家人）。

按照常规，人走了，在一定范围内开个欢送会，讲点好听和祝福的话应在情理之中。这也怪不得人家，我这样悄然地离去叫人家如何欢送呢！当一切手续办妥之后，我首先把事情经过如实地面告多年相处的挚友方生夫妇，他们特为我举办了一场别开生面的家庭欢送晚宴，四菜一汤，几两白干，气氛浓郁，大有一醉方休之感！此情此景至今难以忘怀。他们对我是送别，我对他们是告别，不管是送别还是告别，都意味着别离之痛。席间方生有感而富有诗意地说："一樽惜别酒，含泪送故人。相去无远近，万里互为邻。"这时，我深感友谊之可贵！

我是1982年春夏之交到研究生院报到的。那时研究生院的院长是温济泽，他是个老干部，来自延安，一直从事党的宣传领导工作，是个干事的人才。他对于我的到来表示欢迎。当我走进他的办公室时，他非常热情地接待了我，并亲自为我倒杯热茶，简单地聊点家常就言归正传。他在告诉我到校后工作的同时，并以长者的身份，鼓励我好好地干，干出成效来，给学校添点儿光彩。从简短的谈话中，深知他对我寄予厚望。

我原本是个资浅的学者，从不想走"学而优则仕"之路。我只想做个普通教师，教书育人，以献终身。我一直信奉孙中山所言："要做大学问，不做大官。"可是，到了研究生院后就身不由己了。开始，任命我为经济学教研室副主任，继而为主任，并兼院学术委员会委员和学位委员会委员。虽然官不大，但也有违我的初衷。

1984年下半年，经过评选，我顺利晋升为教授。这是为了更好地适应工作的需要，当然与我的努力也是密切相关的。那时，在科研和教学上，已取得一定的成绩，几年之内接连出版了3部专著，发表了360多篇文章，并获得多项奖励。当时，还带两个研究生和担任两个课堂经济学科讲授任务。值得一提的是，我的副教授是1980年秋季全国职称评定解冻的当年在人民大学评定的，按照规定，至少相隔5年经评比合格者才能晋升教授，经过特许，提前了一年，这完全出乎我的意料。

1985年8月，院方为适应研究生共同必修课的教学和科研的需要，特组建新的马列主义教研部，该部下设经济学、哲学、党史、外语（下属5

个语种）4个教研室，又任命我为教研部主任。在这期间，虽因身兼数职，又担任恒定的经济学教学任务，并带两名研究生，工作特别繁杂，当然亦很累，但心情还比较舒畅，干劲十足。

1985年下半年，我又出乎意料地被提升为研究生院副院长。我还记得，一天早上9点钟，我意外地接到大院部（指中国社会科学院院部）打来的电话，要我马上到大院部办公室商量事情，并指令研究生院派车送我。我当时对于这种由上而下异乎寻常的高礼遇的款待和安排感到既诧异又纳闷，能有什么大事，要和我一个小小的平民百姓商量呢？当我走进大院部办公室时，秘书长非常客气地接待了我，他开门见山地对我说："经院长办公会议讨论通过，并经胡绳院长批准，任命你为研究生院副院长，主要分管教学和科研工作。"随之又问我有什么意见？我感到十分意外，只说了一句话："既然组织已经决定，我有意见也是多余的了！"他还指令我说："从明日起走马上任，开始工作。"

接着，我又被任命为院党领导小组成员、院务委员会委员、院学报副主编等职。这时我的工作重心已从直接教学转移到教学和科研行政工作方面来，同时还分管外事和参与院一级的党的领导工作。

俗话说："做官靠运气。"此话有一定道理，但不完全正确。在此期间，对我来说，如果用"官运亨通"来概括似乎并不为过。有人问我："你是怎样当上官的?"我的回答只能是："靠组织的培养和群众帮助。"在一般人的眼里，当官和升官都要靠关系、靠后台。其实不尽如此，我在社科院是个外来户，既无任何关系又无任何后台，也从来不想靠任何关系或后台。靠什么呢，靠自己的努力，靠自己的敬业精神。而我的努力和敬业精神也不是为了做官，只是为了把自己分内的教学和科研工作做好，做一名称职的人民教师。可是，有心栽花花不发，无意插柳柳成荫。孙中山说过："要立志做大事，不要立志做大官。"对我来说，"大官""大事"都无意去做，也无能耐去做，而只愿当一个普普通通无愧于人民的教书先生。

说实在的，在我调来社科院之前，在长达30年的工作经历中，什么官都未当过，也从未想过。此时的我面对这些重任，的确有些诚惶诚恐！

"生平不逐名和利，劫后犹存赤子心。初膺重任心胆怯，深恐有负厚望忧。"这就是我当时多少有点沉重的心态。

从此，我又开始走上了我人生主航道上的另一段虽然很有意义但也颇具风险的历程。

一段不平凡的办学历程

从 1985 年到 1987 年间,我被任命为中国社会科学院(以下简称社科院)研究生院副院长。当时正值研究生院发展的鼎盛时期,研究生院院长温济泽因病辞职,由新上任不久的社科院院长胡绳兼任,副院长有 3 人,研究生有 1200 多人,其中博士生占 40%,有博士生导师 180 人,有较完整的教学设施等。仅就这些方面而言,可以说当时社科院研究生院在全国高等院校中堪称一流。从行政级别上看,与全国高校处于同一档次。

可是在我上任后,经过一番摸索,发现研究生院并非完美无缺,还着实存在不少问题,其中有些问题比较严重。面对这种现实,我深深感到,当时研究生的首要问题,不是数量问题,而是质量问题。从数量上看,根据我们的条件,现有的研究生已经足够了。但是,研究生的培养,如果只顾数量的扩大,而不顾质量的提高,必然会导致研究生的质量的贬值,从而失去培养研究生的意义。

我总觉得,一个合格的研究生,应在自己所从事的专业学科范围内,熟练地掌握专业的基本知识、基本的研究技能,可以独立从事高水平或较高水平的学术研究,能够站在学科的前沿,至少能了解前沿领地的情况,有针对性地提出一些行之有效的解决问题的办法。

我作为分管教学的副院长,深感提高研究生培养质量是我责无旁贷的任务。为此,在经过一番精心调查研究的基础上,有针对性地提出了我对提高培养研究生质量较为系统的看法。后来,经过整理,形成书面材料,逐级上报。

1987 年夏,在教委于语言学院召开的全国高校校长会议上,我又就此做了书面和口头的发言,并上报国家教委。

相隔不久,我又以《改进教学工作,提高培养质量》为题,以专论的形式发表在国家教委主办的《学位与研究生教育》1988年第1期上。因为它反映了这一阶段上我的治院思路,这里很有必要将其摘要陈述。

我认为,为了提高培养研究生的教学质量,必须发挥教师的主导作用。教学活动一般说来是教师和学生的双向活动,这个活动应当是一种生气勃勃的相互交流感情和传递信息及启迪智慧的过程。在这个过程中,首先要发挥教师的主导作用。虽然现时代的研究生知识面较广,思想也很活跃,有许多地方为教师所不如,但是,闻道总有先后,教师在一些方面,如专业理论和专业基础理论方面,不论在广度和深度上,在系统性和科学性上,在治学和研究的方法上,又都是一些学生所不及的。如其不然,又何以为师呢?教师的主导作用,首先,需要教师作为教学过程的主体,充分发挥自己的主动性和积极性,发挥自己的优势,以诲人不倦的精神,引导学生充分而有效地参与教学过程的实践,领略广阔无垠的知识风光。其次,需要教师在教学思想、教学内容和教材建设上,时刻关注时代的发展,密切结合实际,不断地去传授新思想、新观点和新方法。教育效益的长效性和后发性,决定了教育思想的超前性。在这个问题上,任何因循守旧和墨守成规都是要不得的。"问渠哪得清如许,为有源头活水来"。只有这样,才能唤起同学的学习兴趣,引导同学如饥似渴地去猎取知识,从而使自己成为一名深受同学欢迎的名副其实的教师。教师在课堂上传授知识,搭配合理的知识结构,串通知识之间的联系,对于开发智力和培养能力,无疑是十分重要的。

另外,教师必须有高尚的职业道德,有高尚的情操,有精湛的学识,有创新的精神,有勇于占领某些学科前沿阵地的本领,否则,要想在研究生中赢得声誉,树立威望,充分发挥教师的主导作用,是难以做到的。

我还认为,当时的研究生院,必须加强课程设置的改革和建设。

第一,要逐步实现学位课程规范化。研究生的课程分为两类:一类是必修课,另一类是选修课。学位课程当然是必修课。学位课程规范化的关键在于妥善地确定几门必要的专业基础课程。因为专业课是按专业或专业的研究方向而设置的必修课程。基础课中包括马列课、外语课等，又是为所有专业或多数专业所必修的固定课程。所以学位课程规范化的难点和关键，就是要紧紧围绕着专业课选择两至三门接近专业而又不同于专业，且有利于专业发展的基础课程，即专业基础课程。学位课程不能按照导师的研究方向来开设，更不应该导师能开什么就开什么，愿开什么就开什么。

第二，专业课程要系统化。专业知识面不能太窄，不应有点（深度）无面（广度），有面无片（篇章），有片无线（体系）。长期从事科研工作的导师，其研究方向比较单一、集中，因而在专业课设置上，难以形成一个由点、面、片、线密切结合的完整的课程体系。有些专业课，由于不同的讲题由不同的专家去完成，往往各行其是，方法不尽相同，内容可能重复，观点也有差异，其结果在很大程度上影响了研究生对专业课程的系统掌握，影响了研究生知识结构的合理形成，影响了研究生在知识拓宽的基础上拔高，从而必然影响到对研究生全面的培养和教学质量的提高。专业课程的系统化还包括在课程体系趋于完善的基础上，有相应的课时和学分所组成的较为完整的讲授提纲，详细的必读书目和参考书目，以及各种案例等。在条件许可的范围内，还需印发一些讲义和其他教材。

第三，学位课程要程序化。学位课程程序化，就是指学位课程在开设过程中应当做到先宽、继窄、再专。就是说，在3年学制中，先开基础课，继开专业基础课，再开专业课。当然，这种先后也不是绝对的，而在很多情况下形成交叉状态，但交叉中也有先后。只有这样，才有利于对学生的培养，符合教学的规律。否则，将影响到学生学习的进程和对知识有层次的掌握和积累。

我更认为，在教学进程中，必须正确处理几个重要关系。

第一，要处理好必修课和选修课的关系。必须看到，学生在入学前由于种种原因，再加上我们今天仍实行的是"一榜定终身"的考试制度，许多学生在知识结构上存在许多偏颇的现象。如何来补救这一缺陷呢？只有多开一些选修课程，使学生按照自己的需要来选择。例如，有的研究生在大学阶段数学是薄弱环节，对全面发展不利，那他就可以腾出一定时间来选修数学课。更重要的是时代在发展，新的学科层出不穷，为此需要不断增加新的课程，紧跟时代的步伐，以满足学生不断更新知识和追求新知识的要求。在处理必修课和选修课的关系上应采取的方针是必修课力求少而精，选修课力求多而活，争取做到必修课高质量，选修课多品种，学习上快节奏。为了进一步弥补课程设置跟不上知识更新的缺憾，在条件许可的范围内，多举办些学术讲座，力求学术讲座也能达到高质量、多品种的要求。当然我们也不能任意扩大学位课程外的教学和学术活动，因为学生在校时间有限，而知识海洋无边无际，任意扩大选修课和课外的学术活动，必然影响必修课的学习，对研究生的培养也不利。

第二，要处理好第一课堂和第二课堂的关系。恩格斯说过："传统是巨大的阻力，是历史的惰力。"单纯的"师传生受"就是属于这种传统的教育思想。片面地强调第一课堂而忽视第二课堂就是这种教学思想的具体体现。第二课堂主要是指社会实践，其中包括社会调查和直接或间接参与的各种有益的社会活动等。第二课堂是广阔的天地。开拓第二课堂，有利于理论联系实际，开阔学生的视野，有利于培养学生各自的爱好，使他们的个性得到发展，有利于开发学生创造性的思维，培养他们创造性的能力，有利于学生德、智、体全面的发展，培养他们高尚的情操。在教学实践中第一课堂和第二课堂要互相配合和彼此促进。第二课堂虽然重要，但也要适度，强调过头了，占用过多的时间，否定第一课堂应有的作用，也会得不偿失。开辟第二课堂也要考虑到实际条件，其中包括人力、财力和物力等。

第三，要处理好教学和科研的关系。高等学校办学的目的：一是出人才，二是出成果。二者是互相影响和相互制约的，科研促教学，教学也促科研。如其不然，要为国家培养出各方面的高级人才是难以办到的。评估任何一所高等学府，主要不是看它有多少教师和多少学生，而是看它的教学水平和科研力量，有多少卓越的科研成果，培养出多少才华出众的人才。当然，在高等学府中强调科研，并不等于赞成教师抛开教学而孤立地去从事科研工作。除了特殊情况外，一般说来，高校教学从事科研的目的，除出成果外，更重要的还是为了提高教学质量和完成教学任务。在学校里除教师外，还有一股不可低估的科研力量就是学生，特别是高年级的硕士生和博士生。在不影响学习的情况下，引导他们从事一些适当的科学研究，促使他们能够把自己的学习成就通过科研成果表现出来，也是必要的。

第四，要处理好教书和育人的关系。这种关系是各种关系的综合反映，带有教学活动最终的目的性。我们所要培养的人才是德才兼备的高级专门人才。"德"主要讲的是政治思想素质和做人做事的道德。导师和教师除了要引导学生能够认真地学习马克思主义，扎实地掌握马克思主义的基本理论，自觉地运用马克思主义的立场、观点、方法，正确地分析研究现实生活中提出的理论课题和实际问题外，还要以身作则，教会学生如何做人。教师要要求学生通过学习和实践，努力把自己培养成德、智、体全面发展的并能够自觉坚持社会主义方向的马克思主义的科学研究工作者。"才"主要讲的是业务素质。导师和教师要引导学生努力学好基础课、专业基础课和专业课，掌握坚实的基础理论和系统的专门知识，并能融会贯通和正确运用。以上两方面缺一不可。教书和育人是教师的天职。导师和教师对于学生一定要起到掌舵和领航的作用。

除了关注教学质量外，还值得注意的是，当时的研究生院，由于管理不善，纪律松弛、秩序混乱、违法乱纪现象时有发生，有的问题还相当严重。

我当时一直在想，我们办研究生院，究竟是想把它办成培养研究生的摇篮，还是想把它办成旨在颁发或批量生产叫作"研究生"产品的"工厂"？

华裔大师邱成桐曾尖锐地批判中国的教育界："现在学生念书只有两个目的：一是赚钱；二是当官……如果陈景润活到现在，他只能当乞丐了。"

这就是说，当时学校的硬件虽然较硬，但软件很软。我清楚地认识到治校的首要任务是"治软"。

在我担任社科院研究生院副院长期间，除了关注提高教学质量外，针对学风不正、校风不整等严峻的情况，相应地提出并强调依法治校和从严治校方针。我认为一所学校特别是被称之为高雅科学殿堂的研究生院，要上档次，有水平，不坚持这两条是不行的。我还认为教学、科研、后勤等方面的工作都要规范化、制度化、法制化、现代化，使之形成良好的学风、教风、校风。在我看来学风和校风也可"治校"和"塑人"。如果研究生院已经形成充满着真善美的氛围，洋溢着优良的学风和校风，让学生在校期间，耳濡目染，得到润物无声的熏陶，这必将有助于高尚人格的培养。为此，我亲自领导并认真贯彻了院方关于整顿学风和校风的决定，组织制定了《硕士生导师工作条例》《博士生导师工作条例》《研究生管理条例》《博士生资格审核办法》等10多种行之有效的规章制度。

我确信：全球在竞争，教育是关键；振兴国家的希望在教育，振兴教育的希望在教师。我深知，要创建全国一流的研究生院，必须有全国一流的学科；要有一流的学科，必须有全国一流的教师。要振兴教育的最高殿堂——研究生院，高素质的教师是起决定作用的。我同时也认为办教育要严而不死。

在我看来，学校是培养人才的园地，特别是研究生院，要不拘一格地培育人才。人才不是工业产品，不能按统一的工艺流程和统一规格或模式批量生产，千人一面；必须因材施教，使他们各具个性，各有所长，千姿百态，群星灿烂。因此，对于研究生教育，只是传授和积累知识已经远远不够了。传授和积累知识不是教育的唯一目的，不是教育学生去追随，而是教育学生去创新，不仅创自己之新、创他人之新，而且要创社会之新、创世界之新。所以，必须把重点放在教会学生掌握脱离教师也能独立学习的能力上，放在培养和提高他们的科研能力和运用学到的知识去观察、剖析和解决各种实际问题的能力上，放在教会他们能掌握和妥善地运用打开知识大门的钥匙上。我常常引用一句古语，即"授人以鱼，不如授人以渔"，来表达我的教育思想。我十分赞赏"马厩里养不出千里马，花盆里长不成万年松"的道理。我主张在法律和制度所许可的范围内，对研究生要敢于"放鸟出笼"，任其在学识的海洋里遨游，在广阔无垠的生活空间里展翅翱翔。

同时我也十分强调，要强化对研究生进行道德教育，教育如何做人，即如何树立正确的世界观、人生观和价值观，养成远大的理想和高尚的情操，恪守合理的行为规范。这是做人的"大局"。

我在当时就非常有针对性地说过："绝不容许在我们这个科学殿堂里，出现知识增长和道德水准下降这种反常的情况。"我不仅是这样想和说的，在教学实践中也是这样做的。一般人都认为跨进研究生院的大门就可实现包毕业、包学位、包分配。可是就在1986年，我作为分管教学行政的副院长，为了对党、对人民负责，敢冒风险，顶住来自各方面的种种和层层压力，开除了一位严重违法乱纪的博士生，并处罚了若干个行为不端的硕士生和博士生，同时还对一位品质低劣的博士生给予不予以评定学位的警告。

1987年夏季，研究生院的政治形势急剧恶化，以致发展到罢餐、焚烧马列著作、从楼上往楼下倾泻大量啤酒和扔啤酒瓶的地步，还有人煽动罢课和游行，以发泄他们对现实的不满。

面对如此局面，有的院领导擅离职守，逃之夭夭！虽然我亦感到难过，因为一个好端端的学院，转眼之间就被糟蹋到如此地步，怎不令人心痛！但是俗话说天要下雨，娘要嫁人，又有什么法子呢？我当时的态度非常明确：第一不怕，第二敢于面对。这时，在院一级的主要领导已远离学院的情况下，我只好站在斗争的最前沿，来饱尝这场斗争的艰辛，并领导这场无论如何都难以有好的结局的斗争。此时我被迫充当院方首席代表与学生举行面对面的谈判。在谈判中，为了顾全大局，虽然在一些枝节问题上，做了必要的妥协、让步，但在一些原则立场上寸步不让。为此，谈判非常紧张地持续进行了两天两夜，总算有了结局，形成初步共识并形成协定，很快学院恢复了表面的平静。

正在这时候，上级从另一所大学里调来一位已经离退下来多年的老干部，担任学院的主要领导，并组建成一套老爷式的"领导班子"。因为这套领导班子所干实事较少，在为期仅有一年多的时间里，就土崩瓦解了，除极个别的留用外，全都很不光彩地退还原单位。可谓是"乘兴而来，败兴而归"。

人，因洁而尊；官，因廉而正。只要不怕丢官，洁身自好，为所当为之，那就什么都不怕了！

我在研究生院期间，最终可以用"两袖清风朝天去""不负苍天不负民"来总结。

"求真务实担道义，开拓创新著华章。"我在担任副院长期间，为了不失导师的本色，从未忘掉或丢弃我的学术专业和学术研究。我始终不渝地认为，作为一个称职的大学领导者，必须首先是名副其实的学者，领导学校沿着正确方向发展。所以，在领导岗位上，不管工作多忙，我始终不渝地坚持学术研究，与此同时，还带几个研究生。不论在任何时候，受到任何干扰和冲击，我都处之泰然。对于教学，不论在任何情况下我都是十分严谨的，讲究教学纪律，注重实效。我在课堂教学或带研究生中，从未发生过一次旷课或迟到早退的现象。

在我看来，人生在世，在力所能及的范围内，不仅要立功、立德，也要立言。只立功、立德而不立言，只能成效于暂时，不能成效于久远。立言也许会给后人多留一些有益的东西。所以，即使在身处研究生院副院长的岗位上，公务繁忙，白天上班，晚上仍要专心于经济学和现实经济的研究，著书立说，有时通宵达旦。如用"衣带渐宽终不悔，为伊消得人憔悴"的词句来表述我当时的身心状况，也许不会言过其实。

第五部分

书伴终身

悟斋：我的书屋

1996年，我离休后，从职务人转为自然人。

离休不等于停止学习和工作，而是换个更适合于自己的环境使自己更能自主地去学习和工作。读书、习字、玩电脑是我的爱好，我不会因离休而把它们都荒废了，或永久地停歇下来。我总希望能有一个较好的环境把这些潜能更好地发挥出来，为社会多做些贡献。

陋哉书屋

我苦心地为自己营造了一个幽静典雅的小书屋。书屋，顾名思义是藏书之所、读书之处、著书之地。读书是独善其身，著书是兼济天下。书屋，对读书人来讲，功莫大焉。

我的书屋，坐落在古城脚下（西直门）一座16层高的建筑物内的一个很小的角落里，周围都是中央直属机关所属的耸入云霄的高楼大厦，它显得微不足道。有人把它戏称为"鸽子窝"。

我的书屋里，主要的硬件装备除一张早年由自己设计并亲手制作的办公桌外，还有两台电脑（台式机和笔记本），一台打印机，一部传真机和一部电话。就这些而言，即使在当代，也够得上现代化了。还有就是经常轮换挂在墙上我所喜欢的几幅名人字画，其中还有黄胄特为我制作的几头毛驴，为的是提高室内的雅致，优化自我境界。除此之外，便全是书了。

原先书和资料大都放在书架上或案头，有了电脑，方便多了，好多资料存储在电脑里，编排有序，取存方便，免得用时，翻箱倒柜。

到过我书屋的人大都不满意，感到很寒酸，嫌面积太小，装潢不气派，设计不理想，装备不现代，布局不新潮，当然更谈不上如伍尔夫在《自己的房子》中所说的："充满田园风光和幽雅景色！"也不如陶渊明所言"结庐在人间，而无车马喧"的境界。

但我很满足，自我感觉良好。因为在我的一生读书和教学生涯中，这算得上最好的环境了。曾记得，20世纪50年代开始工作时，是两个讲师住一间14平方米的房子；70年代，面积扩大了，一人住一间12平方米的房子；80年代，改革开放后，当上了教授和研究员，才分到一套两间的房子，吃喝拉撒睡全在里面；现在除一套住房外，还有书屋，共100多平方米。一路走来，在"居者有其屋"的问题上，步步升高，所以我很知足，知足者常乐！

我以为，家居或书屋，以方便适用为宜，并非广厦不可，只要心情舒畅，精神愉快，平房、陋室也会自感舒适。我记得，梭罗在他的《瓦尔登湖》中说，他的房间只占地10平方米，屋里只有3把椅子，独坐时用一把，交友时用两把，社交时用3把。据说，在居里的书房里也只有两把椅子，一把自己坐，另一把给朋友坐。我体会他们的用心是，在生活中，删繁就简，简朴、简洁、简练，为的是腾出更多的时间学习和工作。唐代诗人刘禹锡写过一篇《陋室铭》，他说："斯是陋室，唯吾德馨。""可以调素琴，阅金经。"他还说："南阳诸葛庐，西蜀子云亭……何陋之有？"周有光也说："心宽室自大，室小心乃宽。"

所以，我认为，一杯淡茶，一本好书，即使在陋室里，那也是天堂。

书从何而来？

书屋里的藏书中，就现状看，除我自己十几本著作外，大体有3个来源：公家发的，友人或会议上送的，剩下的大部分是从新旧书店或书摊购买的。数量虽然不多，但门类比较齐全。

回想20世纪七八十年代，每遇闲暇，我总想到旧书店或书摊逛逛，见到得意的书，不惜用从牙缝里节省下来的钱把它买下。好在当时的旧书特别便宜，一套《康熙字典》才2元钱。不要小看这些旧书店或书摊，里面有好多珍贵典籍，多是我朝思暮想、梦寐以求的好书，有时可从中买到一些鲜为人知的珍本、善本、绝本，但能否买到，那就看运气了！我曾想，一本本好书，就如同一个个流浪的孤儿，等待爱它的人收养。这些书绝大部分都被人读过，许多书还有前人的手迹或签名。每当看到这些书时，我常常臆想它们可能是从名人的枕边、案头流落到这里的，一定有不平凡的经历。所以，我非常珍惜它们！

我总想，书是蕴含着人类无限精神财富的海洋。多少伟大的思想家、文学家、科学家已经辞世，他们的精神成果却超越千百年的时光消磨，至今犹在，靠的是什么？主要是书，书是我永远吸取不完的先贤圣哲的"乳汁"，包括古今中外经典作家著作或全集在内的各种历史、哲学、文学、经济学等藏书，外加天天送上门来的各种报刊等。

诚然，我的书屋的确太小，书橱里已经装满了，没有一定空隙，还有很大一部分书和挑选下来的待用杂志，被堆放在床上床下和墙角，好像被遗弃的物种。

在我的书屋里，从没有助手，也无用人，屋内的一切都由我一人来安排和料理。我没有洁癖，要求不高，不求一尘不染，只求大体整洁、乱中有序，自己看得顺眼就足矣了。

古往今来，读书人的书屋大都有个名称。如宋代学者祝穆的岁寒书屋、周敦颐的濂溪书堂、明清时期有徐文长的青藤书屋、郑板桥的板桥书屋、汪士慎的青山书屋等。我的书屋何以称谓？我考量再三，取名曰悟斋，意思是说要在这里提高悟性。多年来的读书生涯使我懂得，特别是离开岗位之后，我进一步明白：读而后能悟，悟而后能知，知而后能通，通而后能得，得我所应得也。

20世纪90年代，我从教学行政工作岗位上退下来之后，一直想过低调的生活，尽可能少与外界不太必要的人与事接触，静静地待在书屋里读书、写书。

"我思故我在",笛卡儿的这句名言至今仍然是至理。古人云:"学贵心悟""悟中出真知"。悟是一种气质,也是一种境界。在古代,老子不出户,能悟出"天道"的玄机;庄子不出户,能悟出"天地与我并在,万物与我为一"的真谛。

思考和创新

人的机体中最活跃的因素是思维,人类之所以能超越其他动物,并善于适应甚至驾驭自然,从事科学研究,探究社会发展规律,创造辉煌的历史和文化,其中包括灿烂的物质文明和精神文明,无一不是思维活动的结果。悟是思维活动的磁场,其大无边。

独立思考和创新是悟中应有之意。我一贯主张,在理论研究和探索中,首要是独立思考,在任何权威和权势面前,都不能奴颜、婢膝和媚骨。要在独立思考中创新,即发人之未发,言人之未言。不仅要创自己之新,也要创众人之新。《礼记·中庸》中说:"博学之,审问之,慎思之,明辨之,笃行之。""唯不疑处有疑",才能"濯去旧见,以来新意"。

当然我无法同那些古代或现代伟人相比,但我也想在这个书屋里,多读些书,读些好书;多悟出点成果,多悟出点好成果;少犯错误,保持晚节。诗云:"老有所悟,自鸣自得。"

说实在的,在往常的岁月里,读书并不那么潇洒和轻松,有时很苦,因为在大多数情况下,我不是为读书而读书,不是为了消愁解闷,而是为了从书中获取更多的知识,以此开阔眼界,增长见识,争取做一个更有用的人。

坦言之,我的知识来源主要是读书。在没有必须外出的情况下,每天早晨,不用闹钟,我会随着喷薄欲出的阳光而起床,在洗漱、晨练和早餐之后,便坐到我的书桌前,安下心来,读自己要读的书。如果因公外出而延误下来的必读而未读的书,一定挤时间设法补上。读自己喜读的书,探究人生和世界许多未解之谜是我的一大乐趣!说实话,做学问,在智商上我没有优势，我的优势在于不怕累和苦，自觉地来克服自身先天的缺陷。我始终认为，在成就事业的道路上，恒心比才能更重要。

近期，社会活动少了，待在书屋里的时间多了，相对而言，读书、写书的时间宽裕了，同时，生活方式简化了，心态情趣淡化了。先浓后淡，人生大概如此吧。浓是一种生活方式，淡也是一种生活方式。由浓到淡，规律使然。

淡和静是分不开的。古人说："水静则清，人静则明"，"静极见哲理"，"闲看秋水心无事，静听天籁兴自浓"。读书更需要静，只有静下来，才能钻进去，充分领会书中真正的风采。

我虽然老了，每天，总要读一点儿书，是兴趣，也是习惯。古人云：三日不读书，则面目可憎。所以，我经常独自一人，静坐书屋，用洁白透明的玻璃器皿，泡杯淡茶，边看书、边闻茶香、观其变：嫩叶舒展，上下浮动，动中有静，静中有动，动静自如！此时此刻，我自然从中体会到人生之起落和沉浮！真可谓"一杯小世界，品尝人世情"。有时乘兴，写点散文，或诌几句歪诗，表达生活的历练，更添雅兴！

当然，获取知识，就不仅是书，电视、电脑、电话、传真、手机等兼有之。

我的"生产车间"

古人云：文章乃案头之山水，山水乃大地之文章。对于学者来说，书屋——除藏书和读书外，还是生产知识和思想的地方，我的书屋自然成了我的主要"生产车间"。我离休后的十几部著作和1000多篇文章，几乎都是在这里研制、生产、加工、完成并出版或发表的，还有上百篇在人民网及博客专栏里发表的文章，加总约有2000多万字。另外，尚有为数可观的讲稿、会议发言稿、来往书信等。当然，这些成果是否是优质的、是否能为政策制定提供智力支持、提供多大的智力支持、为社会能有多大服务价值，都有待实践进一步检验了。

其他

"晶杯一盏金黄液,既品茶香又赏花"。我也经常在我的书屋里,以茶会友,谈笑有鸿儒,往来无白丁,寄友情于茶水之间!此时,我深感"美酒千杯难为友,清茶一盏能醉人"。

我越来越体会到,我的书屋还是我心灵和精神的巢穴,是我迷惘时的港湾,是我疲惫的栖所,是我思绪的长廊,是我休闲的乐园,有时也成了我逃避各种挥之不去的现实和世俗的避难所,使我在滚滚红尘中保持一份心灵的宁静、安谧和纯洁的遐想,保持一份真正读书人那种不趋炎附势、不随波逐流、不阳奉阴违的气质,继续保持我持之以恒的纯真悟性。而所有这一切也都是在教室、办公室、会议厅、咖啡馆及度假村等场合难以得到的。

2009年,我在协和医院住院期间,曾悟诗一首:"出自蓬门踏征程,学登四阶[①]仍朦胧。求知问道何言老,经世济民情更真。"

如今,我进而意识到书的重要性。买书和藏书,书即生活。读书和写书,书伴人生。人生也是一本厚重的书,指间翻过的岁月,见证时代的变迁。我一直相信,任何一个人,每时每刻都在为自己书写历史,包括对的和错的,好的和坏的。

我愿意终生与书为伴,醉心书香乐无穷!可以预期,我的书屋,将伴随我走完我的后半生,即人生的终点。

---

① 四阶:指小学、中学、大学、研究生4个阶梯。

皓首更觉知识浅，老来正是读书时

在企业界我有许多朋友，有的还相处较笃。早在20世纪末，有一位企业家朋友走进我的书屋，在闲聊中善意地问我近期在干什么？我回答："仍在做我的老本行：读书、教书、著书。"他说："读书、教书、著书能挣多少钱？"言下之意这么做太不值得。我心平气和地对他说："萝卜白菜，各有所爱。"意思是说，每个人都各有所爱，爱哪行就干哪行，不要也不能强求一律。我还说，如果你乐意和善于经商，那你就经商好了；如果你乐意和善于从政，那你就从政好了！而我乐意和善于读书、教书、著书、写文章，我就不会因为它挣钱少而不为。我不是单纯为挣钱而活着的。古人云"金帛身外事，无欲心自安"，正所谓无欲则刚。

多年来的教学实践告诉我，不读好书就很难教好书，更写不好文章。

在我的现实生活中，除工作这项不可或缺的任务外就是坚持读书。读书是我从小到大的特殊爱好，爱读各式各样的书。书之于我就像松之于李白，竹之于王献之。记得1947年至1949年初，我在安徽大学上学时，经友人介绍参加了一个读书会。其间，我如饥似渴地读了一些书，包括国内外进步的书刊。在这个读书会里，最使我感兴趣的是两位德国人，一个是卡尔·马克思，另一位是阿道夫·希特勒。这两人都沉醉于改变世界。前者在《共产党宣言》中说："一个幽灵，共产主义的幽灵，在欧洲游荡。"意思是说，要用共产主义改造这个世界，使人类过上真正幸福的生活。后者在《我的奋斗》中说，要用飞机、大炮、舰队征服这个世界，使世界变成日耳曼民族统治的天下。历史已经证实，前者对了，后者错了。此外，我还蜻蜓点水地偷读了德国的文学家、哲学家的书，如歌德、海涅、黑格尔等。

从这些书里，我似乎感到，书就像是艘正在行进中的满载知识的船，它可带领人们从狭隘的港湾驶向广阔的海洋。对我来说，后来之所以能走出困境、奔向光明，从南京来到北京，也许与读书会有很大的关系。甚至可以说对以后我的人生定位和航向的确立也起到了难以估量的影响。

1981年，我到昆明讲学时见到当年安徽大学的地下党负责人周鹤峰同志，从坦诚的交谈中，才知道当时的读书会是地下党办的民间性学习组织，主要是宣传一些进步思想。要说我对共产党的认识，从源头上看，是从那时开始的。

在解放后的早期岁月里，由于受到经济条件和政治环境的限制，书读得太少。比方，在计划经济年代，极左思潮泛滥，当时，除了马列和业务书籍外，没有什么书可读，也不敢读其他的东西，犯规和违禁就要挨整。总的来说，书读得也很少。

改革开放了，有书可读了，可是由于工作太忙，又无暇腾出更多的时间读更多的书。

从工作岗位退下来之后，时间多了，可是我已经老了。但年龄不是界限，并不妨碍我多读书。

汉代学者刘向说："少而好学，如日初之阳；壮而好学，如日中之光；老而好学，如秉烛之明。"明代于谦在他写的《观书》中说："书卷多情似故人，晨昏忧乐每相亲。眼前直下三千字，胸次全无一点尘。"南宋诗人陆游有诗："读书有味身忘老，病需书卷作良医。""万卷古今消永日，一窗昏晓送流年。"清诗人翁森有诗云："蹉跎莫遣韶光老，人生唯有读书好。"

如不限于老年，往日名人关于读书的重大意义说得更多。在清代，文学家纪晓岚有诗曰："书似青山常乱叠，灯如红豆最相思。"书法家何绍基题联："爱书不厌如平壑，戒酒新严似筑堤。"清大臣王之春题词："少读书，便是低天分，多刻薄，真乃大糊涂。"清学者包世臣撰写了两幅读书联：一是"喜有两眼明，多交益友；恨无十年暇，尽读奇书"；二是"读古人书，友天下士"。清人李文田有诗云："少年说剑气横斗，长夜读书声满天。"藏书家王咨臣有联云："环壁列奇书，有史有文堪探讨；小楼多佳日，宜风宜雨是安居。"民族英雄郑成功撰联："养心莫若寡欲，至乐无如读书。"

在现代，革命家徐特立说得好："有关家国书常读，无益身心事莫为。"另外还有许多有关读书好的诗词、对联，如："博观万卷，才识豪迈；记述百家，文翰昌明。""得好友来如对月，有奇书读胜看花。""好书悟后三更月，良友来时四座春。"等等。在国外，世界文豪高尔基说得更明白："读书是高尚的享受。"

有人认为，人老了还读什么书？我不以为然。我认为，人到老年，夕阳西下，满目黯然，此时点烛照明，岂非快哉！古人曰："皓首更觉知识浅，老来正是读书时。"

人要想在这个社会中获得优质生存和发展，无非靠两条，一是知识，二是经验。但怎样得到这些知识呢？那就要靠学习、靠读书。

道理寓于知识之中，道理虽然空泛，但在道理面前，一切事物都变得那么具体，那么明白。世间什么最大？道理最大。这话不是我说的，是号称半部论语治天下的赵普说给赵匡胤听的，已流传千年。

当今社会，已经没有我们在年轻时候因动乱而带来的那么多的苦难和折磨，但对年轻人来讲，多了许多竞争的压力。竞争可以决定人的成败，靠什么来参与竞争，只能靠能力、知识和科学。

有人问我，治学的秘诀是什么，其实我没有秘诀。我只认为，业精于勤，勤即眼勤、脑勤、手勤，也就是勤读书、勤思考、勤写作。没有10年面壁的精神，是做不出真正的学问来的。世界上凡是有所成就的学者，都经过冷板凳的锻炼。

当今，我们正处在社会转型、体制转轨、意识形态转变的关键时刻，信息社会、网络时代已经到来，只要我们还生存和生活在这个社会里，要提高生命和生活的质量就必须学习。要学习就得读书。当然，我讲的读书是就广义而言的，其中除各种文、史、哲、经藏书外，还包括各种报刊、上网查询资料等。多年的经验告诉我，在生活中，除了生命延续所必需的衣食外，精神食粮同样不可少。前者是基础，后者是保证。记得清代学者朱锡绶在《幽梦续影》中说："默坐则心不浊，读书则口不浊。"在如今喧嚣和骚动的世界里，能做到不浊，可谓进入难能可贵的境界了！当然，对我来讲，更重要的是，为了做好还正在做恐怕永远也做不完的工作，读书不仅可以丰富知识、陶冶情操、纯净心灵、增长才干，还可以经常给自己加压、充电。否则，严格地说，你还有什么权利和资格生活在这个世界上，又怎能面对千载难逢的知识裂变的信息时代。活到老，学到老，是我必须坚持的始终不渝的信条。孔子有道："学而时习之，不亦乐乎。"

毛泽东曾说过："我们队伍里边有一种恐慌，不是经济恐慌，也不是政治恐慌，而是本领恐慌。"本领恐慌就是因人才短缺而引起的恐慌，实质是人才恐慌。人与人的差异，从根本上讲，是本领差异。一方面，科技进步日新月异，另一方面，市场经济优胜劣汰，使本领越来越成为决定事业的成败、兴衰之关键。对个人来讲，越来越依靠本领来支撑自己，证明自己，实现自己。

进而言之，当今世界，说到底，谁有本领，谁就有生存权、发展权、享受权。大而言之，人类所面临的一切问题，归根到底，都是因为人类自身的本领不够强大所致。中国是人口大国，但远不是人才大国。人们只知道中国面临着人口危机，而不知或不太知道人才危机，其实，人才危机是当前的大敌。如今在我国，一方面，有大量的人找不到工作；另一方面，又有大量的工作找不到人去做。如果我们想方设法能把13亿人口大部分或绝大部分变成能人，或一半人口都成为有本领的人，我国将会变成什么样子？古今中外，读书都是出人才长本领的重要途径。

爱读书，不等于读死书和死读书。记得有一位哲学老师问他的学生："你的一天时间如何分配的？"学生回答说："上午读书，下午读书，晚上还读书。"老师以责难的口气再问道："你拿什么时间来思考？"所以我在读书时，有时闭卷长思，有时把断续的思绪记录在案，以备后用。"只读书而不善于思考的人，充其量是书的蛀虫"。

客观事物是复杂多变的。同一个事物，在不同人的视野里是不一样的。比如林黛玉，这样鲜活的人物，在100人的脑子里，就有100个形象。当然，从林黛玉身上也可找到看法的共同点。所以，在人们的认识论里要求同存异。

为了紧跟时代的步伐，虽然老了，也要学用电脑。有志者事竟成，经过一定的努力，基本套数还是掌握了些，如打字、写文章、查资料、通信、传文件等。特别使我感到方便的是，身不离屋，无须跑资料室、图书馆到处找资料，就在网上，即可把一篇篇文章写出来，并发出去。这对四体不勤的老人来讲，最方便不过了。我现在不仅把电脑当作工具，而且把使用它当成乐趣，似乎已经离不开它了！

近代科学还告诉我们，玩电脑可以强身。美国梅森大学助理教授卡勒，是专门研究老年人的专家，他说："大脑具有可塑性，可以通过促进大脑神经元的发展和神经元之间的联系，恢复和发展大脑的一些功能。"

我曾把我的生活方式比作等边三角形："读书—教书—写书"。至今，虽然老了，除教书外，其他仍坚持不渝。

除此之外，我还爱书法。可我既无天资，也无良师，自觉根底很浅。可是，近年来，由于经常在公共场合签名、题字，再加上得力于金陵书法家杨文正和京城书法家徐凤桐等的鼓励、影响和帮助，逐步对书法产生爱好，并渐渐有所提高。如今，在工作之余，总想提笔练字，舒展一下筋骨，消遣一点儿心情。经过一番磨炼，再加上细心体会，对书法常识稍有认识：执笔时指实掌虚，腕平肘起，五指齐力；用笔时，腕运自如，泰然自若，把指、腕、肘、掌及全身气力，通过笔端，输送到字里行间，达到得心应手之效。这真有点像打太极拳，融通全身气血，达到陶冶情操，锻炼身体，减少疾病之功效。古人曰："夫欲书者，先前研墨，凝神静思，预想字形大小、偃仰、平直、振动、令筋脉相连；意在笔前，然后作字。"可是由于时间太少，精力有限，无法在其上多下功夫，当然进步缓慢！

医学还告诉我们，人的大脑不用则退。老年人读书、玩电脑、练字，可增强思维能力，调整心态，消除失落感、孤独感和寂寞感，还可以促进大脑血液循环和脑细胞的新陈代谢,防止大脑功能的衰退和老化,从而益智和益寿延年。法国作家雨果说过:"无所事事,会造成老人的很大不幸。"

我这个人,虽然智商不高,学问不大,见识不广,但自认为,除爱读书外,做起事来还是比较认真的。古人曰:勤能补拙。做任何事,不做则已,要做总一个心思想把它做成、做好,有一股不撞南墙不回头的勇气和干劲。要说今天还有一点成绩,可能与这种精神有一定的关系。

有人说,人老了要多交一些朋友,这话有一定道理。但朋友要慎交和择交,而不能乱交。好友可为生活增光添彩,不好的朋友也可能给自己带来许多本来可以避免的苦恼和麻烦。

现实生活告诉我,除好朋友外,也还有一些不好也不坏的朋友:有的乐于或善于敛财,而缺乏重视自身价值的实现;有的乐于或善于花天酒地,而缺乏了解自身生活的真谛;有的乐于或善于高谈阔论,但不愿意接触自身的和社会的实际,等等,对于这样一些朋友,还是少交为好。当然,对于朋友也不能求全责备,要求过高。人嘛,秉性各异,生活方式千差万别,不可能强求一致。有人说,即便是魔鬼,也不妨与他打打交道。

诺贝尔物理学奖获得者李政道教授在中国科学院为他举行70华诞庆祝会上说:"我一辈子做人做事都是以杜甫在《曲江二首》中所说的'细推物理须行乐,何用浮名绊此身'为原则的。"此话颇富哲理。人老了,什么名誉、地位,他人说长道短,等等,都没有必要再去计较了。

我还体会到,人似乎属于"双重国籍"之动物:在物质的国度里,为了生存,被欲和贪支配着,要吃要色,要名要利,要洞房花烛夜,要金榜题名时;在精神国度里,要追求理想,实现抱负,甚至有人要享受不朽。戊戌政变的谭嗣同,慷慨就义,高吟"我自横刀向天笑,去留肝胆两昆仑",结束了33岁的生命,而完成了他的不朽。曹操的"对酒当歌,人生几何;譬如朝露,去日苦多",讲的是人的"动物性"。同时他又说:"老骥伏枥,志在千里;烈士暮年,壮心不已",讲的是人的精神境界,精神是不朽的。所以,人总得有自己做人做事的底线。其实这底线原本是十分清楚的，比如人不能见利忘义、卖友求荣、卖国求荣、乘人之危，不能虐待父母、以强凌弱、恩将仇报、落井投石，还有不义之财君莫取、朋友之妻不可欺，等等。这是古往今来世人皆知的底线，也是处世为人的标准，如今，似乎被全线突破了。

底线无形地存在于两个地方。一在社会中，一在每个人心里。如果人们都降低自己的底线，社会的底线一定下降。社会失去共同遵守的底线，世道人伦一定败坏；如果人人守住底线，社会便拥有一条美丽的水准线，便是文明。因此说，守住底线，既为了成全社会，也是成全自己。

第六部分
命运和幸运

敢与命运抗争

人生之路走到一定阶段，很有必要把它提升到命运的高度来认识。

一

人生之路是否完全由命运来安排和决定呢？我看未必。人们常说：人生如戏。我以为，这种比喻未必恰当。人生没有剧本，也没有台词，更没有场与场之间的联系和幕与幕之间的衔接，一切的一切都得在大环境既定的范围内靠自己去把握、探索、设计和开拓。总的来说，一个人在舞台上演什么角色，虽然首先是由导演决定的，但在生活中演什么角色，就要由自己选择了。

小时候，对于什么叫命运？从未想过。岁数大了，阅历多了，对命运二字就考虑多了些，命运究竟是什么？由谁来决定的？

在我看来，无论如何都不能把命运看作是"今日难知明日事，明日茫茫将何之"的听天由命的自然归宿，而应把命运看作是在一定范围内和在一定程度上可由自己来设计、安排和决定的过程。比方，作为一个正常的人，要有一定的理想或抱负，并为实现自己的理想或抱负而奋斗。佛家言："天助自助者"！此话是有一定道理的。对任何一个人来讲，你喜欢什么，你想干什么，你估计你可能干成什么，一定要心中有数。只有这样，才是一种积极的、进取的态度。如果一个人连自己喜欢什么，想干什么或要实现什么，都茫茫然或昏昏然，其命运大都是可悲的！

事在人为，休言万事皆由命。叔本华说过："每个人的一生都有一部苦难史。"我不赞成这样的说法。我赞赏《老人与海》中的一句潜台词："人不是生来就被打败的。"

二

当然，人生活在这个社会里，不能不考虑或承认客观存在的，个人不能或难以左右、选择的现实。这个现实，有的是本源性的，有的是偶然性的，有时来自自身，有时来自自然，有时来自社会。古人云："夫天地者，万物之逆旅；光阴者，百代之过客""花自飘零水自流"。对于这些，只好命运随缘了！还有，人出生的时空和父母是不容选择的。再比如，没有预报的地震把你从梦中惊醒；不打招呼的空难、沉船、车祸等突然来袭；不发通知书的癌变、瘟疫灾难的降临，等等。遇到这种情况，再有能耐的英雄好汉，也难以逃脱其难。还有就是战乱或是社会的各种政治的、经济的、文化的风云和运动，都会殃及个人，始料不及。现在看来，从这些意义说，命运又如同一张似乎看得见又看不见的"网"，不管你愿意不愿意，想与不想，都得置身其中，并在一定程度上受其控制、制约、支配，甚至决定。

我也感到，命运的好坏，似乎与时代也息息相关。这里使我想到一个浅显易见的道理，英雄的时代，造就英雄人物。李白如果不遇盛唐，就不会留下"斗酒诗百篇"的千古佳句；鲁迅如果不遇到新文化运动，也许会沦落为一位不受时代或社会欢迎的人。

在人的一生中，可把客观环境的规定性，比作一条河，人的能动性比作一艘船，船只能行进在河水中。但船在水中如何行走，是靠左还是靠右，是快还是慢，怎样避免各种风险等，都得由自己权衡利弊来选择和决定。当然，还可做这样比喻，它就像一江春水，遇到岩石它会绕道而行，行经到平坦的河床上它会潺潺地流动，有时候，条件许可，也能澎湃和奔腾！但是，目的只有一个，就是要因势利导，发挥自己，创造自己。它的最终归宿还是流入大海。再比如，烈士舍身成仁，忠臣为国捐躯，革命者为人民而献身，能说不是他们自己的选择而是命中注定的吗？

帕特里克说："不自由，毋宁死。"我看不必。改变不了大环境，就改变小环境。我不能决定太阳什么时候升起，但能决定我什么时间起床。我必须在我能支配的环境里让它自由。每个人都应当是自己人生的引导者。当然，要做到这点很难。那些能够领导千军万马的人，未必能领导好自己。

三

哲学原理告诉我们，只有欢乐而无悲痛的人生，未必是灿烂的人生。得与失、成与败、喜与悲，同属人生的不同组成部分。该大笑时就大笑，该痛哭时就痛哭，不隐瞒，不保留，这才是完整或完美的人生。记得弘一法师曾在圆寂时留下"悲喜交集"4个字，来表明他的最高精神境界。在现实生活中，经常会有人在挫折面前意志消沉、心灰意冷、悲观失望、一蹶不振，甚至自杀；但也有些人，挫折或失意过后，感到叹气无用，躺倒不行，需要的是总结经验，调整心态，振作精神，昂首挺胸，拂去身上的灰尘，化悲痛为力量，重新踏上人生的新旅途，继续前进！

人生活在这个世界上，任何人都无法避免要承受一些难以预料的挫折和痛苦。聪明的人总是在挫折和痛苦中找回失落的自我，并能从中找寻奋斗的目标和勇气。马克思说过："受难使人思考。"从这个意义上说，挫折和痛苦是催化剂。正如富兰克林所说："挫折和痛苦暗含成就的机运。"尼采同样说过："受苦的人，没有悲痛的权利。"

传说佛祖临终前对弟子说："要自以为灯，自以为靠。"意思是说，要自我点燃心灯，照亮自己，不等不靠。

四

在人生的有限的时空里，一定要学会取与舍，尽可能做到该取的取，该舍的舍。在这个物欲横流的世界里,随时随地都会遇到这样或那样的诱惑,切不可因此而陷入困境。任何时候,都要看管好自己,掌握正确的航向,千万不要为一些蝇头小利而乱了自己的方寸和阵脚。

前些时候,我读了王蒙的《我的遗憾》一文,他列举了他个人的10种遗憾。其中,有些遗憾我也经历过,但我从不因为任何一种遗憾而后悔。后悔再多,也无济于事,反而徒增烦恼。还不如活在当下,乐在眼前,笑脸相迎。

在历史人物中,我很喜欢苏东坡,他得势时乐于修桥铺路,造福四方;失势时也能安贫乐道,煮酒抚琴。

在我的一生中,也历经过一些磨难,渐渐地使我稍稍懂得一个道理:对我来讲,既不要做宿命论的奴隶,也不要当横冲直撞的草莽英雄。不可否认,人生的每一次选择都有风险,有时风险很大,问题是敢不敢面对?所以,对于正行进在人生道路上的每一个人,不论在任何时候和任何情况下,风雨也好,烈日也罢,都要审时度势,把握机遇,运筹帷幄,发挥自己可能发挥的主观能动作用,力争摆脱困境,走出自己能走而且有利于自己也有利于社会的路。有些时候,或在关键时刻,在人生的一定拐角点上,起决定作用的,还是靠自己的胆识和满腔热情的奋进精神。

讲到这里,使我想起牛顿的一个故事。一次,牛顿因瘟疫而躲进母亲的农场,不幸被落地的苹果砸了脑袋,由此他冥思苦想,最终悟出了万有引力的道理。接着,他又把地球引力推及太空,认识了天体运动,牛顿力学的三大定律,就是从对一个落地的苹果机遇的把握而相继产生的。当然,这一落地的苹果既成全了这位终生未婚的大师,又挽救了这个笨拙的世界。相反,机遇对一些随遇而安、随波逐流、不善于思考的人来讲是绝对无缘的。

美国作家惠特曼说得好:"当我还活着的时候,争做生命的主宰,而不做它的奴隶。"

五

在这个熙熙攘攘的世界里，人人都在为争取自己有一个好的命运而奔忙，但结果又各不相同：安贫乐道者有之，无可奈何者有之，欲望无边者有之，其中缘由，就在于自己的选择正确与否。

如今，我已老矣！但我不怕老（怕也无用），不能因老而却步、而止步、而迈不动步。我总以为，老是生理上的，心理上我还没有老，心理上仍然是老而尤坚，老而尤健，老了也要追求成熟之美！这也许就是我晚年所奉行的哲学。

我是个普通的人、平凡的人，不论我的人生多么普通和平凡，但我总拥有我自己的人生，我要为自己的人生多种点花，多结点果。

如今，似乎使我进一步悟出这样一个道理：人的一生，是一条很不规则的抛物线。从旭日东升到夕阳西下，这是人生不能改变的大起大落。其间，因事业、情感、政治、经济、人际关系、自然环境、社会动向等种种主观或客观因素，不可避免地会呈现出先后相继、大小不等、长短不一、内容不同的起或落。这些起落给人的一生带来不知多少悲痛或欢乐。人的主观能动性就在于尽可能用自己的智慧和平稳的心态，来妥善安排，争取少走些弯路，多做些好事和善事，并能做到得意时不过度，失意时能放下。这当中，如能在一些关键时刻和一些关键问题上，做出正确的判断或决策，并有效地加以实践，使人生的走向，更正确些，更稳妥些，成就更大些，当然更好。因此，我对于我的一生，不求完美，但求完整。完整者即是喜怒哀乐均在情理之中也。

最后，谈谈我的名字。我的名字是我的小学老师给起的。到了中学或大学，不断有人说我的名字比较平庸，不够雅致或老道，有点四不靠：不靠天、不靠地、不靠文、不靠武，要我改一改。但我始终尊重老师给我起名的好意，原汁原味保留至今，我从未使用过任何所谓的字或别名或外号。我之所以如此，因我认为，人中豪杰，不在名而在实，实者，健壮的体魄,丰富的学识,健全的人格也;家庭兴旺,不在名而在和,和者,互相敬重,互相体谅,互相支持也;事业发达,不在名而在智,智者依靠科学,善抓机缘,艰苦奋斗也。人杰、家和、业兴,是心智和行动创造出来的,名字在这里只是一个符号。我相信,只有自己脚踏实地学习、劳动和工作,才会成为自己想成为的那个人,也才会成为自己命运的唯一主宰者。

总之,一句话,命运就是对生命的运作,自觉和有效的运作就会有好的命运,盲目和无效的运作就会有不好的命运。中国有句老话:机缘始终是给有准备的人留下的。

《国语·越语》中范蠡说:"臣闻之:'得时无怠,时不再来;天与不取,反为之灾。'"唐杜秋娘有诗云:"花开堪折直须折,莫待无花空折枝。"用它来表达把握机遇的重要性,是非常恰当不过的了。只有如此,才能不辜负人生,才能为社会多做些贡献。

重操旧业　返璞归真

古人云："心想浮云知进退，名随野草任枯荣。"

在我的人生道路上，曾一度被动地走上为官的道路，为时不长，1989年，我由研究生院调到经济所工作，从此告别了官场。这也许是命运意想不到的安排吧！

通常，人们总以为官比民好，愿当官而不愿为民。我不以为然。我认为，民比官好。古人把民比作水，把官比作舟，水可载舟，也可覆舟。

在中国象棋中，是按将（或帅）、士、相、马、车、炮、卒的顺序排列的，其中，将（或帅）最大，天下无敌，可是，偏偏小卒可以吃它，而且从数量上看，小卒比将多5倍。前些时候，有人发明一种动物棋，其规则是：大象吃狮子，狮子吃老虎，老虎吃豹子，豹子吃狼，狼吃狐狸，狐狸吃猫，猫吃老鼠。谁吃大象呢？老鼠吃。而且说老鼠是钻进大象的肚子里慢慢吃。尽管如此安排未免有点荒唐，但也有一定的道理，这个道理就是，在自然界中，的确存在相亲相克的法则。人是从动物中进化而来的，所以在人与人之间，经常表现出弱肉强食的本性来。在现实社会中，人分等级，官也分等级，大官可压或可吃小官，从上到下，层层相压、相吃，其间往往无任何道理可言。

在我看来，官是人做的，官职是人格的体现。故要做好官，先要做好人，做好人是做好官之基。坏人是做不成好官的。古人曰："君子为人之道，以修身为本"，身不修，何能把官做好。"百行以德为首"，"修其心治其身，而后可以为政于天下"。

做官是一阵子的事，做人是一辈子的事，不要因为做官而忘掉做人。

当然，好人并不一定能做好官，因为当官是一门技术、一门学问、一种智慧和胆识，稍有不慎，机会就会变陷阱。范仲淹在得意仕途上，左右逢源，长袖善舞，也不免进退失据、左右为难。岳飞精忠报国，只知将帅之道而不懂伴君之法，虽得到强大的对手金兀术的敬重与钦佩，却逼得宋皇帝与"二把手"秦桧痛下杀手。理学大家朱熹整治对手，不惜虚设对手与妓女通奸的罪证，弄权使诈，斩尽杀绝。所有这些，可作为一面镜子，照亮现实。这就是说，官场有一套自己运作的规律和规则，不是人人都能学会和用好的。平心而论，我就没有学好、练好、做好，我是官场中的"弱者"。我打心眼里就不愿学和用官场那一套必不可少的权术，所以我就做不好官。当然，古往今来，也不乏好人做好官的范例，如古代的包公，现代的焦裕禄等，这些人都能做到"人以官传，官以人彰，官位闪耀着人格的魅力，久而弥新，百世流芳"。

从古到今，"学而优则仕"似乎是文人的通病，而且也往往是他们的悲剧所在。其实文人想当官也许其本意不坏，但是如果鬼迷心窍，痴迷不悟，其结果往往是悲惨的。

我还想做官好比爬山，只有上不去的，没有不下来的，这是法则。同时，宦海浮沉，变化莫测，随时随地都有跌落的危险！做官必须有这种思想准备。

我很相信"文章千日好，仕途一时荣"的道理。所以我弃官之后，感到很轻松，也比较心平气和，丝毫没有失落感！当官对我来讲似乎可能是一场历史的误会。事后我曾反省，从一定意义上说，我是官场的"失败者"，也是官场中的"盲者"。因"盲"而"败"，我只能无怨无悔。

不可否认，由于自己在以往的岁月里，从未做过官，没有做官的经验，不懂得官场"定律"，总以为只要自己认为是对的，对办学有利的，对人民有益的，就毫无顾忌地往上冲，"明知山有虎，偏向虎山行"。结果，一切都适得其反，但我并不因此而后悔。

我平生最讨厌的是贪官。这些人为了做官，绞尽脑汁拉关系、找窍门、请客送礼（包括钱）、烧香拜佛，甚至铤而走险。这些人一旦官位得就，便拉帮结派，结党营私，鸡犬升天。"官大权力大"，可以为所欲为，横行霸道，欺压百姓；更有甚者，以权谋私，贪赃枉法。这种人我不仅听到过和看见过，而且我的身边就有。当时我所在的研究生院就存在这种状况，而且是活生生的体现。

三国魏刘邵的《人物志》开卷第一篇就谈到人物的本质。他认为，人物的本质是平淡，他把平淡看作是人物性格的最高境界。这一点与儒家道德至上的主张有很大的不同。所谓平淡，即淡泊处事，不怀偏见，不争不比，不谄不媚，不出风头，这在市场经济社会内，要做到这一点是不易的。淡泊是相对功名富贵来说的。历代文人追求名利者多，不追求名利者少。竹林七贤也有追名逐利者。李白似乎是个清高的诗人，其实他心里一直想做官，他三去长安，目的还是想挤进官场，只不过事与愿违罢了。当时，我扪心自问，我属于哪一类人呢？实话实说，我绝不是那种追名逐利贪慕高官厚禄的人。

正因为如此，"返璞归真"对我来讲，既不感到意外，也乐于接受。

我原本是一个普通教师，长期从事高校教学和科研工作，对教学和科研工作应当说已有深厚的感情，同时也大小算个内行。在教学和科研之间，在过去几十年里，除在研究生院的8年时间之外，都是把教学当作我的工作中心，并将大部分时间耗在这上面。

我的幸福观

一

古往今来，对什么是幸福和如何追求幸福？一万个人有一万个说法，角度不同，看法各异，可谓见仁见智。

英文中的幸福（happy），是"生活好"的意思。亚里士多德说过："生活得称心如意，有成就，有满足感，就是幸福。"

在现实生活中，有人说福即钱也，有钱就是福，因为有了钱可以让日子过得更滋润些或更舒服些；有人说福即康也，健康长寿就是福；有人说福即权也，有权可以作威作福；有人说福即佛也，参禅拜佛，可以圆满；有人说福即糊也，人们常说"难得糊涂"，遇事马虎点，得过且过，不了了之，福在其中。

按照《尚书·洪范篇》云："五福：一曰寿，二曰富，三曰康宁，四曰攸好德，五曰考终命。"这里讲的寿是指长寿，富是指财富，康宁是指健康安宁，攸好德是指好的行为道德，考终命是指安乐地死去。

前几年，《太阳报》以"谁是最幸福的人"为题，进行一次征文比赛。从应征的10多万份来函中，评出4个最佳答案：一是完成了一幅最满意的创作的艺术家；二是用沙石筑成了城堡的儿童；三是为婴儿洗澡的母亲；四是挽救了危难病人的医生。从这4个最佳答案来看，都毫无例外地包含了共同的东西，即奉献、劳动、爱心、成功。由此看来，幸福有一个共同点，都是靠汗水、智慧换来的一定劳动成果，幸福一定要用自己的劳动去创造。

有人认为人的幸福必备3条：一是工作要踏实，二是精神要充实，三是环境要舒适。三者俱备，幸福自在其中。其间工作又是主要的，因为它是精神和物质的载体。罗素说过："真正的幸福，来自于建设性和创造性的工作。"

还有人认为，衡量幸福的质量有3条标准：一是和家人的关系，二是和社会的关系，三是和自然的关系。

西方经济学家给出了一个著名的幸福方程式：幸福 = 效益/欲望。他们认为，效益是指欲望得到的满足及其程度。意思是说，如效益是既定的，欲望越小，越幸福，否则反之。效益与欲望是两个变量，幸福也因变而变，人生多欲，人的欲望是无尽的，因而对幸福追求的欲望也是无止境的。

在现实生活中，不同层次的人对幸福有不同的要求，有的人对幸福的要求很低。比方说：下岗的职工希望有份好的工作，饿汉希望能吃顿饱饭，住院的病人希望病愈出院，流浪汉希望有个家，坐牢的犯人希望期满释放或大赦，等等，对他们来讲，幸福无不孕育于希望之中，希望的实现就是幸福。

幸福育于比较之中。30千米的急行军之后，能停下来休息几分钟，就是幸福。在1至6小时站桩中，能坐下来就是幸福。

有人问一位盲人："你什么都看不见，不感到痛苦吗？"答曰："我为什么要痛苦呢！和聋哑人相比，我既能听到声音又能说话；和瘫痪者相比，我能行走。"对这些人来讲，放大了自己的长处，满怀信心地面对现实，想得通、看得开，排忧解难就是幸福。

在市场经济条件下，有些人整天驰骋于商海，迫于残酷的竞争压力和对利润最大限度地追求（而不是满足），夜以继日地拼命工作，工作虽然紧张，但每当他取得一定的胜利，乐趣丛生，福自在其中。还有，对任何人来讲，有一个温馨的家庭，结交一些知心朋友，无疑也是一种幸福。

一位跟随甘地多年的美国记者问甘地："你能用3个字来概括你的生

活真谛吗?"甘地回答:"乐于弃!"甘地放弃美食,放弃奢华衣着,放弃所有官位,只为全身心地服务于众生。

韩国有一位当代高僧法顶禅师,禅师长年独自隐居深山。有人问:"禅师你在山中独居的木屋有多大?"他说:"有 6 平方米。房间的上方有一块隔板,板上放几本书和换洗衣物。"还有人问他:"你一人独居深山不感到寂寞吗?"他回答说:"有太阳和月亮为我做伴,我为什么寂寞呢!"在他的门上挂了一块匾,匾上写着"日月庵"。

一般说来,幸福指数呈 U 字形:老年和青年时代最幸福或比较幸福,中年时代,因工作繁重和家庭劳累,最不幸福。

由此看来,幸福的感受因人而异、因时而异,正如世界上没有完全相同的两块石头,世界上也绝没有完全相同的幸福。

二

依我看,幸福不是奢侈品或保健品,而是人体的必需品,可以理解为维生素。

老子说得好:"祸兮福之所倚;福兮祸之所伏。"意思是说福和祸是可以相互转换的,有时因祸得福,有时因福得祸,这就因人而异了。比方说,钱是好东西,有了钱就有了幸福;但钱也是坏东西,钱是通往地狱的垂直阶梯。古今中外,有多少人因钱而坠落甚至陷入灾难的深渊。

英国的一个研究机构研究表明,从人生的全过程来看,在现代社会中,有很多人已经生活在幸福之中,但他们并不感到满足。原因在哪里?原因就在一个贪字上。由于贪而喜新厌旧,对已得到的东西并不感到满足,总希望得到难以得到或根本得不到的东西。这种人永远得不到满足。

在现实生活中,作为幸福的条件也是在发展变化的。当年如痴如醉的爱情,如今变成了柴米油盐的婚姻,原先希望的生活,永远实现不了。如果因此而感到不幸福,那就永远得不到幸福。因此,对任何人来讲,在任何时候，绝没有十全十美和持久不变的幸福。

俗话说：知足者常乐！在现实生活中，任何幸福都是相对的，比如说，有了伴侣是幸福的，但不一定有爱情；有了房子是幸福的，但不一定有家；有了钱是幸福的，但不一定有健康。

三

有人问我："你对幸福怎样看？"我可以坦诚地说，我的幸福观绝不是什么高官厚禄和加官晋级，或有百万千万家产，或有一大套豪华的别墅，或有一辆奥迪或奔驰，或赴一次高层次的酒宴，或穿着一套得体而又高雅的西服，而首先是为实现一定的理想而工作。

高尔基说过："理想能给人以欢快和勇气。"人的生命，如果没有了理想，就会变得空虚和渺小，就会失去前进的动力和方向。理想因人而异，不同的人有不同的理想。什么是我的理想呢？当然，从抱负上讲，我作为一名共产党人，远大的理想是实现共产主义，这是坚定不移的信念，但这恐怕是几代人或十几代人甚至几十代人都难以完成的事业，我们是看不到了。我作为一个普通的人，只希望在力所能及的范围内，做些既有益于社会又有益于自己的事。对社会力求做到"尽心尽力，不贪不求"；对自己力求做到"无疚无愧，自在自得"。

为理想而工作，信心十足，可使生活充实起来，保持饱满情趣，这就是幸福。

当然，为理想而工作，必须落实到具体工作上。比方在日常工作中，只要能讲一堂或几堂足以获得掌声的好课，或公开发表一篇或几篇自认为对社会有益的、有创新观点的并颇有好的韵味的文章，或出版一部或几部广为读者欢迎的佳作，都会感到很幸福。

我见过许多有钱的人，虽然相当富裕，但他们并不幸福，他们整天为钱怎么安排而提心吊胆，怕丢、怕贬值，担心死后钱的去向！

在我的幸福园地里，还有一块多年前就已取得并占领的阵地，就是在电脑上写作。在这之前,大部分时间都是在书桌前爬格子中度过的。过去爬格子主要是为了写讲稿,改革开放后爬格子除了写讲稿外,还写书、写一些文章。早些时候,我把爬格子当作自己安贫乐道、淡泊明志的一种安分守己的行当,虽苦有乐!后来我慢慢地走近了电脑,而且越来越离不开它了。我时常在万籁俱寂的夜晚,一个人端坐电脑旁,任思绪信马由缰,用键盘敲打出零零星星的想法,有时将从阅读的书籍、文件、资料中所获的各种对我有用的信息输进电脑,并加以整理、提炼、综合、拓展、升华和创新,使之转化为自己的东西;有时再找个主题,经过加工,便成文章。文章既成,大都可公开发表,但也有的只是为了寄托自己的心思,自我欣赏!自我欣赏也是一种乐趣,因为它可以给自己的灵感和灵魂以抚慰或托付,并作为资料保存下来。

我经常问自己,我老了没有?我没有老。因为我还能思考,还能敲动键盘,把许多不愿丢失的东西,如数家珍地记录下来,并保存下去。

为了幸福,我心中不能没有储蓄。有意思的是我把过去没有用完的幸福存储起来,每当我遇到困难或不愉快时,就会把它提取出来,比方友人的书信、珍贵的礼品,还有文物等,这些比养老金还顶用。

人活一辈子,不可能没有愁思。有些夜晚,每当这些思绪缠绕自己辗转反侧不能入睡时,只好挑灯动笔或敲击键盘把它记录在案,才能安下心来!我把它叫作"床上文化",这也算是苦中有乐!

近年来,我自然地养成一种习惯,不论在任何情况下,只要端坐在三尺长的书桌前,万般思绪都会平静下来。安静是一种境界,它与寂静不同,寂静太空,有寂寞感或孤独感,而安静则不同,安静有点像老僧入定那样,把尘世抛出脑外,似乎进入无人境界,专心致志地思考问题,并把它有序地转化成文字的东西。改革开放以来,我的2500多万字的手稿(包括14本书和1000多篇已发表的论文及未发表的各类讲稿),大都是在这种情况下一字一句写成的。

到了晚年,我学着写点短篇散文。对于艺术作品,巴尔扎克说过:"就是在于它能在最少的文字里浓缩和集中大量的思想。"我有时充分地体会其中的乐趣。

我是贫苦出身的孩子，生活的起点很低，要求也不高，很容易得到满足。我想，人来到这个世界上只有一次，酸甜苦辣、喜怒哀乐哪一样也甩不掉，有时不得不逆来顺受，又何必什么都以高标准来要求自己和满足自己呢！

我从不羡慕那些吃得好、穿得好、住得好或有钱有势的人，我很羡慕那些勤奋好学、乐于敬业的人。人们常说"苦中有乐"，此话有一定道理。我已经在大学讲坛上生活或工作60多年了，讲了无数次课，写了那么多文章，参加众多的会议，可是到目前为止，每一次课前准备，每一个会议发言稿，每一篇文章，每一本书，事前仍要认真思考，精心策划，力图做到自我放心为止。这苦不苦呢，苦；紧张不紧张呢，紧张；累不累呢，累。但是在苦、紧张、累的同时，乐也在其中。总的来说，幸福说到底只不过是一种心理感受。每个人的幸福感受只有他自己最有发言权，个人感受越被尊重，幸福离他们越近。

人老了，容易生病，在病房中，我曾试过多次，读书对于修复或治疗病痛是有一定疗效的，如果你能一字一句、一行一页读进去，就可以起到打发时间和分散注意力的效果。

曾有一段时间，我因养病几度偷钓于颐和园南湖。在垂钓过程中，我曾想：在古代，姜太公钓鱼为的是什么？肯定不是鱼，而是为了实现一定的谋略。"富春烟雨，一蓑一笠"严子陵的垂钓，为的是什么？也不是鱼，而是体现归隐高洁之心。自称"烟波钓徒"的张志和，钓的更不是鱼，而是流露出宦海之中的失意之情。我自问我为什么呢？当然，也不是鱼，而是舒展有时不愉快的身心。舒展身心也是一种幸福，确切地说，是想从中摆脱痛苦和寻找幸福。

现在我才真正明白，任何时候，不管你占有多少财富，只要你追求的东西没有达到，就谈不上富有；相反，如果你满足现时的拥有和追求，不管你实际占有的东西多么匮乏，也是富有的，富有即幸福。

在我看来，幸福还是一个发展变化的过程，当你原先要追求的幸福快要或已经实现的时候，它可能已悄悄地溜走了！你又会在新的平台上产生新的要求，新的欲望，追求新的幸福。幸福没有绝对的标准，永无休止符。

上苍不会让所有的好处，都集中在一个人身上，比如，有爱情不一定有钱；有钱不一定有健康；有了健康不一定一切都会如愿以偿。一切幸福都属于精神感受。有了这种感受，也会把感受变成享受。因此，还是那句话，只有知足，才能常乐。幸福，说到底是人生的一个哲学问题。

以上讲的，大概就是我的幸福观吧。

第七部分

祭奠亡灵

生死观和人生观
——哭方生

方生过世已周年了,写点悼念的话,以祭亡灵!

方生作为经济学家已经走入历史,但作为一个相知多年的老友,他依然活在我的心里。近年来,他的身影不时在我的脑海中浮现,他的声音也常在我耳畔回响。

在我的一生中,很少过生日,几乎把自己的生日时辰忘掉了。有一次,全家人围坐在一起,谈到他们生日快到了和如何过生日。孙子非常不平静地说:"你们只知道给自己过生日,从来没想到给爷爷过生日!"此后,大家开始重视起来。记得几年前,当我到了70大寿的那一天,先后两次过生日:一次是在家里和孩子们一起过,一次是在杨炎和的安排下并在她家同方生一起过。一个蛋糕,四菜一汤,二两白干,气氛浓郁,大有一醉方休之感!方生和我是同年同月生(1925年10月),又是同年同月(1949年5月)以同样的方式不约而同地来到京城,在华大不期而遇(他从台大来,我从安大来),随之转入人大,后又一直学习、工作、劳动在一起。1983年,他去深圳大学任副校长,不久,我去中国社科院研究生院任副院长,之后几乎又以同样的原因回到原先的教学和科研岗位。可以说,在我俩的一生中,有相当长的一段路程,是并肩同行,甘苦与共,肝胆相照。一个人活在世上,心灵最大的慰藉,莫过于情义二字。正因为我俩有这一段难能可贵的情缘,从70岁开始,就轮流做东,年年在一起过生日。

2001年,方生因患不治之症而住进北医三院,我经常去看他,谈古论今，畅叙情怀！这年10月又到了我俩的生日，为此，我特地定做一个特别精致的大蛋糕，上面镶嵌7个大寿桃，6个小寿桃，和"庆祝方生七六华诞"8个大红字。在这天的上午，我非常虔诚地把蛋糕捧放在方生的病榻前，当着方生的老伴儿炎和的面，含着泪对方生说："我俩再同过一个今年的不寻常的生日吧！"方生用微弱的声音说："谢谢！"可是，好不容易在我和炎和的劝说下，他非常痛苦地吃了一口后就闭上了眼睛，似乎无可奈何地躺下了！不久，即2002年4月5日，方生就撒手人寰，远离我们了！

当时我正在外地讲学，闻此噩讯，仰望长空，临风怀旧，不觉黯然泪下！这是一个非常不能令人接受的现实，但毕竟来临了。当天，即乘机返航，次日，在八宝山为他洒泪送别！

方生走后，我想了很多，为了悼念他，我和章焕借用庄子在《齐物论》讲的话，为方生送了一副挽联。上联是："因是因非，因非因是，所非即是。"下联是："方生方死，方死方生，虽死犹生。"方生的一生，为了是或非在多次政治运动中吃了不少苦头。方生在临终前，又为了一场特定的是与非政论之争挥毫泼墨，为捍卫发展中的马克思主义，为坚持改革开放政策，为中国特色的社会主义，论战了好几年。当然，是非自有公断。但我十分相信，方生是一位为真理而义无反顾的战士。我常想，在这个社会中，如果多有几个像方生这样的朋友，活着不仅是快乐的，而且心里也是踏实和放心的。可是，这样的朋友太少了！

我们是唯物主义者，从道理上讲，应当正确对待生与死，科学地树立生死观。对任何人来说，生日都是获得生命的日子。有人说，生日，它好比日出东山的一道霞光，也如同朝霞时万物身上一颗露珠，相对漫长的时空而言，是极其短暂的。庄子曰："莫寿于殇子，而彭祖为夭。"传说，彭祖寿高八千，相对漫长时空而言，也是短暂的。生日既意味着生命的诞生，同时意味它开始逐步走向消亡。从第一个生日起，生命就进入了倒计时状态。一个生日就是一个驿站，过了一站又一站，我们就是一站一站地走近或走向人生的生命终点的。它是一条单行道，只能前进，不能后退，也不能绕道行，更不能中途逗留、犹豫、逃避、歇息和徘徊。它让你走过豆蔻年华，走过花季，走过而立，走过不惑，走过古稀……在你走过一连串的路程之后，或迟或早，生命的最后一个生日到来了，以后再不会有了，对此，你只有无奈地、真实地面对和从容地接受。这个过程是残酷的，也是必然的，不可抗衡的。我从方生身上看到了这个全过程，也想到自己的明天或后天。方生走完了，我们还在走。

如今，我只是想，生命对任何人都只有一次，如行云流水，无论如何，总不能当匆匆过客，因而要珍惜自己的生命。苏轼说，在精神世界里，"物与我皆无尽也"。正因如此，才有必要在有生之年，把生命的意义和质量尽可能提高一些，争取落地有声！

我认为，人生在世，做人要有两颗心：一是事业心，二是良心。前者是目标和动力，后者是本分，二者相辅相成。从结果上看，事业是一种载体，其中，浓缩了人的才干、做人的规范（伦理和道德）及其理想和抱负。所以应把事业放在第一位。这里我讲的事业，对我们来讲，并非一定要做那些轰轰烈烈广为人知的大事，而是要紧跟时代的步伐，不断地追求理想和进步，争取在力所能及的范围内，为人民多做一些有益的事情，事不论大小，都叫事业。当然，也不要过多地计较社会承认或不承认，承认也好，不承认也罢，甚至反对也可以，只要自己执着地去做，多做出一些成效来，而且问心无愧足矣。至于说到良心，起码包括人的善心、仁心、义心、孝心，还有识别是与非、好与歹、善与恶之心。我觉得生命的长短是用时间来计算的，生命的价值是用贡献来衡量的。爱因斯坦说过："一个人的价值，应当看他贡献什么，而不应当看他取得什么。"

在现实生活中，真正证实一个人的身价，不在于他官位多高，财产多少，有多少豪言壮语和自吹自擂，在社会上又多么风光，而在于他对社会、对人民是否有所贡献，和所做贡献的大小。正因为生命是短暂的，所以一定要倍加珍惜自己的生命。有些人用挥霍生命来昭示自己的存在，有些人用夸夸其谈来显示自己的魅力，有些人用我行我素的浪荡行为来证明自己的洒脱，有些人总是幻想未来而不把握和利用现在，有些人整天满足甚至陶醉于以往的功成名就而丧失奋斗目标及前进的动力……所有这些，都无疑是对生命的随意抛掷和浪费。正如英国哲学家洛克所说："人们的行动是他们的思想最好的说明。"

关于这些方面，方生做得很好，是我学习的榜样。他默默耕耘了一生，兢兢业业，勤勤恳恳。改革开放以来，他勇立潮头，立场坚定，旗帜鲜明，为改革开放擂鼓助威！特别在特区经济和引进并利用外资方面，颇多建树，有口皆碑。在理论研究和探索中，他善于和勇于独立思考，从不在任何权势面前奴颜婢膝和展露媚骨。他曾对我说："做人不能有傲气，但不能无傲骨，做事、做文章，任何时候或在任何情况下，都要保持做人的尊严和原则。"他的作品，清新豪放，高风亮节，气概昂然，足以反映他做人的魅力。

方生为人，温文尔雅，谦虚诚挚，待人宽厚，我惯称他为方公。人们常说，做人要善待自己，更要善待别人，善待别人最好的方法是在原则许可的范围内多一点宽容别人。在我和方生几十年相处中，从未见到他在个人得失方面斤斤计较。

人世有代谢，往来成古今。在人的生命历程中，在一定的范围内，做些有益的自我保护工作是必要的，剩下的只好一切顺其自然了，切不必在生与死上时刻提心吊胆！体现了"生之来不能却，其去不能止"的万事万物的自然规律。因而怕老、怕病、怕死是不会有幸福的。历代帝王将相，几乎毫无例外地登高封禅，祈求长生不老，到头来还不是一个个地叶落归"陵"。人的一生，犹如花开花落，云展云舒，昼夜交替，四季更迭，谁也抗拒不了。古人云："大江东去，浪淘尽，千古风流人物。"何况我们这些区区平民之辈！

老子说过："死而不亡者寿。"意思是说，人死了，而不为人所忘，甚至常在怀念之中，也算是"长寿"了！

方生，我的好同志，和泪厄言，魂其来飨！你的一生活得太累了，永远安息吧！

永远怀念宋养亮哥哥

在京的宋氏家族的兄弟姐妹中,还有一位我颇为尊重的兄长——养亮哥哥。他为人正派,与人为善,聪明好学,思维清晰,思想进步,谈吐犀利,办事认真,对党对国一片忠心。在抗美援朝期间,由于他长期超负荷地工作,积劳成疾,不幸英年早逝,享年37岁。

"风流总被雨打风吹去!"当我亲眼看到一个活生生的人,顷刻间化为一股青烟,消失在渺茫的天空时,我痛感到死亡的恐惧!养亮哥流星般地燃烧了一生,他用相对短暂的时间,展示了一种不同凡响的人生境界。他做了许多有意义、有成就的事,他拥有幸福美满的家庭,享受了充沛的亲情、友情的关爱,他生命虽然短暂但丰富多彩。我以为,生命的意义不仅要有长度,而更重要的是要有厚度。

他"走"后,我们在京的宋家兄弟姐妹中,养初、养朗、心怡、宋琼等又相继先后过世了。他们都来自延安,是共产主义的忠诚战士,在抗日战争和解放战争中立下了汗马功劳,是共和国的缔造者;新中国成立后,他们又在各自工作岗位上为新中国建设而跃马扬鞭,成效斐然。他们都是带着对人民、对党、对国家的未尽的心愿含泪而去的!正像陶潜在《挽歌》中所云:"死去何所道,托体同山阿!"

在他们之中,养亮哥"走"得最早,他过世快60年了,但我们时刻都在怀念他,他鲜活的面孔、温文尔雅的举止经常呈现在我们的面前。他的人品、为国为民的精神始终是我们还活着的人学习的榜样。

他走后,我总是想,亲友的死去,不仅仅是一个躯体的离世和消失,更重要的是他给活着的人留下的是难以接受的现实,随之而来的是永恒的记忆、怀念和悲痛！这种记忆、怀念和悲痛，不可能随着时间流逝而消逝和抚平，将会永远折磨活人的心灵，直至自己也随风而去。

近来，我还觉得，有些人虽然活着，好像已经死了；但有些人虽然死了，好像仍然活着。人虽死了，肉身可消失，但他们的精神和光辉，他们的操守，仍在社会中继续发酵，影响着后人，并流芳千古。

更使我时刻感觉到的是养亮哥的那种稳健而不保守、自信而不自大的做人风范，他的音容笑貌，他谈笑风生、风度翩翩的形象，经常浮现在我们的眼前。从这个意义上说，他没有死，他还活着，他的理想和抱负，他的思想和人品，永远活在我们的心里，活在社会中，永远，永远！

方生十年祭

昨夜梦里，我与远去天国的方公重逢。惊喜的目光，饱含着别后的神情。紧握双手，传递着今后的憧憬。梦醒，打开窗，一道霞光告诉我，今天是清明。

方生，你过世已经整整10个年头了！在这10年中，我每年今天（清明）都到这里（八宝山）来看你，和你说说话、聊聊天，诉说别后的情怀！

我每到这里，都有这样一种感觉：人啊！为什么？再亲的人，相伴只有一程（或长或短），这一程却成为不变的永恒。

在过去的大部分时间里，我们经常看到的都是别人的死去，只觉得死亡是人间的常事，没有感到太大的痛苦；可是，当死亡降临到自己亲朋好友的头上，就截然不同了，悲痛即随之降临！

方生，你流星般地燃烧了一生。你走之前，在我们这群为改革开放而义无反顾的同人中，先你而去的，有孙冶方、薛暮桥、林之立、刘光等，他们都是和你并肩战斗的好友；在你走后的10年中，又有一些人相继离去，他们都是你生前的好友、同学、同事及和你在一起为改革开放并肩战斗过的同志，还有亲戚、朋友等。这当中有你最熟悉的战友，如朱厚泽、朝尊、陆迅等。最使我们难以接受的，就是不久前，十八大召开前夕，长期与我们战斗的挚友——何伟、晓亮也随之远去，双星并落，令京城经济学界以不同的方式沉痛地悼念他们！这一连串被改革岁月擦亮了的名字，他们和你一样，都是带着对改革、对人民、对党和国家的未尽心愿含泪而去的。

最使我难以忘怀的是何伟、晓亮在临终前，我到医院去看他们，似乎在我的面前出现两个不同的何伟、晓亮：一个是已病入膏肓、无力回天的何伟和晓亮；另一个是思维清晰、谈吐锋利、对改革满腹经纶而又忧国忧民的何伟和晓亮。

哲人说，人是会思索的芦苇。我总觉得，人比芦苇还脆弱。人生在永恒的岁月流逝中的不可逆转性、重复性、短暂性，人生终点的到来只能接受，不能选择。死亡还不厌其烦地告诫人们，人来到人世间多么不易，一定要加倍珍惜自己的生命。

今天来看你，我由衷地为你献上一首诗："生来方知梦难圆，哭君何早赴黄泉，纵使那比人间好，未必魑魅能容贤。"

我更相信，你的那种稳健而开放，自信而谦逊的做人风范，你的音容笑貌，你的风度翩翩，仍经常呈现在我们的眼前。从这个意义上说，你没有死，你的理想和抱负，你的思想和人品，永远活在我们的心里。

当我们身边的亲朋好友一个个先后离我们而去时，我自然会想到，我们与你们在另一个世界里相聚的日子已经不远了！

人老了，容易得病，面对疾病，我所考虑和期待的，不是能不能痊愈，而更多的是生与死，是早死或晚死的问题。就这一点来说，我已经不是经济学家了，而似乎是哲学家了。

我总觉得，人的一生，要完成许多功课，包括在人生的每个阶段上都能留下一些值得记忆的脚印，当有一天你不可避免地病卧床榻时，才有可能出现发自内心的而又平静的微笑！我扪心自问，我的一生，我用心了，我尽力了，我知足了，我死而无亏、无悔、无憾了！

由方生想到自己，我的父母亲一生过着清贫的生活，留给我的只是爱和亲情，这是值得我一生珍惜的"祖产"。

我们的生命是父母生命的继续，子女又是我们生命的继续。大而言之，我们的生命是人类生命的继续，人类也是我们生命的继续。当我们还活着的时候，除要珍惜自己的生命之外，也要有准备地迎接今后或长或短总要到来的死亡。

卢梭说过："我们刚投胎于世，就进入竞技场，到死方才走出来。老人要做的事，是研究怎样死！"

第八部分

岁月留痕

我的 2012

爱写日记是我在中学时期养成的习惯，到了安徽大学，我依然坚持着，几乎天天写，风雨无阻。来人大后，因为学习和工作太忙，开始改写月记。月记就是每到月底，对一个月来的学习和工作，择其要者，用文字记录下来。从 2010 年开始，月记也难以坚持了，只好改写年记。所谓年记，就是每到年末（或次年初），对这一年自身经历的一些自认为是大事的东西，经过细心的盘点，用文字或粗或细地记录下来。年记我已坚持好几年了。这里，我先把已经在报刊上发表的 2012 年的年记，转述如下。

2012 年，来去匆匆！按自然年轮算，我又增加了一岁，也减少了一岁。

今年，就我而言，不是特别愉快的一年，也不是特别悲伤的一年。如把全年的喜怒哀乐，用几何曲线来表达，虽有波折，但无大起，也无大落，总体较为平稳！人生似水，水平如镜，我愿永远在水波不兴中缓缓地流淌下去！

年初，生病住了几天院，有惊无险，很快就康复了。在以后的日子里，日复一日，仍按老套数生活：读书、上网、习字、看报、散步、看电视、打台球，还写成并发表了几篇文章，较为满意！这一年，我用心了，我尽力了，我不感到有什么遗憾或愧疚，觉得生活还有点意思，值得继续这样活下去。

鲁迅说过："无聊才读书。"我却认为不读书才真的无聊。人到老年，如夕阳西下，满目黯然，点烛照明，适逢时也！更重要的，"皓首更觉知识浅，老来正是读书时"。原因是我们正处在信息社会和网络时代，社会转型、体制转轨、意识形态转变正在如火如荼地进行，只要我们还生存和生活在这个社会里，不甘落后，想把生命和生活的质量再提高一点，就必须学习。

古人对老而好学有很多论述，值得借鉴和学习。汉代刘向说："老而好学，如秉烛之明。"明代于谦在《观书》中说："书卷多情似故人，晨昏忧乐每相亲。眼前直下三千字，胸次全无一点尘。"南宋诗人陆游有诗："读书有味身忘老，病需书卷作良医。""万卷古今消永日，一窗昏晓送流年。"清代诗人翁森有诗云："蹉跎莫遣韶光老，人生唯有读书好。"清末民初学者王国维在《为学三境界》中说："昨夜西风凋碧树，独上高楼，望尽天涯路；衣带渐宽终不悔，为伊消得人憔悴；众里寻他千百度，蓦然回首，那人却在灯火阑珊处。"

在中国近代史上读书成才的伟人数不胜数。胡适在自传中说，父亲给他的遗言就是要他好好读书。他11岁前读了31本书，为他日后的学术成就打下了坚实的基础。国学大师季羡林有句名言："天下第一好事是读书。"范围是天下，排行是第一。信不信由你，反正我信。

今年读了一些新书，越读越觉得自己知识太贫乏，因此，读书仍成为当今我生活中的主旋律。

除了读书，每天不可少的是读网（上网阅读）。前文说过，我走近电脑已经多年，对网络有了特殊的感情。我似乎养成了一种习惯，不论在任何情况下，特别是在万籁俱寂的夜晚，越来越离不开它。

近日，读到金克木先生83岁写的《老来乐》。他说60岁到70岁，如登高山；70岁到80岁，如上青天。我有同感！到了80岁或80岁以后，心境更亮堂、豁达了，看得更开，想得更透，悟得更远。海阔天空，随心所欲，天文地理，古今中外，什么书都想看，但除我的专业书外，看什么都不认真，如对目前最热门的国内文学作家莫言、王蒙、金庸、贾平凹、二月河、王小克、梁羽生等人的作品，还有一些历史书籍，在不影响自己正常的生活和工作情况下，都想翻翻，不妄加评论，可是边看边忘，边忘边看，无拘无束，无忧无虑！累了，喝口浓茶提提神、暖暖身，调整一下心态，继续看。在一些非原则问题上，总觉得："贤的是他，愚的是我，争什么！"对于时势或世事，不管多艰，得（胜）之不喜，失（败）之不悲，得失两由之！花开花落，不必叹息，因为这是自然，何况花落之后还有果实！

我常想，书是人世间最脆弱的东西，狂风可把它卷走，大火可把它吞噬，战争可以把它毁灭，历史上焚书坑儒之事多次发生，但书及其书中思想、精神、真理却顽强地和永恒地存在着，它穿越时空的长河，延续了人类的文明。

在这一年里，我随时都在观看自己，观看社会，观看大千世界的潮起潮落！

记得爱尔兰剧作家萧伯纳说过："人到老年最大的悲剧是万念俱灰，一切只好听从命运的安排。"于右任晚年在台湾留下一首诗，诗的首句是"不信青春唤不回"，意思是慨叹自己老了，青春已唤不回来了！另一层意思是不服老。其实，在我看来，老并不是人生的终点，而只是人生的一个驿站，这个驿站距离终点还有一段或长或短的路要走，还有一些事要做和能做。人活于世，不能永远处于进攻状态，如抢滩登陆、攻城略地，但也不能因为进入老年，就丢盔卸甲、缴械投降。人是一种极具进取精神的动物，任何时候都必须活在一种希望和理想之中，希望和理想有大有小，有长有短，在尚有希望和理想的日子里，酸甜苦辣都应承受，而且也能承受。至于希望和理想最终能否实现，实现多少，那就要看自己的努力程度和生命的造化了。

我已经是87岁的老人了，岁月在我身上难免留下一些印迹，最突出的感觉是听觉不太灵了，看报要戴上400度的老花镜。但人老心不老，总想在有生之年多做些事。

唐代诗人李商隐有诗云："天意怜幽草，人间重晚晴。"很值得我们效仿、珍惜，其中涵盖着的闲适恬淡、悠然自得的境界，是老人所必需的。法国大文豪蒙田在其名著《随笔》里说："上了岁数后，渐渐摆脱了困扰生命的种种欲望和忧患，不再操心财富、荣誉、地位了，如释重负，无比轻松!"

  这些大师的生活、精神、灵魂乃至品行境界,实非我所能及。但他们宛若涓涓清泉流过心田,轻抚我曾经有过的伤痛;亦如盏盏明灯,光耀于心扉,驱散灵魂的阴霾。故我对他们,只能高山仰止,心向往之了。

  2012年,应报刊之约,经过自己努力,在科研上略有点成就(大不如往年了),写成并发表几篇论文和散文,其中有发表在1月10日《经济学家》上的《南巡在中国改革开放中的历史地位》、发表在1月29日《经济学家》上的《社会主义的五种模式和三种类型》、发表在1月30日《企业党建》上的《改革开放四个阶段和四大亮点》、发表在2月10日《郑州日报》上的《小平同志南巡讲话》、发表在2月12日《福建省社科联社科界》上的《经济学家的使命》、发表在3月16日《中国社会科学报》上的《回眸"五七干校"》、发表在6月17日《经济学家》上的《如何看待和利用西方经济学》、发表在8月17日《中国社会科学报》上的《钟情于山水之间》、发表在9月3日《企业报》上的《家族企业利路在何方》、发表在12月3日《中国企业报》上的《老树发新枝》等。

  此外,还有几篇文章是2012年写成的,2013年初才见报,如《畅想"改革红利"》,发表在1月21日《理论经纬》上;《解决六大矛盾,实现改革红利最大化》,发表在2月2日《经济学家》上。还有几篇文章在网上发表,如《我是怎样读解〈资本论〉的》《大柳巷:淮河之滨的"桃花源"》等。

  书法是我的爱好。我学书法的目的,不是要成名成家,主要是为强身、健脑、排忧、找乐。如今,我为自己立下一条雷打不动的规矩,那就是保证每天习字50个。古人云:"学而时习之,不亦乐乎!"

我的 2013

2013年的日历已经翻过去了,和往年一样,很自然地使我反思过去一年我是怎样度过的。

过去一年,从大环境看,"中国梦"点燃了中国这块热土的强国梦、复兴梦、航天梦、海洋梦,梦梦相扣,催人奋进。

2013年,我也在逐梦,我的梦有的已经实现,有的将要实现,有的期望实现。

读史明智

在这一年中,我曾梦想,多读点书,读点好书。与过去不同的是,这一年我有选择地读了一些史书和古书,读史使人明智,我的确从中感受良多,受益匪浅。

以史为鉴,对我来说,以下几个问题更为关注。

其一,历史告诉我们,三国时期,杨修主持为曹操兴造一座相国门,开始就搞得富丽堂皇,蔚为壮观。曹操见后,命人在相国门上写个"活"字,杨修领悟后,随即从简改建。明末李自成到了后期,自以为江山在握,该享乐了,于是朝野上下,天天"过年",结果弄得民不聊生,民怨沸腾,民变四起,最后以失败而告终。《红楼梦》中荣宁二府,之所以"内囊""尽上",就因为府内"安富尊荣者尽多",而"运筹谋划者无一"。

前些年,在我们的社会里,从农村到城市,从上到下,广泛流行着一种"阔绰风""吃喝风""公费旅游出国风"。如有的企业因经营不善已危如累卵，仍送往迎来，杯盏交错，投桃报李，照样安之若素。不久前，有一位华侨，为家乡办教育，捐资数万元，可是，当地长官为了表示庆贺，一次宴会就把这数万元花得精光。再就大兴楼堂馆所（还有别墅）来讲，毫不夸张地说，已经到了"屡反屡犯，屡屡反屡屡犯"的地步！至于"吃喝风"更是甚嚣尘上，挥金如土，其浪费之大，令人发指！还有人利用权钱大办婚丧嫁娶，不惜用警车开道，耀武扬威，招摇过市，收礼敛财，大肆挥霍。在西方社会里，有一种文明消费和野蛮消费之说。野蛮消费是属于野蛮行为之一种，既有碍社会风尚，也阻止历史进步。这种超越常规的消费，实难摆脱野蛮消费或野蛮行为之嫌。

历史反复证明，任何一个民族或社会，如果人们不仅在观念上而且在实践中对财产的关切度很低，不太重视对财产的有效占用、积累和增值，一味渴求消费，无止境地对财富的存量和增量任意挥霍和浪费，就是说，对财产用之无道，那么，这个民族或社会，是很难有生机和活力的，也很难兴旺发达的。

其二，在中国思想史上，义利之争占有重要地位，同时也对我国古代社会生活产生巨大的影响。这一争论贯穿我国整个封建时代，并涌现出许多有价值的见解和观点，其中儒家的重义而轻利的思想，始终占据主导地位。孔子认为，义是判断人至善至美的标准，他的代表性的言论是："君子喻于义，小人喻于利"，甚至说"子罕言利"。孟子在孔子思想的基础上，对义的重要性说得更为直白："仁义而已，何必曰利"。到了荀子时期，对义利的看法有所变化，荀子曰："先义后利""重义轻利"，理由是对利益追求是人之天性，而对道德追求也是人之所以为人的本质特征，所以人性中是义利兼有，只不过义为重、利为轻。

总而言之，孔孟之道，重义轻利。但这种义经过几千年的实践，并未能真正释放出中国新的更高的生产力，相反却使中国长期沉沦于奴隶社会和封建社会之中。

西方的商品经济即市场经济重利轻义，但它早早地把他们的社会推进到发达的资本主义社会，同时，也相应地带来种种弊端，如对内横征暴敛，对外攻城略地，大发不义之财。

我以为，义和利原本不是完全对立的，处理得当，可共存共荣，相得益彰。因为市场经济就其本性而言，在重利的同时，也讲求公开、公平和公正，讲求公信和公德，讲求互通有无，取长补短，共同促进，实现社会资源有效配置，其义就深寓其中。愈是发达的和完善的市场经济愈能使这些原则得到充分的贯彻和实现，市场经济的进步作用也更加显著。社会主义市场经济应当比资本主义市场经济更重视公开、公平、公正的原则。在现实生活中，公平和正义、公正和正义也是不能分离的。可是，在我国的现阶段，应当承认，距离公平和正义、公正和正义的要求，还相去甚远。

传说中的桃园三结义也是在汉末动荡的情况下建立在共同利益基础之上的，用今天的话说是利益共同体。

其三，历史还告诉我们，中国从1840年鸦片战争以来，饱经了外国列强入侵的苦难和失败，堪称"国耻日"的日子太多了，一个接着一个！可是，很难理解，为什么，当一部新拍摄的故事片《甲午大海战》在一个大城市首映时，在宽广的大厅里，观众寥寥无几。这说明什么呢？只能说明国人对这样的"国耻日"似乎淡忘了，有点麻木了！

孟子曰："耻之于人大矣。"耻辱感是人类捍卫自尊的思想基础，是国人追求自强不息的强大动力。知耻而后勇。不对"耻"进行沉痛的反思，不从灵魂深处唤起"雪耻"的革命，就不可能自觉地产生发奋向前的冲动。正如马克思指出的："如果一个国家真正感到了耻辱，那就会像一只蜷伏的狮子，准备向前扑去。"

永远不要忘记，列宁的名言——忘记历史就意味着背叛。

其四，在中国的历史上，曾出现过多次改革。战国时期，商鞅变法（即改革）是规模较大的改革，这场改革基本上成功了，它奠定了随后秦国一统中国的基础。后来西汉末年王莽的新政改革，北宋时期王安石的改革，清末光绪朝的戊戌变法改革等，都先后失败了。为什么呢？现在看来，改革成败的根本原因就在于敢不敢在根本制度上破旧立新。商鞅改革之所以成功，主要原因是他在经济、政治等制度方面实现了真正的突破，如提出了废井田、重农桑、奖军功、实行统一度量衡和建立县制等一整套变法求新的发展策略，深得秦孝公的信任，其中，"废井田，开阡陌"是他改革的根本攻略。所谓"废井田，开阡陌"就是把当时以井田形式存在的公田分给个人，实行土地私有制。就当时而言，只有这种改革，才能化解社会深层次的矛盾，解放生产力，扩大社会财富的生产，满足社会各方面的需要，包括改革者的需要。处于被改革的国家，因为改革后所带来的经济繁荣，赋税收入增大，也从中得到好处。另外商鞅还确立了一条最重要的改革原则——依法治国，"王子犯法与庶民同罪"。因此，在2300多年前的中国，法律面前人人平等的原则就已经提出并得到公认。而王莽、王安石、光绪帝等人的改革，只是对旧制度做修修补补的改革，至多调整或实现社会利益再分配，这种改良型的改革，不仅不能解决社会的根本矛盾，不能解放生产力，反而激化了社会矛盾，增大了改革的阻力，使改革无法进行下去，因而改革只能以失败而告终。

今天，我国的改革之所以能取得一定的成效，也是因为在根本制度上敢于"破旧立新"。例如，在改革中除巩固和发展公有制经济外，在农村破除公社所有制，分田到户，实行联产承包制；在城镇，打破公有经济一统天下的局面，大力发展个体经济、私有和私营经济，发展混合经济等。从而调动广大农民、城镇市民和企业家的积极性和创造性，开展社会群体之间的竞争；破除计划经济，发展市场经济，使市场在社会资源配置中起决定作用。从而解放了生产力，使财富像泉水一样喷发出来。

有一位英国经济学家曾说过："倘若你给我一个好的制度，我可以把沙漠变成良田；反之，我只能把良田变成沙漠。"

制度，特别是所有制，它构成任何一种社会的经济基础，是根本性的制度。不改革或只是修修补补这个陈旧的制度，其他任何改革都很难取得成效的。

今后，仍必须下定决心，将制度改革进行到底。

笔耕不辍

在这一年中，比较圆满地实现和完成了我年初制订的写作和科研计划。

2012年下半年，我按合法程序从有关方面领取了为期两年的离退休人员个人科研课题计划，题为《我的经济观、改革观和发展观》（约70万字）。经过努力，到2013年底，已经完成了全文的初稿。有望2014年上半年完成定稿并结项，提前半年。我曾想，如果健康状况许可，我还想将这个课题分成3本书来完成，即《我的经济观》《我的改革观》《我的发展观》，字数可达80万。

在2013年中，我先后在报刊上公开发表散文和论文若干篇。其中包括《魂牵梦绕的故乡》（见《大湖徐风》2013年第1期）、《耄耋老人思故乡》（见2013年5月10日《宿迁晚报》）、《我的2012》（见2013年4月12日《中国社会科学报》）、《我在人大读研究生》（见2013年《敢教日月换新天》一书）、《改革六个矛盾，实现改革红利最大化》（见2013年2月2日《经济学家》）、《力挺名牌战略，实现强国之梦》（见2013年9月14日《经济学家》）、《警惕：城市化的陷阱》（见2013年6月15日《企业家日报》和《经济学家》）、《城市化和田园经济学》（见2013年6月10日《中国经济时报》）、《精心打造和稳妥释放资本的正能量》（见2013年8月24日《经济学家》和2013年9月2日《企业党建报》）、《反对〈资本论〉学习中的沙漠化、碎片化、边缘化》。（另外，还有几篇文章，发表在人民网和博客网上）

我过去是读了一些书，写过一些文章，现在感到还很不够。今后还想继续努力，多读点书，多写点文章，不仅要读和写经济理论的书和文章，还要读和写其他方面的书和文章。当然，年岁大了，不能要求过高。

感悟人生

2013年也不是一帆风顺的！人老多病，这年得了两次小病（感冒）。病中我还进一步感到：一个人首先要了解自己，了解自己的社会，了解自己的国家。了解自己，主要要了解自己是谁，从哪里来，到哪里去。

病中我还悟出点儿"六然人生"的道理，这"六然"是来之偶然，去之必然，为之当然，处之泰然，抚之坦然，顺之自然。我的一生，就"为之当然"来讲，我用心了，我尽力了，我知足了，因而，我问心无愧、无悔了。

对我的一生，要求不高，不求完美，但求完整。完整者，即喜怒哀乐、酸甜苦辣、悲欢离合均在情理之中也。

恒者行远！今后，在有生之年，仍需保持赤子之心，抬头望远，继续在我认为正确的道路上行进。

我的 2014

"年年岁岁花相似,岁岁年年人不同。"

2014 年已经走进历史,2015 年到来了。

2014 年,我虽然平安地度过,但在体能和思维上,似乎不如往年。在这一年中,和往常一样,我还是在力所能及的范围内,做了一些我认为有意义的事,完成应该完成的工作。

每年这时候,按照惯例,我总要对过去的一年进行一些必要的梳理,或叫盘点。盘点是为了不要忘记这段历史,提高对这段历史的认识。不要小看个人的历史,个人的历史是社会历史的细化,是构成社会历史不可或缺的细胞。

回家看看

2014 年的春天,我利用去南方的机会,绕道故里,回家看看。回家,是漂泊在外的游子永恒的主题。这次回家,给我的第一印象是家乡变了,变化很大,变得使我几乎难以认识了。

家乡的变化,主要表现在农民的生活水平有了显著提高。农民的生活水平提高,又首先表现在住房问题上,使我感到惊讶的是世世代代相传的茅屋已经从这片土地上完全消失了,取而代之的是连成一片的高楼林立。楼的外观都很漂亮,以三层居多,每层的空间很大,大多设有两三个或三四个房间,很多楼顶上都装有大约两米见方的太阳能热水器。家家有电话、电视,有个别的家庭还装有电脑。农民的穿着打扮和城里人差别不大。

当然,农民生活水平有了如此的提高是一大喜事,但我为之高兴之余,也产生了一些疑惑。

一是他们建高楼和购买高档设备、高级消费品是需要花很多钱的,钱从何来?当我问到他们这个问题时,他们回答的口径几乎完全一致,钱是家人(包括孩子、丈夫或妻子等)在外打工挣的,还有就是通过其他渠道借的。这里印证了一个重要问题,农民进城打工,不仅建设了城市,而且也富了农民和农村。农村富了,国家才能富。

二是他们盖那么多高楼干什么?是留给自己住的吗?在提这个问题之前,我利用非常短暂的时间,亲自到几户农家走走看看,做了调查,据我了解,当今农村的家庭人口,多则四五人,少则两三人,大多住在一层,一层大多有三个房间,楼上的房间几乎都是空荡荡的,有的堆放一些杂物,还有个别农家把自家喂养的宠物——猫或狗圈养在里面。当时,有人悄悄地告诉我:"我们盖楼房主要还不是为了住,住有两三间就够了,说实话,大多是为了装饰自己的门脸,谁都不想落在人家的后面,落后,人家看不起!"由此使我了解到,现在在我国农村,农民富了之后,相互攀比之风盛行,特别在建房问题上表现尤为突出,比方说,你盖的房子比我高,我盖的房子比你更高。有人甚至说,哪怕倾家荡产,也要把房子盖得像个样子。如果大多数人都有这样的心理,房子只能越盖越高。还有,在我的记忆里,往日的家乡是由许多村庄连接起来的,村与村之间总有一片只有一条弯曲的土路通过的隔离带,路的两旁都是树,主要是梨树和柳树,间种一些瓜果之类的庄稼,没有住户。眼前的情况完全不同了,村与村之间都盖成楼房了。所以我说,走一村又一村,村村像城镇。

此时,不由得使我想起解放初期,农民普遍怕被人家说富;改革开放后,特别是当今的农民,普遍怕被人家说穷。因此,盖高楼,在外观上再加上些装饰,漂亮、庄重、大方,自然成为时尚,也是一种不言自明或广而告之的名片。我总觉得,农村的这种攀比之风要不得,因为这种攀比必然会把农民的有限资金大多吸纳到房产上来,这不利于农村经济特别是农业生产的发展，不利于农村的方方面面建设。

另外，我还看到，盖高楼不仅是农民或农户的追求，似乎也是来自上面的意图，比方说，办学校必须盖楼房，不管学校大小，哪怕只有几十人，也要盖楼房，哪怕是新建不久的平房都被认为是危房。

在我们家乡，楼房盖得最多和最高的要数居民小区了。我不能理解，为什么要在农村建居民小区？建居民小区为什么必须盖那么多的高楼？一大片小区的高楼盖起来了，密密麻麻，很漂亮，可是，很少有人愿意去买，买不起，更不愿意去住。怎么办呢？只好说服教育，外加些强迫命令，结果都不行。一大笔资金和资源只能物化成房产的死资产，不能流动和增值，浪费相当严重！我很怀疑，当今，按农村现有的经济、文化、习俗条件，在农村建设小区真的有必要吗？农村建设有自己的特点，要量力而行，要循序渐进，不能一口吃成个胖子，更不能照搬城镇建设，何况今天城市里的居民，也不是都居住在小区里。

无独有偶。我还看到，与大柳巷仅一水之隔的双沟镇，原本是个小镇，人口只有几万，因产双沟大曲而盛名远扬。我本以为那里繁荣昌盛。可是走近一看，老街几乎片瓦无存，新建的街道都是五六层的楼房，街面上杂乱无章，商店面前，门可罗雀！再到郊区看看，镇周围的村庄完全消失了，取而代之的除了宽敞漂亮的马路外，就是一眼望不到边的楼群，还有正在建设中的工地。楼的周围，没看到几个人，冷冷清清！我当时不明白，至今我还是不明白，盖那么多的高楼究竟干什么？我很怀疑，难道建设社会主义新农村，主要就是盖高楼吗？

家乡的变化，其次还表现在公路的建设和发展上。"要想富，先修路"，这个道理农民是懂得的，路必须修。我们家乡原来没有公路，全是土路。这次回乡我亲眼看到，家乡的公路纵横交错，初步形成网络，四通八达，颇为气派！

但也由此使我产生一种联想或疑虑：虽然农村修公路是必要的，也要量体裁衣，在任何一个既定的农村范围内，公路也不是越多越好、越长越好、越宽越好。因为修公路是需要较大的资金和资源投入的，需要占用大量的农民耕地，如果因为修公路，把田埂或地头或羊肠小道都占用了，恐怕从现实或长远考虑，都未必合适。当然，这里我绝不是指我的家乡公路修多了，只是泛而言之，值得注意！

我曾设想，如果没有了茅屋，没有了池塘，没有了茂密的树木，没有了大片的田间小路，没有了村郭等，而只有高楼大厦和公路，那还能叫农村吗？

从蚌埠城市化中看到和想到的

2014年，为了完成我课题结项的任务，按原计划，于这年的4月间，特去蚌埠做了一些调查，调查的主题是蚌埠的城市化。我之所以选择蚌埠，主要是因为我过去在那里工作过，对蚌埠比较了解。

为了对调查对象的基本情况有所了解，通常的做法是，首先要深入实际，走走看看，然后坐下来，想想写写，必要时找人谈谈，或从有关部门看一些有关资料。到蚌埠的第一天，我便来到二马路西段看看。过去，我每到蚌埠，总先到这里走走，因为西段原本是二马路的精华，也是蚌埠的中心，我很喜欢这个地方。

真是不看不知道，一看吓一跳！当我走到二马路的西段边缘时，发现二马路西段已经不在了，确切地说，已经面目全非了，它好像刚刚遭受一场残酷的战火洗礼，变成了一片废墟，惨不忍睹！

触景生情，使我当时情不自禁地思考一个非常严肃的问题：难道城市化就一定非要这样做不可吗？

蚌埠在历史上最早是在两条马路（大马路和二马路）的基础上逐步建设和发展起来的，大约有200多年的历史，蚌埠的精华，都集中在这两条马路上，特别是西段，高楼林立，繁花似锦，不论经济、政治、文化、教育等，也都是沿着这两条马路向外扩散的。改革开放后，这两条马路生意特别兴旺，财源滚滚！我不知道决策者想过没有，这些马路是多少代人用血汗修建起来的，积累了多少代人的财富，有好多居民祖祖辈辈在这里繁衍生息，为什么一定要把它毁于一旦呢？难道只有这样才叫城市化吗？

就在此时此地，我亲眼看到，一些步履维艰的老人，拄着拐杖，或坐着轮椅，含着满腔热泪，甚至痛哭流涕，在这里寻找他们昔日的家园。还有一些人，满怀激情，捶胸顿足，对这样的改变愤愤不平，议论纷纷！

看了二马路之后，随即把目光转到蚌埠的郊区，与我同行的一位市委同志告诉我，蚌埠的郊区很大，问我要去哪个郊区。我茫然无措。接着他说，现在的蚌埠，比原来的老蚌埠大10多倍，它不仅把附近的所有村落吞食了，还将就近的几个县也收归己有。

由蚌埠使我想到全国，在蚌埠之前，我到过许多大中小城市，看到许多城市化的蓝图和改革的结果，我从中发现，城市化的成就和优点各有不同，而城市化的缺点和问题，都大致雷同。

谁也不能否认，蚌埠和全国一样，在城市化过程中，的确取得了惊人的成就。美国一位诺贝尔经济学奖获得者曾经说过，21世纪人类最大的两件事情，一是美国高科技带来的产业革命，另一个就是中国的城市化。确实，实现城市化，是中国的大事，成就显赫。但也必须承认，在取得成就的同时，也相应地产生许多问题。而且这些问题都大致相似，很严重，也很惊人！

其一，有些城市，以城市化为名，像摊大饼式地向外扩张，对历史文物破坏是难以估量的。就北京而言，北京的城市面积现已扩张到六环。早在4年前，北京市常住人口已经超过2000万，远远超过国务院批复的北京总体规划中设定的到2020年达到1800万人口的标准，还在以每年50万人的速度增长。北京作为一座有着3000年历史的古城，是世界文明城市的一个样本，更是当代城市化发展典范，代表了中国国家的形象。可是，在城市化改造中，很多价值连城的古典建筑灰飞烟灭。

其二，我总觉得，当今我国的城市化有点拔苗助长。众所周知，城市的产生源于经济发展的内在要求，城市的发展同样是伴随经济发展的自然演化的动态结果。它要与工业化结伴而行。在城市化的进程中，行政力量是需要的，但不能越俎代庖，喧宾夺主。这是世界发达国家城市化共有的规律。目前，我认为，我国的城市化，仍带有浓厚的计划经济成分，本质上还是政府主导型的城市化。

其三，大量自然村落在城市化过程中消失了，这是无法挽回的丧失。据官方公布的数据："过去10年，中国总共消失了90万个自然村"，其中，就包括蚌埠被消失的自然村，"比较妥当的说法是每一天消失80至100个村落"。有的村落消失了也许是进步的表现，有些村落消失了则是历史的悲剧。因为在这些传统村落中蕴藏着丰富的历史信息和文化景观，是中国农耕文明留下的最宝贵遗产。人为地使其消失，是数典忘祖。

其四，有人说城市化的要害是"农村人口城市化"。我认为这种提法不妥。农村人口进城，是一个循序渐进的过程，要以城市经济发展提高的容量为条件，不能急于求成。在城市经济发展有限的情况下，农村人口无序地大量进城，会随之产生两方面问题：一方面，进城的大量人口，因工作、住房、户口等问题无法解决，生活难以为继，增加了城市中的贫困群体的规模。另一方面，农民大量进城，主要是青壮劳动力进城，农村剩下的大多是老弱病残，农田谁来耕种？庄稼谁来收？

其五，城市化说白了就是农村越来越小、城市越来越大的过程。耕地减少是必然趋势。从发展上看，会影响粮食安全。中国是一个人均土地资源比较短缺的国家，接近14亿人口，只有18亿亩耕地，人均只有1.3亩地。城市化，必然要挤占大量的土地，包括农民的耕地，排挤农民的就业，减少粮食的生产面积。民以食为天，一人一张口，天天要吃饭！面对这样一个大问题，难道不值得在城市化过程中认真对待吗？

其六，人类是对自然界极具破坏力的物种，城市的无度扩张，对自然界的破坏是极为严重的。著名经济学家芒福德说过，大城市容易患象皮病。所谓象皮病，在医学上是指因为一种寄生虫侵入人体而形成的疾病，症状的特点是肢体逐渐肥胖、臃肿起来，直至溃疡、腐烂。

其七，著名科学家普利高津曾说过，城市就整体而言是一种耗散结构，它需要从外界输入各种各样食品、燃料和原材料，同时也不断地输出大量的废物。城市输出的废物是城市难以避免的污染源头。城市污染包括固体废物污染（内含各种生活垃圾、建筑垃圾、废旧电子产品垃圾等）、大气污染、阳光污染、水污染、声光污染、电磁污染等。有的在城市周围，涌现出一座座的垃圾山。例如，北京日产垃圾1.84万吨，上海市日产垃圾2万吨，广州市日产垃圾1.8万吨。这些垃圾山，天天在扩展和扩散，吞噬大量的耕地，并持续不断地散发出大量有毒气体。住建部一项调查数据表明：目前全国有1/3以上的城市被垃圾包围起来，并逐步扩大包围范围。在城市的污染中，水的污染是一个非常严重的问题。据了解，中国多数城市里的水质，大多有了问题。所有这些污染，如同无数把利剑，高悬在城市的上空，给生活在城市里的人们带来莫大的有形和无形的威胁，导致生存和生命的灾难性后果。

其八，中国的城市建设还存在一个致命的弱点，就是城市文化模式大致雷同，其中包括市容市貌，乃至产业结构，都出现同质化趋势，可以说是千城一面。如果放眼世界的一些著名城市，都有自己的特色，如耶路撒冷是宗教城市，蒙特利尔是语言城市，巴黎是浪漫城市，柏林是宽容城市，牛津是学习城市。没有特色的城市，是没有生命力的，是很难发展起来的。

其九，如果说工业化在某种意义上主要是创造供给，那么城市化则主要是创造需求。城市化的基本规律是3个阶段，城镇化率30%以下是初级阶段。中国目前已经达到了52.57%，进入了中级阶段。如果按"十二五"规划指标，可能要提前达到城市化。目前，人口仍快速向城市集聚，城市化加速，这是一个相对危险的阶段，因为要面对3个问题：一是资源供应能力能不能适应城市化发展速度的要求；二是居民消费水平的升级和食物的供应，能不能得到保障；三是政府能不能有效控制居民消费价格指数（CPI）的增长。

总体来说，我认为，当前，在顶层设计上城市化当然是必要的，是国家的大政方针，不可或缺。但万不能让城市化变成新一轮的大城市化运动，要防止人为造市，人为造城，大造城市，造大城市，不要再继续无度地浪费和破坏我国有限的资源。大城市不是人工造出来的，而是随着市场经济发展特别是工业发展而发展起来的。

当代，我国的城市建设一定要充分发挥各自的地理优势，突出特点，继承和发扬历史的文化传统，坚持时代精神，真正建设成各具特色的城市。比如英国小城牛津，这座城不到 10 万人，这在中国人的眼里，可能算不上一座城市，但由于牛津大学的存在而名闻天下。牛津市是学术和科学的殿堂，整座城市都时时刻刻处于浓郁的求知氛围之中。

提前完成我的"三观"课题

2014 年，比较圆满地提前完成了我为期两年的课题。这个课题原本打算写成一本书，主要内容包括我的经济观、改革观、发展观 3 部分。后来在写作过程中，感到这 3 个组成部分除有密切关联度外，还具有相对的独立性，又考虑字数太多，因而想了又想，索性把它当作 3 本书来完成，并分别在各书的前面加上一篇序，因序是自己写的，故曰"自序"。课题的最终成果是 3 本书，即《我的经济观》《我的改革观》《我的发展观》。其中，《我的改革观》是 3 本书的核心，属主要部分；《我的经济观》是 3 本书的理论基础；《我的发展观》当属改革开放的发展目标或方向。

在《我的经济观》里，主要回答以下几个问题：

一是什么是社会主义。在理论界和日常经济活动中，人们常问我，什么是社会主义？我对这个问题大都是这样回答的：社会主义可以是一种理论，也可以是一种理想，或是一种制度。马克思主义经济学着重研究和回答的是经济方面的问题，即社会主义存在的经济关系即经济基础以及与其相适应的交换、分配、消费等关系或制度。至于社会主义具体内容，那就仁者见仁、智者见智了。在共产主义运动史上，就伟人方面而言，先后就有内容截然不同的各种社会主义表述，如马克思的社会主义，列宁、斯大林的社会主义，毛泽东的社会主义，邓小平的社会主义等，都各具特色。邓小平把自己的社会主义称之为特色社会主义。

二是什么是市场经济。在西方经济学中有许多流派，每个流派都有自己的观点，但在他们之间也存在共同的看法，这共同的看法是，都认同市场经济在资源配置中起决定作用。马克思经济学也研究市场经济，在《资本论》（共3卷）中，分别从不同角度论述了市场经济问题，不过他着重论述的是市场经济中的生产关系，即论述市场经济中的种种竞争和失败，如收入差距扩大问题，贫富悬殊问题，阶级对立问题，对市场经济否定的多，肯定的少。今天，我们研究市场经济，就不仅仅研究市场经济中的生产关系，也要研究市场经济的特性和功能。市场经济的特性是公开、公平和公正。市场经济的功能是自我启动功能、自我调节功能、自我组合功能、自我实现功能以及通过这些功能在社会主义资源优化配置中的决定作用，还研究市场经济在竞争中高效率的运作对社会的巨大推动作用等。我们今天之所以要在改革中实现由计划经济向市场经济转变，原因即在此。就一定意义上说，社会主义市场经济学自然成为社会主义经济学的重要组成部分。

三是如何看待马克思主义经济学。马克思主义经济学除了马克思《资本论》对资本主义经济论述外，还应包括对奴隶社会、封建社会、社会主义社会经济的论述。马克思《资本论》主要讲的是资本主义当时的现实，它以特定的内涵、感人的意境、激昂的文字、流畅的语言、犀利的文笔揭露资本主义制度内在的运行过程。由此揭示出资本主义生产方式内在的不可调和的矛盾：生产力和生产关系矛盾，阶级矛盾，进而揭示其发生、发展和死亡的客观规律，科学论证了社会主义必然代替资本主义的历史必然性。马克思《资本论》最终目的是唤起工人阶级和一切劳动人民起来革命，推翻资本主义制度，创建社会主义社会。不容否认，马克思《资本论》是一门科学。但现在看来，还有一些不足之处。因为时代在发展，出现了许多马克思未曾见到和更难想象到的新问题，如由于科技的发展所出现的一些问题等。现在有一股思潮，特别在某些大学或科研机构里，把马克思主义当作教条，出现一种新的"凡是派"，似乎凡是马克思说过的任何一句话或一个观点，都认定是对的，不容怀疑或修改，怀疑或修改就是修正主义。所以直至今天，他们所使用的语言、词汇和观点，仍然是100

多年前的，没有任何新意。如仍坚持暴力革命，坚持阶级斗争，坚持计划经济……马克思主义之所以成为科学，有旺盛的生命力，因为它是随着社会经济和政治等形势的发展而发展的，并在发展中修正、完善和充实自己，而不是一成不变。科学的马克思主义，绝不是教条，而是行动的指南。我总感到，那些人用教条方式和本本主义来研究马克思主义，不是在真正研究如何捍卫和发展马克思主义，而是在研究如何来反对马克思主义。

四是如何看待西方经济学。历史上任何一种科学都是在一定条件下为了适应时代发展的需要而相应产生的。西方经济学也是这样。就这个意义上说，西方经济学还是有它积极意义的。依我看，如果客观地给西方经济学下一个简短定义的话，这个定义只能是西方经济学是一门研究以私有制为基础的市场经济制度下的社会资源如何优化配置的科学。在社会资源相对或绝对短缺的情况下，只有实行社会资源优化配置，才能提高经济效益和效率，发展生产力，降低社会成本，增加社会财富，提高人们的生活水平，促进社会发展。正因为西方经济学有这些科学成分，所以有些西方经济学家，称经济学为社会科学的"皇后"，而政治学和法学等只不过是经济学的"侍女"。我认为这种说法是有一定道理的。回想马克思在创立自己的经济学说时，曾对当时的资产阶级古典经济学进行大量研究，并从中汲取了大量的优秀成果，连马克思自己也承认，古典经济学是自己经济学的重要来源之一。难道我们今天就不能像马克思一样学点儿西方经济学吗？

上述这些，无可非议成为本书的主要内容，但不能以偏概全，这本书还包括其他一些内容。

在《我的改革观》里，我粗略地梳理一下改革开放以来我在报纸杂志上公开发表的有关改革开放的一些观点，诸如：

1. 观念更新是改革的先行官。

2. 计划不是规律，是必然王国到自由王国的飞跃。

3. 改革的本质特征是实现权利的回归，是还权于民、还利于民的问题。

4. 政府改革是实现政府权力的减肥和瘦身。

5. 政府既是改革的领导者、策划者，也是改革的对象。

6. 政府的权力不等于政府的权威。

7. 改革的成败关键在政府。

8. 中国的对外开放是时代潮流，不容逆转。

9. 在改革中出现的以公有制为主体的多种所有制同时并存，真是"万紫千红总是春"。

10. 市场经济制度是人类有史以来有缺点的较好制度。

11. 市场经济，真是生而有之的五大功能：自我启动、自我调节、自我约束、自我组合和自我实现。

12. 新体制如同一支联合舰队，既能各自为战，又能联合作战。

13. 替代支付制是旧的分配体制的致命弱点。

14. 公司法人所有权是大权，出资者的股权是小权，小权要服从大权。

15. 中国的多数企业正经历一场深刻的战略危机。

16. 信誉危机是当前市场经济及其社会的大敌，为害深远。

17. 体制改革主要涵盖经济体制改革和政治体制改革两方面，政治体制改革是难啃的骨头，难啃的骨头也要啃。

18. 国有经济和市场经济之间必须实现化解矛盾、扩大兼容，实现有机结合。

19. 民企除民营外，还要民有、民享。

20. 对民企应实现"五放""三看""三不看"政策。

21. 劳动致富，杀富和仇富都是对改革的反动。

22. 公平不公平是相对的，不能绝对化，对于不公平应当要用经济的和福利的手段妥善解决。

23. 在这个世界上，不可能有很完美和永恒完美的制度。社会主义制度也要在改革中不断完善和发展。

24. 改革和革命一样，为的都是解放生产力。

25. 欧洲的福利制度是欧洲诸国财政危机、欧元危机、金融危机的重要根源。

26. 警惕中国城市化进程中的泡沫或陷阱。

27. 建设小城镇切忌盲目跟风，一哄而上。

28. 不能因发展社会主义市场经济而全盘否定国家宏观调控，对像我们这样的大国，适时适度的宏观调控是非常必要的。

我的这些论点，不是人云亦云，不是道听途说，不是照本宣科，而是密切结合历史和现实的国内外实际，并经过深思熟虑得出的。应当说，我说的都是实话。

在这些观点中，究竟有哪些或多少可取之处？虽然不能说我所论述的观点都是对的，句句都有用或可用的，更不敢期望每个读者都同意我的观点，但我自认为，事实也证明，其中有不少观点和论述对于改革开放具有一定的前瞻性和可行性，已为社会广泛认可和接受，并不同程度地反映到改革开放的实践中去。

在《我的发展观》中主要讲的是我对经济发展的看法。

早在20世纪80年代以前，人们习以为常地认为，经济发展就是国内生产总值（GDP）的增长，就是在经济增长中国家财富的增加，就是人均国民生产总值即人均收入的提高，就是社会的共同富裕。

到了80年代后，这种观点受到了现实的种种挑战。比如，我国人均国民生产总值迅速增长，但其社会的经济结构并未得到相应的改善，如收入分配不公，城乡差距、地区差距、人与人之间的贫富差距逐步拉大，自然环境遭到破坏，社会气氛恶化等现象相继出现。于是，经济学家意识到经济增长不等于经济发展，必须把经济发展同经济增长区别开来，并逐步认识到经济发展比国内生产总值（GDP）的增长具有更加丰富的内涵，经济发展不仅涉及物质财富的增长，而且涉及社会、经济制度以及文化的演变等。这就是说，经济发展，既要看到经济规模在数量上的扩大，还应看到经济活动诸多效率的改进和提高。进而指出，经济发展是一个长期的动态的发展和进化过程。

如果放眼世界，关于经济发展，早在1958年，美国经济学家金德尔伯格在《经济发展》一书中就给出了一般定义：经济发展除了人们物质福利的提高外，还包括根除民众的贫困和与此关联的文盲、疾病及过早死亡；改变投入与产出的结构，特别是生产的基础结构，如农业转向工业；实现适龄劳动人口的生产性就业，以增进公众的福祉。

此外，经济学家们还为经济发展设计了许多衡量的尺度，如人均收入、文盲率、人的平均寿命、人均每天蛋白质消耗量、医生在千人中占有比例以及人均能源消耗量等，从而更丰富了经济发展的内涵。

从世界范围看，早在20世纪60年代初，在欧美就出现了一个跨学科的新领域，在这个领域中，对于经济发展的研究，更加广泛，并明确指出，经济发展有广义和狭义之分。前者从全球角度阐明各国（主要是发达国家）、各地区社会经济发展的历史与现状，探讨社会发展的一般规律。后者是以相对贫困的第三世界发展中国家的政治、经济、社会、文化的发展问题为对象，探讨其现代化的理论、模式、战略、方针乃至具体政策。后来，在他们之间，大致形成了现代化论、依附论和世界体系论3个不同学派，这3个不同学派，分别从不同角度对第三世界国家的发展问题做出各自的解释。现代化论着重探讨第三世界内部因素在从传统社会向现代社会转变过程中的决定性作用，指出这些国家接受西方发达国家的先进技术、文化价值观后，势必重复发达国家的历史道路。依附论认为，第三世界不发达的主要原因在于殖民主义造成的对发达国家的依附。同时指出，这些国家有迥异的发展起点和特殊的国际环境，不可能沿袭西方工业化国家的历史老路，应走独立自主的发展道路。世界体系论则把世界分为中心、边陲和半边陲3个部分，主要探讨各部分的发展特点及其相互关系。

经济发展理论是以发展中国家经济发展为研究对象，而发展中国家的经济发展，二次世界大战后，一直是当今世界经济学家们关注和讨论的焦点。经济发展理论在产生和发展过程中，出现了一些较有影响力的流派。

在我国，改革开放后，现代经济发展理论进入了一个新的发展时期，许多新的理论与模型相继出现，主要有新经济增长理论、新制度主义、寻租理论、可持续发展理论等，这些理论明显地不同于此前的经济发展理论，因为在这一时期，发展经济学呈现了融合的趋势，包括发展经济学与主流经济学、社会学、政治学、法学、伦理学等学科的融合，和经济发展理论内部各学派之间的融合。当然，融合并不是完全的趋同，新的观点必然在融合中产生；而永不消失的学术派别之争，则是经济发展理论或发展经济学前进的动力。

在本书里，不可能系统地去分析经济发展理论或发展经济学，而主要是想就我在我国改革开放过程中所看到的问题，并经过自己的思索而得出的看法，以及将这些看法形成文字的东西，诸如文章、文稿等，如数家珍地把它收集起来，再经过整理，使之系统化，就成了这本书的主要内容。

盛名难副

2014 年，由《经济学家》周报主办的在全国评选"2013·经济学人"10 位著名经济学家中，我榜上有名。《经济学家》在对当选个人评语中称"经济学家宋养琰教授的《我的改革观》在对改革开放总体认识把握上，给出了一个完备改革发展观。他全方位、大视野、宽领域地揭示与阐述道：第一，改革和革命一样，为的都是解放生产力；第二，改革的本质特征是实现权利的回归，是还权于民、还利于民的问题；第三，政府改革是实现政府权力的'减肥'和'瘦身'；第四，政府既是改革的领导者、策划者，也是改革的对象；第五，改革的成败关键在政府；第六，体制改革主要涵盖两方面：经济体制改革和政治体制改革，政治体制改革是难啃的骨头，难啃的骨头也要啃；第七，（在分配体制上）替代支付制，是旧的分配体制的致命弱点。"

随后又在当选人简介中指出"宋养琰是一位既学养深厚又与时俱进的经济学家，对马克思主义时代化、中国化、大众化颇有建树，对我国改革开放和企业创新亦多有独到论断。更难能可贵的是，他在耄耋之年仍笔耕不辍。他在理论探索中，从不趋炎附势、随声附和，不唯书，不唯上，不媚俗，治学态度严谨，注重求实，勇于创新。改革开放以来，他一直活跃在学术阵地前沿。到了耄耋之年，仍孜孜探索，成果累累。"盛名之下，其实难副。对此，我最多把它看成是对我的鼓励，也是对我的鞭策。

  2014年，和往年一样，继续在报上发表我的近期研究的科研成果。这一年，共发表9篇文章。其中3篇发表在《经济学家》上，为《岁月留痕》（2月15日）、《反对〈资本论〉学习中的边缘化、冷漠化、碎片化》（1月18日）、《生产关系面面观》（10月12日）；另外5篇散文都发表在《中国社会科学报》上，为《水下之城：阿姆斯特丹》（7月18日）、《旅美观感》（6月6日）、《漂浮在海上的城市：威尼斯》（6月13日）、《永恒之都：罗马》（8月22日）、《南半球之珠：悉尼》（12月5日）；还有一篇《以史为鉴话改革》，发表在今年《中国经济时报》上。

  另外，在网上我的专栏里，发表的文章就更多了。

第九部分

梅开二度

老树发新枝,梅花二度开

穿过群山,越过莽原,在经历了人世间的风风雨雨、恩恩怨怨和饱尝人生的喜怒哀乐、酸甜苦辣之后,蓦然惊醒,我已步入了老年阶段。老,似乎是在不知不觉中到来的!李白在《秋浦歌》中说:"不知明镜里,何处得秋霜?"这是自然法则,只好认可了。

一

有些人认为,人到老年万事休!我不这样看。我体会,人到老年,送走了春的灿烂,也告别了夏的火热,但迎来了秋的成熟和冬的收藏。唐代诗人刘禹锡曾写下这样的诗句:"自古逢秋悲寂寥,我言秋日胜春朝。"所以,我以为老年或晚年,尚有许多的事情要做和可做,有时也许能为社会做出在青壮年时代难以做到的贡献。研究人类寿命的科学家们最近发现,辉煌的成绩并非渐行渐远,人的创造力在老年甚至晚年时期也能到达高峰。有人说朝阳和夕阳同是一个太阳,朝霞和晚霞同样辉煌!我赞成这种说法。

老有所为,古人有许多说法。苏轼在《浣溪沙》一词中说:"谁道人生无再少,门前流水尚能西,休将白发唱黄鸡。"《后汉书·马援传》中说:"丈夫为志,穷当益坚,老当益壮。"老子也说:"大器晚成,大音希声,大象无形。"

我记得,德国学者沃尔曼这样说过:"青春不是年华,而是心境;青春不是桃面丹唇,而是深沉的意志,恢宏的想象,火热的感情。"外国学者还提出"年轻型老年人"的理论。这一理论指出，老年人的美满生活是靠积极参加社会活动和勤奋的工作而获得的，这也是延缓衰老的一种有效措施。我非常赞同这种观点并身体力行。

老有所为，也得到古今中外许多事实的充分证明。

唐代书法家欧阳询，75岁时写出了流芳百世的天下第一楷书《九成宫醴泉铭》。唐代名医孙思邈，70多岁时写出名著《千金要方》，109岁时写出名著《千金翼方》。他活到141岁，100岁后仍为百姓看病。清康熙三十八年（1699年），广东顺德百岁老人黄章时赴京赶考，中了举人。

近代，国画大师齐白石，他的艺术成就主要在晚年，95岁还在坚持书画创作，许多外国政要向他求画，风光全球。草书大师林散之，他的书法到了70岁以后才达到炉火纯青的地步。知名科学家竺可桢，83岁时完成了《5000年气候变迁》的巨著。文学大师巴金，近百岁时继5本《随想录》之后，又写了一本《再思录》。水稻专家袁隆平，70多岁还在奋力攻关，从事超级水稻的研究。汉语拼音之父周有光，他在100岁之后，还出版了10本书。30多年前，北京四大名医中的施今墨、萧龙友，都年过八旬，仍孜孜不倦地为人治病，病者盈门。

在国外，美国著名科学家爱迪生，81岁时取得了1232项专利发明权。著名哲学家罗素，72岁时出版了《西方哲学史》，95岁时完成了《自传》（共3卷）。瑞士有位名叫卜尔奥古斯丁的老人，1921年他已110岁，还在一家周报当主编，并兼管一家有300多名员工的印刷厂。美国一老人名叫努斯鲍姆，92岁开始写诗，1921年113岁，出版了个人诗集。这类例子数不胜数。

问题是人为什么能做到这样呢？原因是人到老年，不仅自己的阅历和经验更丰富了，思想境界更超脱了，顾虑更少了，而且时间更充裕了。我国明末清初著名学者顾炎武说："苍龙日暮还行雨，老树春深更著花。"明代思想家吕坤说过："进德修业在少年，道明德立在中年，义精仁熟在晚年。"人们常说："人老心不老，树老根不老。""老在眉头壮在心。"这就是说，人到老年，虽如暮色苍苍，日薄西山，但也会迎来满天星斗！

当然，要想做到上述这些，前提条件是要有一个好的身体和正确的心态。怎样才能使身体健康和心态正确呢？这是需要多门科学来回答的问题。

20世纪90年代初，当我被病魔折磨得精疲力竭时，曾一度萌生出告别经济学界的念头，封笔保身，颐养天年。但老天有眼，可能认为我在人世间缘分未尽，故又逢凶化吉，身体状况逐渐好了起来。这时，我又按捺不住自己不甘寂寞的心情，很快地投身到现实的、火热的学术和科学研究工作中去。我从未因为老了、病了而放弃钻研，相反，由于我倍加努力，成绩还是显著的。这些年来，即使在病愈以后的岁月里，我公开在报刊发表的论文有400多篇并出版了专著7本。

记得，鲁迅在他的《死火》一文中写道（大意）："我晚上梦见我在冰川上奔跑，突然掉进冰窟之中，其间，看到许多红色的影子，像红珊瑚，这影子就是即将死去的火。死火说：'我快死了，快救救我！'我说：'不要紧，我把你带出冰窟就行了。'死火又说：'出冰窟后，我将继续燃烧，一直到死为止。'"仔细想一想鲁迅在这里以此为人生出了一道选题，人到老年或晚年，不可否认，离死亡越来越近，你愿意坐以待毙，偃旗息鼓，还是拼到最后，待燃烧完了为止？当然，不同的人会有不同的答案，但是，我的答案只有一个，也非常明确，那就是燃烧到底。

其实，何止老年人，自然规律告诉我们，人的最后归宿都是死亡，不管帝王将相，还是平民百姓，概莫能外。但在由生到死的过程中，存在各式各样的选择，因而有各式各样的人生。选择像火把那样，在燃烧过程中发光散热，既照亮和温暖自己，又照亮和温暖别人。我以为，生命的价值，不在于燃烧的结果，而在于燃烧的过程。

二

老有所为，要为得正当，为得其所。前段时间，在商界，有这样一个传说，一老板派两个职员到非洲某地考察鞋业市场，回来之后，一个职员说，那里没有市场，因为那里的人不穿鞋子；另一个职员却说，那里市场很大，因为那里的人根本没有鞋子可穿。老板认为，后者是正确的，因为这里隐藏有无限的商机，只有敢于开拓和善于开拓，桶桶黄金会滚滚而来。这件事告诉我们，看待任何事物，都要本着积极态度，努力进取，不要被表面的假象所迷惑。消极的态度无异于举手投降。积极态度就是要敢于面对困难，看到光明，想方设法地战胜困难，争取胜利。否则，就会与成功失之交臂。

同样的道理，对待人生，任何时候也不能持消极的态度，而一定要积极，要进取。人生在世，虽如行云流水，但无论如何，总不能当匆匆过客，要珍惜自己的生命，争取为社会多做些力所能及的有益的事。

我多次说过，生命的长短是用时间来计算的，生命的价值是用贡献来衡量的。在现实生活中，真正证实一个人的身价的不在于他官位多高，多么富有，有多少豪言壮语和自吹自擂，在社会上又多么风光，而最重要的在于他是否有所作为。英国哲学家洛克说："人们的行动是他们的思想最好的说明。"高尔基也说过："生命的意义在于创造，而创造是独立自主而且无穷无尽的。"爱因斯坦说过："一个人的价值，应当看他贡献什么，而不应当看他取得什么。"

三

勤奋、认真、严谨、求实是我毕生的工作和学习的作风。我出身贫寒，童年环境恶劣，少读史书和诗书，自觉缺乏宽广的文化视野和深厚的学术底蕴。坦诚地说，我的智商也不高，怎样来弥补我生而有之的缺陷呢？古人云："勤能补拙。"我只好倍加努力，"人一能之己十之，人十能之己百之"。

我很喜欢汪国真的那句"既然选择了远方，便只好风雨兼程"。

回顾我的大半生，平心而论，除病卧床榻外，几乎没有给自己放过一天真正意义上的假，没有休过任何一个节假日。回过头来看，我的大部分科研成果及其观点大都是在人们已经熟睡时萌生和完成的。有时梦幻中萌生新的想法，只好起而记录在案，或输进电脑，以作备用。今后，如不发生意外，这条路还得这样走下去。"老牛已知夕阳短，不用扬鞭自奋蹄！"

河水沿道而行，行到平坦的河床上它会潺潺地流动；有时候，条件许可，也能澎湃和奔腾！但是，目的只有一个，就是要因势利导，发挥自己，创造自己。它的最终归属还是流入大海。

近期有好多朋友非常善意地劝我，要服老，该休息了！还有人说，什么都可忘记，切不可忘记自己的年龄！当然，我谢谢他们对我的关心，但在我看来，生命的意义主要不在于怎样益寿延年，而在于拼搏、执着、开拓和创新。正是在拼搏、执着、开拓和创新中来提升生活的意义和生命的质量。当然，人老了，虽然力不从心，但我仍想以老年之"有余"来补早年之"不足"。因为我们这一代人前半生的黄金时代几乎都无辜地被那种无休止的、没有理性的、完全被扭曲的荒唐年代葬送了。

岁月蹉跎，失去的不会再来，但对现在和未来切不可轻易放过。在同样的时光里，对不同的人来讲，可以展现出长短不等、精彩各异的画面。为理想而工作，工作可使生活充实起来，保持饱满情趣。当然，为理想而工作，是否一定能实现理想呢？那倒不一定。在人生中有许多东西（包含理想），我们觉得很美好，是因为我们没有得到它，或与它还有一定的距离。这是件好事。因为任何东西一旦得到了或靠近了，它会使你逐步平淡下来，甚至乏味。例如画，远望更美；山，远看更壮观；花，远闻更香。人生也一样，站在远处，给生活留点距离，浅尝即止，并非坏事。比方理想，哪怕永远是难以实现的理想，但只要有了它，为了它，自强不息，生活总是愉快和朝气蓬勃的！

说实话，对我来讲，现在比过去富裕多了，但并不比过去轻松，有时感到累或很累！有一次和朋友聊天，我说："在我的一生中，自我感觉身上的负荷从来没有像今天这样的沉重，老是感到有很多的事要做，还要争取做好。"他作了一个比喻："我们每个人刚来到这个世上都是背着一个空空的背篓，所以那时感到很轻松！随着长大成人，涉世越深，阅历越多，得到的东西或经历过的事也越来越多,因而背篓越来越沉重。人本性是自私的。"谁也不愿意把那些在一生中来之不易的甚至魂牵梦绕的所获随意抛弃,比如工作、事业、爱情、友谊、家庭、财产等,因为它们都是自己用血汗、情感换来的,真正属于自己的东西,并受到法律的保护。一些不好的东西,如人生中的各种遭遇、磨难,还有老来的各种各样不太容易避免的衰老、疾病等又挥之不去。这也许就是人之所以感到累的原因。当然对不同的人来讲,有不同态度:有的人不仅感到很累,甚至很痛苦!但对另一些人来讲,其感觉并非如此,他们将其中很多东西,包括好的或坏的,并不视为负担而视为人生的丰富,生活的充实,生命的美好!

但我认为,更正确的态度应当是人到老年特别是晚年,应当学会放弃,放弃一些对自己来说已经过时的、不需要的东西,如贪欲、名誉、地位,还有一些长期搁置不用或无用的东西。人生就像电脑的存储器一样,必须要定期清除、整理,否则,就必然影响到自身功能的发挥。只有放弃一些,才能减轻负担,多腾出一些空间,让自己轻松地生活其中,自如地学习、工作和享乐。台湾作家刘墉说得好:"少年时取其丰,壮年时取其实,老年时取其精。"虽然要做到这一点是很难的,但必须去做。

我总觉得,做人不能太贪,现在城市人中的许多富贵病都是过分索取的结果。在生存上,从一定意义上说,人类在一定层面上真的要向动物学习,饿了捕食,累了休息,困了睡觉。它们除了享受生命外,并无更多的需求。其实,简单、朴素、自然的生存方式才是人类长期以来健康、长寿的方法。

亚里士多德言:"自然界厌恶真空!"我很信服这句格言。罗曼·罗兰也说过:"生活的最沉重负担不是工作,而是无聊,无所事事。"

人到老年,哲学理念在生活和工作中好像逐步多了一点。近来,我似乎加深了或提升了对九九归一的悟性:浮躁心态少了,沉静心态多了;幻想少了,实想多了。古人云:"大道归一。"为人之道,贵在"归一":心一则明,性一则清,精一则灵,情一则真,德一则正,气一则雄,言一则诚,业一则专,行一则成。

所以近期好像有好多事都少想了或不想了，只想在我所喜欢的工作上和爱好上，在力所能及的范围内再多下点功夫，多出点成果，出点好成果。

总的来看，在我的大半个世纪的人生历程中，从大的方面看，充其量只走对了3步：第一步是跳出农门（离开贫困的农村）；第二步是北进京城（从南京到北京）；第三步是改换门庭（离开人大到社科院）。这3步就是3个大转弯，这些大转弯既决定了我的一生走向，也决定了我一生的命运。

我还感到，我的一生，也如同刻在心灵深处的音符，如今有的清晰，有的已模糊了！清晰的就多说一点，模糊的就淡然处之。

记得十几年前，当友人为我庆祝70岁生日之时，我自作诗一首，在这里，我就把这首诗当作我已走过的人生道路的浓缩和总结吧："规矩方圆五十年，宏微探索路多艰。甘为蜡炬成灰烬，愿效春蚕作茧眠。伏枥长怀千里志，执鞭恒述一家言。欣逢国运昌隆日，更喜长空夕照妍。"

第十部分

域外纪行

云游散记

宋代理学创始人之一胡瑗的学生刘彝曾说："读万卷书，行万里路。"我的远在塞外的朋友也曾多次对我说："作为学者，不仅要读万卷书，也要行万里路。"而我的水平有限，很难体会他们在行万里路中所涵盖的深远意境。但是，我至少努力尽可能地从行万里路中多学点东西。这也是一种读书，而且是在更大范围、更为深远、更有意义地读书，是读大书。古人还说："学者云游四方，尽见人情物态，南北风俗，山川气象，以广其见闻，则为有益于学者矣。"由此看来，行万里路者，极言阅历深广，视野宽阔，丰富人生，益知增慧，启志博识。所以，畅游天下早在我的人生探索计划之中。

有人告诉我，人在途（旅行）中，有两种类型：一是感受型，一是思考型。感受型说的是有些人只是游山玩水、走马观花，不去思考，也不善于思考。我想，我不是那种人，也不想做那种人。我要在感受中去思考，边感受边思考，从感受和思考中开阔视野、增长知识。

说实话，我不是文学家，不会写散文，更不会写游记性的散文。游记性的散文不好写，写不好就成了流水账，但我愿意学着去写，写了改，改了又写，好在落花流水总有情！

我总是想，如果我能把我所看得到的东西，经过思索，变为真实的存在，来证明过去我从书本上或老师那里学到的关于域外世界的一些说法是真还是假，是错还是对，我就心满意足了。也就是说，我要用真实的眼光，来审视这个世界，理解这个世界，认识这个世界。

出访前，为了要对我计划访问的国家游出点品味，游出点感觉，游出点享受，游出点惊喜，除对一般情况有所了解外，还需对所游之地的历史踪影、文化轨迹、风景名胜、风俗人情等有较多的认识，为此，还不得不翻研一些书籍或从网上查询一些有关资料。我不仅喜欢旅游，更喜欢旅行。我不仅要当个游客，而更想当个旅行者。

2004年，我去了欧洲，游览了十几个国家，为此我曾写了一本名为《欧行漫记》的书，现在图书已经问世。2005年我又去了澳洲，游览了澳大利亚和新西兰；2013年，我去了美国，游览了洛杉矶、拉斯维加斯、圣迭戈等城市，都收获颇丰。此书，我只想再把其中一些主要的见闻和感受，奉献给读者，并恭请指教！

为了忘却的记忆，我愿用一定的笔墨，把我看到的一些主要城市记录下来，与读者共享。

水下之城：阿姆斯特丹

2004年，我欧洲之行的首站是阿姆斯特丹（Amsterdam），到了阿姆斯特丹使我感到似乎进了魔幻世界。

阿姆斯特丹是荷兰的首都，有"北方威尼斯"之称，面积170平方千米，人口103万。位于荷兰西部阿姆斯特河畔，通过运河与北海相通，是欧洲著名的国际港口，是仅次于鹿特丹的荷兰第二大港。金融业也比较发达，是仅次于伦敦和巴黎的欧洲第三大金融中心。

阿姆斯特丹，地势低洼（低于海平面1至5米），有"水下之城"之称。因水位太高，很多建筑是靠打入地下木桩支撑的，号称"木桩撑着的城市"。阿姆斯特丹由900多个小岛组成，有400多座石桥将小岛连接。有大小运河100多条，船只可经运河航行到市内任何地方。有一种名叫船屋的民用水上住房，是用一根很短的吊板连接岸上，而且标上门牌号。

阿姆斯特丹是一座古老的国际大都市，既有现代化气息，又保存了17世纪的风貌。古老的住宅大多是红褐色的墙和绿色的三角形屋顶，色调鲜艳。有各种风格的古建筑，博物馆有7000多座。市中心有一条名叫卡弗尔的步行街，全长800米，沿街两旁商店林立。

荷兰是一个爱好运动的国家，阿姆斯特丹市内就有250个足球场、200多个网球场、10个体育馆。

荷兰是个著名的多元文化社会。在阿姆斯特丹，世界各地的音乐艺术相互交融，形成百花齐放、百家争鸣、不断创新的文化格局。在市内，一些街头艺人拉琴、弹吉他、玩木偶，还有的在街头作画献艺。市内建有凡·高博物馆，收藏了荷兰大画家凡·高的主要美术作品。

阿姆斯特丹的南郊有个哥肯霍夫花园，其中有一望无际的郁金香花田。这里有一个鲜花拍卖市场，是世界上最大的花卉市场，占地2.38平方千米，建筑面积32万平方米，有55个足球场那么大。世界有70%的花卉来自荷兰。

阿姆斯特丹的凡·高博物馆是我欧洲之行主要见闻之一。凡·高博物馆是个很诱人的地方。在那静静的、宽敞明快的展厅里，挂着一幅幅投射出强烈情绪和浓烈忧郁的画作。

凡·高的画不是画出来的，也不是描出来的，而是用情绪的笔触点戳出来的。所以，看来不细腻，不逼真，但它却宣泄了很强烈的精神感动，表达了很特别的思想质感。在静悄悄的展厅里，竟使我有呼喊的冲动。

我慢慢地移动着脚步，默默地欣赏着，也细细地思索着，使我最不理解的是，他为什么在37岁时就选择把自己送进天堂？是极度的孤独和焦虑吗？还是看破红尘？

博物馆里呈有200多幅画，500多幅素描，懂画的人可能要看上几天，不懂画的人至少也要看上一天。可是，我只看了两个小时。看画是一种高雅的享受，我真真切切地感受到至今留有遗憾！

在凡·高博物馆展厅里，还悬挂着具有独特风采的凡·高自画像。

阿姆斯特丹的"红灯区"是我欧洲之行主要见闻之二。阿姆斯特丹的"红灯区"被称作世界"性都"，来这里参观的人如潮如织，其中有旅行团，也有考察团。

"红灯区"是指以卖淫业为主的地区。此语首先出现于1890年的美国，因为当时美国妓女是将红色的灯放在窗前，借此吸引顾客。而对于为什么红灯会获得这种特别的含义，则有不同的解释。日本的"红灯区"又称为"赤线"，直译为"红色的线"。

我所见到的是荷兰阿姆斯特丹的"红灯区"坐落在一条不太宽畅但比较繁荣的街道上，距离火车站和皇宫广场都不远，与二战纪念碑广场毗邻。因这个街道中间有条运河，故又称"运河红灯区"。据说，"运河红灯区"是世界最著名的"红灯区"。它与风车、郁金香、阿姆斯特丹商学院等构成荷兰几道亮丽的风景线。河道两旁的楼房鳞次栉比，大都四五层高，楼的一层和二层，密布着一个挨一个的漂亮橱窗，每个橱窗三四平方米，橱窗的前面是整块透亮的落地大玻璃，透过玻璃窗可以清楚地看到屋子里的摆设，屋内有一张大床，还有梳妆台、镜子，墙上挂着一些道具。

橱窗内展示的当然是商品。这个商品与普通商品不同，是万物之灵的人，即橱窗女郎。有金发碧眼的、棕发黑眼的，有北欧的高挑、南欧的丰腴、南斯拉夫的美艳，还有东方人以及棕色、浅黑色和黝黑色肤色的人。这些女郎从年龄上看，大都在20岁至30岁之间，据说来自世界各地。

从外面看去，有的窗帘已经拉上，这表明橱窗内已经有客人了。在阿姆斯特丹卖淫是合法的，妓女被叫作性工作者，她们还有类似工会那样的组织，叫性工作者协会。政府还定期组织她们做身体检查和进行防疫防病培训。

当我们经过阿姆斯特丹这条红灯密布的街道时，时间尚早，天还没黑，但多半女郎早已来到自己的"展位"。橱窗内灯光通亮，没有一点儿多余的遮掩，只有一个像酒吧台前惯用的高脚凳放在床前。女郎浓妆艳抹，穿着裸露，向游客打着招呼；有的则坐在高脚凳上，跷着二郎腿，仰望天花板，猛烈抽烟，吞云吐雾，似乎目中无人；有的用脑门顶着玻璃窗向外张望，并频频招手！最让我吃惊的是，她们居然大都会说中国话。

她们怎么会沦落到此地的呢？具体情况可能各异，游人不得而知。笼统地说，都是为了谋生。

丑恶的娼妓制度由来已久。在当代，作为社会认可的一种制度，除社会主义国家外，几乎各国都有，只是程度不同而已，尤以经济发达的资本主义国家为最，荷兰最为典型。

"红灯区"之所以在西方国家得以如此扩张、泛滥，除市场因素外，还有一个被西方人热捧的所谓的"人性的解放"！令人不解的是，这个社会怎么会把万物之灵的人弄到这步田地？我偷眼看看她们的眼神，似乎是清一色的冷漠！在路人或观光者面前，也许她们只能用冷漠来掩饰内心的酸楚、羞耻、无奈和恨世！

看着这一排排亮堂堂的橱窗,我竟想到了国内外各种饭店酒楼,在一排排的玻璃水箱里,游动着各类海河里的动物,这些动物可供富有的食客挑选,看好哪条,可立即捞出来下锅,以饱口福……此时,使我真正感到,当社会把商品化推向如此极致时,人与这些动物已经没有多少区别了,连买卖的形式都几乎一样了。

在欧洲,我参观过许多著名的美术馆,通常都是怀着敬仰甚至崇拜的心情来欣赏它们的连城价值,特别是文艺复兴时期或以后,许多著名的科学家、画家、雕刻家、诗人、哲学家、经济学家等的佳品名作,他们以自己的灵感、聪明、才智,呼唤着从中世纪神权压迫下解放出来的人们,人的美好、人的价值、人的尊严、人的权利等,均寓于其中,其意义多么伟大!仅在德国,就给我留下许多极为美好的印象!我万万没有想到,几乎与此同时,仍然在欧洲,又使我看到如此晦暗的另一面!试问那些启蒙思想家们哪里能想到,他们所倡导的,以人为衡量一切事物的标准的人本主义,如今又到哪里去了?那些女郎已经撕去温情脉脉的面纱,赤裸裸地钻进橱窗来展现并实现自身的价值,她们的尊严何在?也许当今只剩下"请勿拍照""请勿用手指点"等几条管理规定了!

我始终想不明白,这是历史的进步还是历史的倒退。

我怀着好奇的心态走进"红灯区",又怀着忐忑不安的心情走出"红灯区",走出来时我好像已由一位经济学者变成一位诗人或哲学评论家了!诗云:"浓妆艳抹立橱前,月貌花容自可怜。地道文明商品化,灵魂和肉换洋钱。凡·高名画五洲扬,向日葵花万法郎。无奈红灯暗流泪,西风吹瘦郁金香。"

更奇怪的是,在阿姆斯特丹吸大麻也在政府及其法律的许可范围之内,甚至政府还给因吸大麻而陷入困境的人以一定的补贴,帮助他们继续吸食。在荷兰,同性恋、安乐死等都受到法律许可和保护。因此,有人说荷兰真是人性得到充分解放的国度!

漂浮海上的城市：威尼斯

离开阿姆斯特丹，来到威尼斯，参观之余，并做了些调研。

威尼斯（Venezia）是举世闻名的水城，位于意大利东北部，距亚得里亚海仅2千米，面积6.9平方千米。纵横交错的180条大小河道将全市分割成120多个岛屿，故又名百岛之城。威尼斯是著名旅行家马可·波罗的故乡，已被联合国列入世界人类文化遗产。

威尼斯城始建于公元451年，15世纪达到全盛时代，当时是地中海贸易中心之一。威尼斯商人的足迹遍布欧、亚、非。莎士比亚著名剧作《威尼斯商人》描写的正是当年的盛况。其时，威尼斯一度成为最强大的"海上共和国"。到16世纪才逐渐衰落，1866年被意大利王国吞并，随后又逐步繁荣起来。

威尼斯现有35万人口，有120座教堂，130座钟楼，80座博物馆，40座宫殿，64座修道院，历史名胜450多处。威尼斯四周为海洋所环绕，只有一条长堤与大陆相通，故又有水都之称。

圣马可广场是威尼斯最大的广场，周围被文艺复兴时期的精美建筑所环绕。广场位于里阿托岛，东西长175.7米，南北宽57米。其中有圣马可大教堂、钟楼、钟塔，还有著名的咖啡馆和室外音乐会。

广场是威尼斯的政治、经济、文化的中心，几乎具备了一个完美城市的所有因素。因此，从任何角度看，都觉得魅力无限，歌德称它为"奇异的岛城"，拿破仑称它为"举世罕见的奇城"，是"欧洲最美丽的客厅"。

圣马可大教堂是圣马可广场最重要的建筑，是一座融拜占庭式、哥特式、罗马式建筑风格于一体的艺术杰作。教堂正面中央上部耸立着标志威尼斯自由独立的4匹骏马,据说是1204年从君士坦丁堡夺来的。内殿正中有一块巨大的希腊大理石,石上有波浪状纹理,被称为海石。主祭坛的下面是圣马可墓。教堂内壁布满了用瓷片镶嵌成的壁画,壁画总面积达4000平方米。祭坛旁有一宽3.4米,高1.4米的金饰屏,上面镶了80幅珐琅画,用2500颗钻石、红绿宝石、水晶石、玉石等珠宝装饰起来,堆叠成天使和东方帝王像,这是教堂的珍宝。

威尼斯也是一座文化名城。威尔第创作的《茶花女》是在这里首演的,并获得圆满成功。1932年威尼斯创办了世界上第一个电影节,随后至今每年八九月都在这里举办威尼斯国际电影节。

离圣马可广场不远,有一个小岛叫穆拉诺岛,人称玻璃岛,岛上有玻璃器料厂100多家,手艺高超的工匠有3000多人。这里生产的玻璃花瓶、灯具、酒杯、装饰艺术品工艺精细,行销世界,也驰名全球。走进这里,如入玻璃世界。

威尼斯城内水巷纵横,密如蛛网。最大的河流大运河长3.8千米,宽30至70米,呈反S形,从市中心穿流而过。全城不准任何车辆存在、行驶,通过的游人,只能乘坐"水上巴士"。水上有一种小船名叫贡多拉,又叫凤尾船,可载4至5名游客,在楼与楼之间水巷中穿梭,观赏水上人家和风光。

据说威尼斯的物价是意大利最高的。乘坐贡多拉,票价25欧元,按当时汇率计算,相当于250元人民币。喝一杯咖啡,要花12欧元。这对东方的游客来讲,玩既是愉快的,但也有些痛楚!导游说在这里花的是欧元,不要考虑人民币,那样就玩得开心了!可是,我们的欧元是人民币换来的,怎能不考虑呢!

这里也是鸽子的世界,天上地下都是鸽子,驱之不去,与人争食。鸽子是人类喜欢的动物,很有灵性,它给威尼斯上空或地面编织出变化无穷的画面,供游人享乐。但鸽子也使人恼怒,每天清除它的排泄物,是市政工作的重要内容。进入市区的游客,大多戴上一顶帽子,以防鸽粪落到头上,有人称之为鸽祸!当局为了安排它的计划生育,在鸽食中加上避孕药,仍未能减少鸽子的数量。

　　来到威尼斯,如同身入仙境,感到大自然如此偏爱,把这座城市造化得可圈可点!威尼斯是地道的富人天堂,是意大利生财有道的宝地。据了解,每天到这里游玩的人平均约有10万,如人均消费200欧元,当地可日进斗金2000万欧元。这对威尼斯的城市来讲,是多大的一笔财富呀!据说,当今意大利人最害怕的有两件事:一是比萨斜塔的倒塌;二是威尼斯沉入海底。这是意大利最大的两株摇钱树,一旦倒了,意大利就会陷入严重的财政困境。"福兮祸之所伏"!正因为如此,相应地也产生了不小的负面效应。他们吃祖宗的饭,花大自然馈赠的钱,那么容易,还有制度保证,谁还愿意自觉地去劳动和创造财富呢?因而,贪图享乐、不思进取的懒汉思想在社会成员中油然而生,并蔚然成风,而且越发厉害,这恐怕是"意大利现象"产生的一个重要原因。

永恒之都：罗马

2004年，我们走近罗马（Roma），正遇到美国总统小布什来罗马朝圣，全城戒严，我们的车子只好停放城外，徒步进入罗马。进城后，我们惊奇地发现，罗马本身就是一座博物馆，地上地下到处是宝。

罗马是意大利的首都，位于意大利中部西侧，距第勒尼安海27千米，面积200多平方千米（指古罗马），台伯河横贯全市，人口522万。城市建在7座山丘之上，故有七丘城之称。罗马建成之时是公元前753年，距今已有2750多年。

今日的罗马城，可分为旧（古）罗马和新罗马。旧罗马在台伯河左岸，是世界上最大的历史文物遗址。地上地下各有3层，现在的旧罗马是在前两层的废墟上建造起来的，这里有威尼斯广场、万神殿、纪念柱广场、罗马广场、古罗马竞技场、卡拉卡拉浴场和元老院等。旧罗马城内雕塑多、教堂多、喷泉多，曾有人说"罗马教堂三千多"。新罗马在台伯河右岸，这里已成为繁华的城区，其面积比旧罗马城区大10倍。

罗马作为一个政治、宗教和观光中心，工业并不发达，而金银首饰和皮鞋在世界享有盛名。

我们参观的重点首先是科洛塞奥竞技场。这个竞技场是世界八大奇迹之一，曾是古代竞技比赛和阅兵的场所，也是角斗士与猛兽搏斗供皇帝、贵族观赏、取乐的地方，故也称斗兽场。竞技场位于罗马威尼斯广场南面，建于72年至80年间，据说是为纪念罗马帝国征服耶路撒冷而建。当时为了建设科洛塞奥竞技场，驱使4万名犹太人和埃及战俘，用了10万立方米大理石和300吨铁条，历时8年建成。古时竞技场的表演，有角斗士对猛兽、猛兽对猛兽、角斗士对角斗士的生死格斗，以角斗士斗猛兽最负盛名。每次搏斗表演，死伤不计其数。最多的一次，有数千名角斗士和1万多头猛兽被杀害。竞技场为椭圆形，占地2万多平方米，周长527米，外直径188米，内直径156米，外墙高48.5米，场内可容纳8万多名观众。这座建筑是罗马帝国的象征，也是迄今留存的古罗马建筑中最卓越的标志性建筑。竞技场的外墙分4层：第一、二、三层都有半露圆柱装饰，每两根圆柱之间是一座大理石拱门，3层共有80个拱门。每个拱门洞中，都有一尊大理石人物雕像，其姿态各异，英武豪俊；第四层是开有许多小窗的墙壁，可向外瞭望，用作警卫，防范外来的风险。竞技场的中央是一个椭圆形的角斗场，长86米，最宽处63米。这是斗兽、赛马、歌舞、阅兵和模拟战的场所。竞技场内为阶梯形看台，一排排的石条长凳，由低向高呈梯级分布。看台分低区、中区、上区3个区，低区是最高执政官和元老们的座位，中区是皇帝的包厢，上区是为贵族准备的。竞技场的最底层，有许多通道、地牢和牲畜棚。通道是随时释放角斗士和猛兽到场中表演经过的过道；地牢是为角斗士着装之后至比赛之前短暂停留用；牲畜棚用于关闭猛兽。那些已被饿了几天的猛兽从关闭的棚里冲出，经过通道，扑向上面的赛台，惊险万分！而角斗士与野兽搏斗，不是角斗士将野兽宰杀，便是角斗士被野兽吃掉。角斗士与角斗士的搏斗更为残忍，必须一方死亡方准收场，没有结局者双双处死，或放入野兽收拾残局。

这种残酷的表演，在历史上曾激化了当时的阶级矛盾，当年震撼欧洲的奴隶大起义，就是由奴隶角斗士斯巴达克斯领导的。据记载80年，竞技场建成揭幕之日，举行了为期100天的庆典。到了6世纪，竞技场被弃而不用。

13世纪至14世纪发生地震，使竞技场受到严重的破坏。1740年教皇宣布竞技场为圣地。1800年后经过几次较大修整，面貌才有所改善，今天我们看到的竞技场已经破旧不堪。

参观竞技场后，我们来到了君士坦丁凯旋门。君士坦丁凯旋门位于斗兽场西侧，建于312年，是为纪念凯旋的君士坦丁皇帝而修建的拱门。凯旋门采取罗马式的传统形式，由 4 根半露圆柱和 3 个拱门组合而成，中间的拱门尤为高大。凯旋门上刻有歌颂君士坦丁丰功伟绩的各种图案和人物浮雕。罗马帝国晚期的艺术家们，还将别处建筑物上的装饰艺术品安置在凯旋门上。这座拱门是古罗马最大、保存最好的一座，后来巴黎的凯旋门就是以它为蓝本而建的。

接着我们又参观了万神庙和卡拉卡拉浴场。万神庙顾名思义就是献给众神尤其是罗马人最崇敬的战神和女神的殿宇。公元前 27 年为纪念罗马帝国开国皇帝远征埃及的战功而建，比斗兽场早建 100 多年。80 年遭雷击被毁，120 年至 125 年重建。609 年教皇将它改为天主教堂。意大利实现统一后被作为王陵。现为意大利名人灵堂，埋葬着历代帝王和许多作家、艺术家，因此被列为国家圣地。万神庙高 43 米，为一圆顶建筑，入口处有两扇高 7 米的青铜门。圆顶中央有一直径 9 米的天窗。墙面都是赭红大理石。石柱是由从埃及用木筏运来的整块灰色花岗岩加工而成。宽阔的大厅内集中了各色大理石，地面上镶嵌着各种几何形图案，四壁神龛供奉着天主教圣徒，并饰有宗教题材的壁画。

卡拉卡拉浴场，建于 212 年，当时由国王卡拉卡拉下令修建的，故以国王的名字命名。卡拉卡拉浴场修建之时，每天雇用 9000 名劳工，花了 5 年的时间才竣工。可同时容纳 1600 人入浴，是当时世界上最大的浴场，现在只剩下一片废墟。

罗马的浴场很多，几乎到处都有，我们随后有选择地只参观了少女喷泉。少女喷泉据说是为纪念一位给古罗马军队指点过水源的少女修建的，1762 年设计建造，前后用了 30 年时间。喷泉宽 20 米，高 26 米。喷泉中有 3 尊雕塑，正中是海王神，两侧各 1 座女神。

罗马是一个对水非常重视的国家，人民把水当成神来崇拜。大量的水用来洗浴，他们把洗浴看成比吃饭还重要，因而水被他们看作是富有、权力的象征，同时，也给他们带来荣誉、骄傲和声望。

之后，我们来到了威尼斯广场，这个罗马最大的广场长 130 米，宽 75 米，是罗马 5 条大街的会合点。广场西侧有威尼斯宫，此宫始建于 1455

年，曾为墨索里尼法西斯政府所在地，墨索里尼经常在阳台上向公众发表演说。在此我们停留片刻，默想墨索里尼在二战中的下场。现在这里是艺术博物馆。广场正对面有一座白色大理石建筑，这是埃马努埃莱二世统一意大利的纪念堂，有大型的金铜像。

  除此之外，我们还看了罗马广场，罗马广场也称罗马市苑，建于公元前179年。历史上异族入侵，广场的建筑几乎全遭毁坏。后来几经修复，使22座原有古建筑仍伤痕累累地重新展现在人们面前。看完罗马古建筑之后，我想到与罗马相关的一个哲学话题。

  在现实的西方世界里，人们常把永恒或与永恒相关的事物或故事叫罗马，成了罗马的永恒。当孟德斯鸠开始写罗马历史时，他说："从罗马建筑上，立刻就能感觉到它的伟大。人们是怀着最崇高的念头去修建这座城市的，并把它看作是'永恒之都'。"孟德斯鸠写下这段话时，是在300年前。

  罗马是否能永恒呢？不可否认，历代功勋卓著的皇帝都是怀抱永恒的念头来修筑罗马的。事实上，每一位帝王将相都有一个伟大的建设罗马的愿景，并将其愿景用毕生精力、耗尽大量钱财物化在这座不朽的城市中，这座城市也就凝固了人类的智慧和心血，如君士坦丁大帝修建了圣彼得教堂，卡拉卡拉皇帝修建了以自己名字命名的卡拉卡拉浴场等。正是这些皇帝构筑了所谓罗马的永恒。可是，上帝给予他们的时间相对一座城市而言太短暂了，一个个像走马灯一样逝去。于是，罗马这座城市在这层层叠叠的雄伟建筑中蹒跚前行，走进今天，并走向未来。

  对后人来说，包括我们这些来自世界各地的游客，都感觉到这个城市的伟大，问题是这种伟大是如何而来的呢？有多少人能去追念那一代又一代的帝王在建造这座城市的伟大功勋呢？

  今天，人们不能不担心这座城市最终能否走向永恒，所谓永恒意味着永存。在我看来，这是很值得人们思索的一个大问题。如今，呈现在我们眼前的，这座伟大城市的中心也变得支离破碎、遍体鳞伤。在卡司多雷与波路切神殿遗址处，倒塌的残柱被杂草掩埋，凋敝的石墙留下浓重的阴影，只有地面整齐的柱基才记得旧日的堂皇。城中心老远就能看到的斗兽场，我早在小学课本中已知道它的伟大！当今，夕阳西下，我亲眼看到它满身伤痕累累、血迹斑斑！使我不得不用强大的想象力，回索它千年来的历程，遥想当年一个又一个、一场又一场的角斗盛况。就连供奉着罗马所有神灵的万神庙，人们也仅仅能用自己的想象力，结合它的历史背景，用照相机的快门，留下它的空虚。其实，万神庙内早已空空如也了！

  罗马使我想到当今这个世界，想到世界上许多古老城市，城市里有许许多多价值连城的古迹、古文化，它们都永恒吗？天灾人祸，特别是战争，使它们不断地遭到破坏，甚至遭到列强的掠夺。

  此时此刻，我也遥想在纽约古老的中央车站里，人流必然如织；巴黎圣母院内的祈祷声、歌唱声一定响满每个角落；北京的天安门广场上仍然红旗招展，等。这些城市都在生机勃勃地成长，我预祝它们永远伟大和永恒。

  在我离开罗马前，我看到的最后一座罗马雕塑，是威尼斯广场高台上埃马努埃莱二世的镀金大铜像。这位统一了罗马的皇帝，今天仍骑着高头大马俯瞰他的城市和他的人民，炯炯有神！我很希望，在今后岁月流逝中，这座雕塑还能以它特有的风格和雄伟、高大的形象，永远峭立在罗马的广场上，面对现实，迎接未来，始终不渝地捍卫并证实罗马的真正伟大和永恒。

南半球之珠：悉尼

我过去有一个习惯，在每到一座陌生的城市之前，第一件事要从有关资料中大致了解这个城市的历史和现状，这个城市是怎样形成的，有哪些名胜古迹，哪里是市中心，哪里有公园，哪里有山水，哪里是机场、火车站，等。现在不同了，科技发达，只要打开电脑，畅游互联网，几乎什么都有了。

悉尼，对我这个初来乍到的旅行者来说，我特别想近距离地接近它、融入它。

悉尼是怎样一个城市

当中国进入金秋时节时，悉尼的夏天才刚刚开始。悉尼的夏天不算很热，一般在 25 摄氏度左右。我们正是这时来到悉尼的，适逢其时。

悉尼是怎样来的呢？是怎样的城市？澳大利亚的国庆日是 1 月 26 日，之所以选择这一天作为国庆日，据说是因为来自英格兰的第一批定居者于 1788 年在杰克逊港登陆，后来这个地方逐步形成城市，并由小变大，逐步变成澳大利亚最大、最富有特色的城市，这个城市的名字叫悉尼。

悉尼，从文化的角度看，属西方世界，它的生活方式与西欧和北欧很相似，官方语言是英语。

悉尼位于南太平洋南岸，气候宜人、环境优美、风光旖旎、景色秀丽，夏不酷暑、冬无严寒，日照充足、雨量丰沛，是适宜人类居住的好地方。

如今的悉尼有大小之分，广义的悉尼，即大悉尼，包括悉尼市及其附近44个小城市，面积12000多平方千米，人口不是很多，现今大约有450万。作为行政区划的悉尼，也就是悉尼市，它很小，仅有6平方千米，人口不到2万，人们称之为小悉尼。悉尼的精华主要集中在小悉尼。

悉尼是澳大利亚新南威尔士州首府，是一个日益国际化的大都市。2000年的悉尼奥运会，使悉尼名声大震，国际声望和知名度空前提高。

大悉尼在澳大利亚国民经济中具有举足轻重的地位，是澳大利亚商业、贸易、金融、旅游和文化中心。国内生产总值占全澳的30%左右。服务业是悉尼经济的主业，其中金融保险业占全澳行业产值的44%。

悉尼基础设施完备，交通便捷，海、陆、空通信设施都很齐全。

澳大利亚还是一个资源十分丰富的国家，特别是矿产资源，在现代市场经济中发展得很好，但由于仿照英国实行"三高"（高税收、高福利、高消费）政策，每年的财政仍然捉襟见肘。具体到悉尼，友人告诉我，悉尼因为大搞"从摇篮到坟墓的福利经济"，每年仍债台高筑，迫使政府不得不把悉尼所拥有的国有资产如陆地或海湾的海面一块块地卖给私人，以弥补悉尼不断增长的财政赤字。

悉尼的富人很多，富人一般除了在陆地拥有一处或多处别墅外，在海上也都拥有一笔或多笔可观的资产，这种资产主要是一艘或多艘豪华的游艇及游艇所停泊的海面。我看到一艘游艇，上下共3层，连停车场都有，是极其豪华的海上别墅。游艇是移动的居所，有聚有散，每到晚上，游艇从四面八方归停海湾，海湾万家灯火，光怪陆离，变化万千，悉尼成了人间天堂。

异彩纷呈的悉尼建筑

悉尼是一个典型的移民城市，正式建市于1842年7月20日，早期移民都是英国人。英国移民带来英国文化，因此悉尼的早期建筑，大多是英式的。由于当时正是维多利亚女王执政时期，因而人们习惯地把当时的英式建筑称为维多利亚式。维多利亚式的建筑风格，大多比较豪华、厚重、高大、结实、耐寒，有的还有前后花园、游泳池、球场等。二战后，大量欧洲、中东、东南亚的移民涌入澳大利亚，大多居住在悉尼，悉尼人口大增，其中以意大利人为最，其次黎巴嫩人、土耳其人、希腊人，还有美国人、越南人和华人，目前在悉尼的华裔人口大约有40万。他们带来各国的文化，因而悉尼的建筑也呈现出异彩纷呈的风格和形式。其中，在悉尼，随处可见以白色为主调的、以圆拱为主要造型风格的西班牙式的建筑，还有高大、豪华或超豪华型的意大利式建筑，火柴盒式的美式建筑，小巧、精致的日本式建筑，也有古色古香的中式建筑等，可谓是比较典型的世界建筑博物馆。

澳大利亚是一个非常好战的国家，它除了积极参与一战和二战外，还几乎参与了战后以美国为主导的所有对外战争，为战争花费了巨大钱财。但由于它地处南半球，地缘政治优越，自建国后100多年来从未遭受到任何战争的破坏（包括内战和外战）。到20世纪末，也未发生过任何具有破坏性的地震和海啸，因而它有史以来集成的各具特色风格的建筑群落，至今仍保存完好，故有万国园之称。特别在悉尼，万国园的风格表现得更为突出。我们来到悉尼，注意力不由得被悉尼的万国园式的建筑群落所吸引，细心观赏，悉心体会，真是流连忘返。

悉尼的歌剧院

到悉尼，旅游观光的地方很多，如港口大桥、岩石区、环形码头、情人港、博物馆、美术馆以及大大小小的国家公园等。而我们的时间有限，只好选择享誉全球的悉尼歌剧院了。

悉尼歌剧院坐落在悉尼市区北部港湾，三面临海。它是从20世纪50年代开始构思兴建的，1956年起公开征求世界各地的设计作品，总计参选的共有32个国家，提供的作品233件，最终丹麦建筑师约恩·乌赞的设计《雀屏》中选。后来因施工困难及经费不断追加等问题，乌赞与当地政府失和，于 1966 年愤而离去。歌剧院最终是由一群澳洲建筑师接手完成的。悉尼歌剧院的建设共耗时 16 年，耗资 1.2 亿澳币，于 1973 年 10 月 20 日正式竣工并开幕。

歌剧院整体分为歌剧厅、音乐厅和贝尼朗餐厅 3 个部分。3 个厅是并立的，建造在巨型花岗岩石基座上，屋顶各由 4 个巍峨的大贝壳所组成。这些贝壳据说是由 2194 块、每块重 15.3 吨的弯曲形混凝土预制件用钢缆拉紧拼成的，外表覆盖着 105 万块白色或奶油色的瓷砖。这些贝壳，依次排列，3 个朝北，1 个朝南，一个盖着一个，南北长 186 米，蔚为壮观。屋顶下方除 3 个厅外，还有造型各异、大小不同的与其相配套的设施，如接待厅、排列厅、化装室、图书馆、展览馆、演员食堂、咖啡馆和酒吧间等大小厅室 900 多间。

歌剧院内外大多是用法国进口的双层玻璃所镶嵌，玻璃的色调有 700 余种之多，再配上澳洲独有的建材材料，极其华丽。其内部建筑结构是仿效玛雅文化和阿兹特克神庙造型，新颖、华丽、考究，成为世界绝无仅有的仙境。

悉尼这座综合性的艺术中心，在现代建筑史上被认为是巨型雕塑式的典型杰作，也是象征悉尼甚至澳大利亚国家的标志性建筑。

悉尼歌剧院是世界著名艺术表演圣地，每年举办的演出达 2000 多场次。悉尼歌剧院先后获得伊丽莎白女王，美国总统福特、克林顿，南非总统曼德拉，联合国前安理会秘书长安南等众多国际名人造访，他们的造访为歌剧院增添了许多光彩。2007 年被联合国教科文组织评为世界文化遗产。

悉尼歌剧院不仅是悉尼艺术文化的殿堂，更是悉尼的魂魄，清晨、黄昏或夜晚，不论徒步缓行或出海遨游，悉尼歌剧院随时为游客展现多样的迷人风采。从远处看，悉尼歌剧院就好像一艘正要起航的白色帆船，带着所有人的音乐梦想，驶向蔚蓝的海洋，与周围景色相映成趣。歌剧院的正前方，呈现澳洲自有的风格。

悉尼的海滩

悉尼夏天游乐场所除悉尼歌剧院外，要数得上海滩了。悉尼的海滩很多，沿着公路，连绵不断，好像公路有多长海滩就有多远。

在那么多的海滩中，对于我们这些游客来说，最知名的当然是邦迪海滩（Bondi Beach）。在去之前，我曾上网查了查，几乎全世界的旅游网站都在介绍它。有一个网站说："如果要了解当地人是如何享受生活的，最好的去处就是邦迪海滩。"

的确名不虚传，到邦迪海滩我首先看到的是无边无际的像雪一样的沙滩，沙子很白，很细，很软，如同白银撒遍大地！

邦迪海滩离市中心很近，周边服务设施比较齐全，是个非常热闹的地方。人们穿着五彩缤纷的泳衣，大多躺在松软的沙滩上，晒太阳，看蓝天、白云和碧海白浪，甚至有的毫无顾忌地裸露了全身，尽情地泡在水中潇洒。年轻人在风口浪尖上玩滑板、冲浪，孩子在浅水区戏耍，还有些人悠闲地仰卧在自带的帆布椅或沙发上，或聊天，或睡觉，或看书，或听音乐，有的还佐以美酒和佳肴。我想，这也许就是悉尼人所过的美好日子，或曰生活方式和节奏。

当我离开海滩时，不禁感叹，像这样富有、美丽和幸福的国家，地理位置那么优越，战争没有找它，它为什么去找战争呢？这个问题久久纠缠着我，令我难以放下。

第十部分　域外纪行

欧行归来的思考

一

在完成计划中的行期和行程之后，结束了欧洲之行，带着许多未尽的思绪回到北京。

到北京后，我曾想，这次去欧洲我所看重的是什么呢？可以肯定地说，不是住过的那些酒店、吃过的那些美味、逛过的那些商场、看过的那些黑白不同的面孔等，而是在那里发生过的，现在还存在的历史、文化、古迹、名胜等。在我的口袋里，也带回来几百张照片和一大堆数据，但在我看来，数据比照片更重要。

早在读大学时，就知道欧文说过："在传奇和诗意的联想上，欧洲别具魅力。"问题是欧洲的魅力究竟在哪里呢？事实告诉我，欧洲的魅力就在于它在古老和现代之间交融和结合，并在交融和结合中创新，即那些被认为最古老、最传统的东西，也正是今天最时髦、最前卫的精品。人在旅途，每人都以自己独特的文化素质和各自的方式和视角，在欧洲这块古文明堆积的土地上，走过一个又一个陌生的国家，从一座又一座的古代城堡里，在苍茫的废墟上，寻找那些令人神往的古代文明，聆听那些令人惊心动魄的如烟往事，理解和不理解的，似懂而非懂的，都感到新鲜和奇怪，我经常在一些石雕和图像前遐想，流连忘返，我仿佛觉得这些历史悲剧或喜剧刚刚过去，有的还在重演。

回到了北京，美丽的塞纳河，雄伟的阿尔卑斯山，驰名的滑铁卢……

仍一幕幕地呈现在我的脑海之中。更重要的是我一直在思考，这个神秘的欧洲，是如何演化而来的？

　　欧洲给人类的贡献是有目共睹的，但同时也给世人留下太多的悬念。一方面，它诞生过康德、歌德、黑格尔、叔本华、马克思、恩格斯、尼采等许多名扬世界、流芳千古的思想家、哲学家、艺术家、文学家，为人类贡献了灿若星辰的文化；另一方面，它又给人类制造了许多灾难，如两次世界大战，以及掠夺殖民地和发动侵略战争等。

　　为此，我只好粗略地检索一下欧洲的历史。欧洲发源于古希腊，扩展于古罗马，形成于中世纪。延古埃及、爱琴海的文明诞生了辉煌的古希腊文明。希腊人向西和向北移民，在地中海北岸（那不勒斯、马赛）及黑海沿岸（如伊斯坦布尔），先后出现了像古希腊一样的一些城市。尽管各个城市在政治上各自取得了独立，但却是在大一统的希腊文化圈和经济圈之内。

　　古罗马时代，经过恺撒、奥古斯都大帝的武力征服，建立起欧洲历史上最大的大一统帝国，以莱茵河与多瑙河为界，西部为罗马帝国（罗曼民族），北部与东部分别为日耳曼与斯拉夫民族所控制的疆域。罗马帝国所到之处，按照罗马的政治形式，建立起一座座古罗马城，如伦敦、巴黎、特利尔、科隆、美茵茨。日耳曼大移民后的欧洲又分裂成零星的诸侯式的小国。不久，日耳曼民族中的法兰克部落（国王查理大帝）以军事和基督精神的双重手段重新统一了欧洲，建立起法兰克帝国，即日尔曼第一帝国。接着查理大帝的3个儿子又三分帝国：长子得中法兰克帝国，即现在的意大利、荷兰、比利时，继罗马帝国王位；二子得西法兰克帝国（法语区）；三子得东法兰克帝国（德语区），到奥托大帝时扩展到东欧，从而确定了今日德（奥、瑞、卢原属德国）、法、意、荷（比利时原属荷兰）的基本版图。东欧属斯拉夫民族生活区，中世纪也被东罗马帝国基督教化，后来大都成为德国内各诸侯国的属国。由此可见，欧洲本来是一体的，因为儿子分家，或武力割据，而形成不同的国家。正因为如此，才给后来追求欧洲重新统一埋下了伏笔。拿破仑要建立以法国（罗曼民族）为中心的欧洲统一,希特勒要建立以德国(日耳曼民族)为中心的欧洲统一,斯大林要建立以俄国(斯拉夫民族)为中心的欧洲统一。但自9世纪查理大帝之后,再也没有一个成功的范例。

2000多年来,欧洲曾在战火中统一,又在战火中分裂。直到二战后的北欧、中欧、南欧和西欧,又在新的历史时期,以欧盟的形式逐步向统一的方向走近。试想一下,没有10多年前的柏林墙的崩溃,即使一个德国都无法统一,更谈不上欧洲的统一。

在德国,追求统一曾作为基本国策而写入西德宪法,但宪法明确指出,两德统一的前提是同质原则:东、西德必须具有同样的(民主)制度——统一的目的是为了双方人民的福祉。没有民主制度保障下的统一,只能是一场武力的侵略。2000年5月1日,东欧10国正式加入欧盟。一夜之间,欧盟发展到25个国家,面积近乎400万平方千米,人口4.5亿,经济总量10万亿美元,真正成为世界上强大的经济实体。欧洲2000年的统一之梦如今得到一定的"圆满",当然还不是最后的完成,甚至离完成很远。还要看到即使在眼前的统一中,矛盾重重,纷争不断,仍存在再分裂的危险。

欧洲的历史告诉我们,人类社会都是在分与合中演进的。分久必合,合久必分。从外因上看,今天欧盟的扩大和团结也是在傲慢十足的美国逼迫下形成的。为了对抗美国对欧洲的蚕食,欧洲只有团结起来,集中力量,与之抗衡。例如欧元的问世,在很大程度上是对付美元。此行我特别注意到,在欧洲的市场上,已经看不到曾独霸天下的美元的踪影。我随身携带的一些美元,因派不上用场,只好如数带了回来。

在欧洲的发展史上,从近几百年的过程来看,起决定作用的是两场了不起的革命:一是从12世纪到14世纪在意大利由十字军东征引发的文艺复兴运动,二是从18世纪到19世纪首先在英、法等国发生的工业革命。这两场革命,先后从文化、经济上奠定了欧洲的精神文明和物质文明及其大发展的基础,创造了人类历史上从未有过的辉煌文化。这些文化遗产,成为今天欧洲人享受不尽的传家之宝。

欧洲不仅经济发达，环境也十分优美。在欧洲无论男女老少，人人都十分注意保护周围的环境，没有人会随地吐痰或在大街小巷乱扔废物纸屑。欧洲人十分讲究文明、道德，互谅互让。欧洲人经常挂在嘴边的3个用语是劳驾（Excuse me）、对不起（Sorry）、谢谢（Thank you）。别小看这3个用语，它化解了多少矛盾，促进了多少融合，成全了多少好事！在欧洲，机场、码头、旅店、娱乐场所的服务热情周到，遇到困难，有人会主动帮助你，迷了路有人会领你到目的地，人与人相见总是相互问好，需要排队的地方没有人会有意地拥挤和加塞。在欧洲的公共场所，如博物馆、图书馆、公园的进出门处，虽人流如注，但井然有序。到教堂或其他公共场所，不准袒胸露背；在旅店的走廊、餐厅，不能穿着背心、短裤或睡衣来回走动；在房间聊天要关上房门，不能大声喧哗，以免影响其他房客。在欧洲的任何一个城市内，行人和车辆都要按规则各行其道，车祸和人祸很少发生。在欧洲人的潜意识中，每个人的生命都是平等的。人与人相处要互相尊重，尊重别人就是尊重自己。欧洲的旅馆一般都提供免费的西式早餐。早餐采用自助形式，按需取食，不准大量剩余，更不能随意带走。就餐时切忌将行李带入餐厅，而应整齐地放在饭店大堂或先置于房间内，待用餐完毕再取。一位哲人曾经说："一个没有社会公德的民族是个危险的民族，而一个拥有良好社会公德的民族，肯定是一个充满希望的民族。"文明，不仅仅是乘车让座、不随地吐痰等具体行为，文明是一种观念，一种氛围，一种素质，一种生活态度。

欧洲之行，到处都可以看到散布在街头巷尾的咖啡馆。欧洲的许多咖啡馆都有悠久的历史，我们的茶馆无法与之相比。欧洲的咖啡馆几乎能派生出一切，如经济、政治、哲学、革命、文学、艺术、爱情等。

欧洲之行使我看到许多教堂，因而使我从中发现欧洲文化艺术的精髓，无论是绘画、雕刻、建筑、文学，都与宗教密切相关。教堂看多了，使我对宗教特别是基督教产生了一定的好感。天主教或基督教都相信上帝，其实上帝是不存在的，上帝只是一种要人向善的精神。就这点而言，我也敬仰上帝，因为它是任何社会和个人都需要的。

二

欧洲之行,使我看到另外一些问题,这些问题充分反映欧洲经济和政治的现实。

欧洲的一些国家,在二战以后,为了缓解阶级矛盾,并有意实现民主主义的主张,大都主张并实施"四高"政策。所谓"四高"是高工资、高税收、高福利、高消费,即在高工资的前提下,实现高税收,并在高税收的基础上,扩大公共财政,建立多种形式的社会福利和保障制度,实现有差别的社会公平和公正的分配,提倡和促进高消费。

这种制度好不好呢?在一定国度里,于一定的发展阶段上,或从一定的层面看,的确很好。事实也说明,在欧洲特别是北欧一些国家中,都程度不同或在一定时期实施或实现了这种制度,并取得一定的成效,但也产生了不少问题,有的问题还相当严重!

问题是,第二次世界大战后,欧洲有更多的社会民主党或社会党或工党先后上台执政。是否凡是由社会民主党或社会党或工党执政的国家就是或多是社会主义社会或社会主义国家了呢?

在现实生活中,特别在理论界,很多人是这样看的,但我不这样认为,至少我现在还不这样认为。

为什么这样说呢?因为这种制度在欧洲的一些国家经过近几十年的实践中(包括瑞典),已经暴露出一些与科学社会主义原则相悖的甚至较为严重的缺陷和问题。

事实已经证明,这种制度在经济上带来的并非完全是生产力的解放,财富的极大丰富,社会的快速、和谐、稳定的进步和发展,而是经济社会的发展在一定程度上逐步地放慢或停滞,有时甚至倒退,以及社会不安定因素的滋生和发展。

关于"高工资"问题。为了提高工人的收入和生活水平,在生产发展的基础上,相应和适度地增加工人工资,不仅是必要的,也是可行的。如果工资的提高，超越企业可能承受的程度或极限，就会带来企业的衰退。道理很简单：高工资必然会带来企业的高成本，高成本又会带来低收入。企业无不是为提高利润而生产的，低收益或无收益或负收益，会降低企业投资的兴趣和竞争的力度，迫使企业不得不收缩经营规模，降低产量，甚至关门或倒闭，并引起资本的外流。从实际情况，欧洲的一些企业，在战后纷纷外逃，大都源出于此。此外，来自民主的压力，如工人为提高待遇而游行、罢工，也是资本外逃的一个重要原因。

关于"高税收"问题。经济学中有有关税收的著名的拉弗曲线原理，这个原理，是通过一个坐标和一条曲线的动态发展，来说明税率和税收的关系。当税率为零，税收也是零。当税率提高，政府税收增多，纳税人负担加重。当税收高到极致，就会杀死或逼走纳税群体，无法获得任何税收，反之，税率降低，减少纳税人的负担，刺激经济繁荣，从而实现税收总额最大化。欧洲国家一个共同的特点就是高税收。如丹麦的税收占国内生产总值（GDP）的49%，芬兰占43%，瑞典占49%。欧洲其他一些国家的税收一般都在40%以上，有的达到70%至80%。对企业来讲，税收是从盈利中提取的，企业在高工资之上，又加上高税收，企业的负担雪上加霜。欧洲的经济之所以普遍不景气，从这个意义上说，主要是由于企业高税收等造成的。在欧洲的企业衰退中，首先是制造业。制造业主要是创造社会财富的产业，它除了要满足国内生产和人民生活所需要的产品外，还可以创造就业，增加税收，推动出口贸易，增加外汇收入，进一步增加社会财富。制造业的衰退，必然导致出口贸易下滑、进口贸易增加，导致外贸逆差，降低税收，增加财政负担，相应地扩大失业，从而引起人心的不满和社会的不安定。

关于"高福利"问题。毫无疑问，社会福利及其相应的社会保障制度，体现了社会的良心，是人类文明的一大进步。在经济发展的基础上，实施与其相应的高福利，也是社会发展所必需的。如果脱离生产力及其经济的发展，一味地靠高税收、高借贷和发行国债来满足高福利的需要，必然会导致财政短缺和财政赤字的扩大，进而导致财政危机。例如，被视为民主社会主义国家楷模的瑞典，由于它特殊的经济、政治、文化、地缘等条件，导致社会民主工党上台执政几十年（从1932年到1976年，后又从1982年到2006年）。瑞典政府为了实施这种制度，公共财政开支，包括转移支付，在1986年，就高达国民生产总值的65%。在瑞典的确建立了"从摇篮到坟墓"的各种各样的社会福利和保障制度。我看了一个材料，这个制度一共9条，第一条讲出生，对产妇在180天内，有较高的津贴和若干金额的一次性补助，还对婴儿实施免费医疗服务。最后一条讲丧葬，对失去配偶的鳏寡孤独老人实行一定量补贴，以保终年。其间的7条，包括儿童、小学、中学、大学、工作、工伤事故退休养老等，都有足够的福利和社会保障。瑞典这一套"从摇篮到坟墓"的社会福利和保障制度颇得人心。从这些制度看，令人难以在瑞典找到任何贫困的迹象。瑞典的任何一个公民，都不存在上不起学、看不起病、买不起房等问题，人民从中得到许多实惠。一位华侨说，他的母亲已经在澳大利亚居住20多年了，未给澳大利亚创造一分钱财富，全靠社会福利的保障。现在中国的形势好了，在上海为她买了一套房子，接她回来。回来后，过不了几天，她死活又要回去，问她为什么，她说，这里还要花自己的钱，她心疼！

到过北欧的人，大都认为，像瑞典这样的国家，才是真正的社会主义。瑞典由于历史和现实以及自然环境等原因，家底比较雄厚，如今也面临债务和财政赤字等问题，似乎也难以为继。至于其他的欧洲一些国家，更是危机四伏。社会民主党著名经济学家、诺贝尔经济学奖获得者林德贝克，从1980年以来，一直连续撰文批判这些国家福利政策的弊端。他说，瑞典的福利政策使经济患上了"动脉硬化症"，"对劳动缺乏刺激作用"。又说，福利"无论就其范围还是内容来讲，都是有限度的，超高限度就要步入危险境地"。他还说："家庭消费由于统一计划而缺乏选择，市场的作用在减弱。"如果不限于瑞典，放眼欧洲的其他一些国家，几乎都存在这样一些问题，只是程度不同罢了。

欧洲许多国家本来都是很富裕的国家，因为他们实现的福利制度，是一种财富投入难以控制的无底洞，直接导致赤字增大和通货膨胀的格局，使之逐步由富国变成穷国了。

依我看，像欧洲这些高福利国家，它们的社会实践，至多也只能是对社会主义的一种探索，而本身还不是社会主义社会。

关于"高消费"的问题。这里讲的不是生产消费，而是生活消费。满足消费是发展社会生产的目的。中国古话说：量入为出。意思是说，要根据收入的多少，来决定消费的高低。这个道理不仅适用于国家、集体和企业，也适用于家庭和个人。可是，在欧洲的大部分国家中，普遍存在过度消费，即超前消费的情况。中国人攒钱储蓄，西方人借钱消费。他们普遍认为，要享受生活，享受幸福，就要扩大消费，要吃喝玩乐！他们为了扩大消费，满足难以满足的欲望，大都在高工资和高福利之上，再向银行贷款，预支未来收入。不久前，美国的次贷危机，主要是由于居民还不起银行贷款而引起的。在欧洲，次贷危机也危机四伏。

欧洲一些国家大都是在资本主义较为发达的基础上来建设民主主义社会的，资本主义已经为他们创造了较高的物质文明和精神文明，可供他们在一定时期的享乐。他们还拥有极为丰盛的古文化（像意大利）资源，在当代旅游业非常发达的情况下，钱来得极为容易。他们吃祖宗的饭，花祖宗的钱，那么容易，还有制度保证，谁还愿意自觉地去劳动和创造财富呢？因而，贪图享乐、不思进取的懒汉思想在社会成员中油然而生，并蔚然成风，而且越发厉害。

高税收和转移支付政策，将劳动者的劳动成果和收益的相当大的部分，强迫地转化为公共财政，以社会福利和保障形式供养那些不劳而获的人；既然不劳动或少劳动的人，也可活得很潇洒、很痛快，那还会有多少人自觉、自愿地为社会而劳动呢？纳税人的负担过重，当然对劳动也不那么积极了。相应的欺骗和犯罪行为在增长，不文明的现象在滋生和发展，国家的控制力在增强。这种制度，如果不加以改进或限制，无疑会对人们的进取心理和向上精神带来有形和无形的磨损。欧洲多年来，经济增长率一直落在许多非欧洲国家特别是发展中国家的后面，可能与这种"四高"政策有关。我到过欧洲许多国家，明显地看到，到处都是啤酒馆、咖啡店，不论白天或黑夜，席无虚缺，花天酒地，享乐无度，好像工作、劳动和学习已经不成为他们的必需。意大利人和中国人一样，有睡午觉的习惯，午睡长达三四个小时。这样的生活方式，难道是社会主义发展和进步所需要的吗？

在欧洲，有人告知我，每届总统竞选，为了获得选票，都把提高居民收入及其福利放在对居民承诺的首位，可是居民收入是个硬指标，只能上不能下。年年提，届届提，越来越高，而公共财政收入、整体财政收入由于生产上不去或不能同步增长而相对下滑，所以财政赤字越滚越大，债台高筑，国家负担越来越重。近年来，欧元区的债务危机一个又一个扣人心弦的场景在不断上演，希腊首当其冲。希腊是欧洲文明古国，也是西方文明的发源地，但这个国家因财政过度透支早已失去往日的辉煌。紧接着爱尔兰、葡萄牙轮番登场。近期，意大利也陷入泥潭，占国内生产总值的120%的债务负担，迫使它不得不变卖一些岛屿、王宫和城堡来还债。我也到过南半球的澳大利亚和新西兰，澳大利亚和新西兰原先都是英国的殖民地，其福利和社会保障制度同英国差不多，澳大利亚朋友对我说，澳大利亚每年都要被迫把原国有土地或海面、海滩以及其他公有资产相当大的部分卖掉，以补救财政亏空或赤字。如果从发展趋势上看，一高一低，动态发展，剪刀差越拉越大，这种局面究竟能维持多久？

打个比方说，社会财富好比一块蛋糕。社会主义之所以能代替资本主义，就因为它超越资本主义，比资本主义先进，更能解放生产力，更多地创造物质财富，来满足人民的需要。这就是说，社会主义更会做蛋糕，能把蛋糕做得更大和更好，同时也要会切蛋糕，即把蛋糕按人头分成有差别的但差别不大的份额，分配到每个人的头上，体现社会的公平。对广大公民来讲，还要会吃蛋糕，量入为出，不铺张浪费。吃好、穿好、住好、玩好，过着繁荣、幸福、向上、文明的生活，这才是科学社会主义的真谛或应有之义。可是，在这些国家中，我首先发现的，主要还不是切蛋糕的问题，而是做蛋糕的问题，即缺少这种会做蛋糕并把蛋糕做大做好的人及其精神。由此使我联想到我国的历史，如北方强悍的民族入主中原，得到特权后，荣华富贵随之而来，相继也就逐步衰败下去。如果一个人不需劳动，不去努力，便可得到所需要的一切，也就变成无所作为的纨绔子弟。国家的兴衰，民族的存亡，个人的起落，无不证实了这一真理。基于这种现状，再加上从欧洲一些人的懒散状态，使我突出地感觉，欧洲似乎不是在进步，而是在沉沦！更何况，社会主义不单纯是制度，也是价值取向。其中除满足物欲外，还包括德、智、体、美、劳等全面的完善和发展。从实际情况看，社会民主党、工党、社会党所主张的民主社会主义或社会民主主义，并没有使社会主义的本质得到真正的实现。自20世纪70年代开始，社会民主党、工党在各个国家大选中纷纷落马就是明证。

　　欧洲，虽然社会文明程度很高，但社会上的"垃圾"还是很严重的。抢劫、偷盗、枪击事件也不时发生，在这些国家，生命和财产都没有安全感。不要以为，欧洲的文明已经到了夜不闭户、路不拾遗的那种世外桃源的地步了。在我们到过的十几个欧盟国家，到处都听说过中国人在欧洲被偷、遭抢的事例。偷盗抢劫的手段五花八门，而且日趋暴力化。在欧洲，暗杀或枪击事件也时有发生，特别在罗马、巴黎等城市，另外街道两旁，地上、墙上，乱涂乱画十分严重。我问导游："这是不是和北京街头的小广告一样？"她的回答是否定的，其实是一些不明身份的人或团伙传递信息的一种方式，外人看不懂，是一种特殊文字。在欧洲任何一个城市都有"红灯区"，"红灯区"受法律保护，并当作旅游亮点，并毫无顾忌地招揽顾客。欧洲很少人认为嫖娼是丢人的，另外在欧洲的某些国家，吸毒也成了国家所允许的社会风气，用他们的话说，这是人性的解放。

　　在欧洲，人们普遍信仰宗教，主要是天主教和基督教，教徒平均占人口总数的70%至80%，像意大利、德国、法国高达90%。我在想，人生苦短，纵有万贯之财，享尽荣华富贵，到头来还是烟消云散！西方人之所以信奉宗教，可能旨在为后事无望的空虚灵魂找寻个莫须有的精神寄托而已。这和东方有所不同。古代印度有一位王子释迦牟尼，目睹人们的苦难，心怀大慈大悲，创建了佛教，要人们把幸福寄托于来世上。中国的道教也是如此。并且还有一点是相同的，就是要人们做善事，不要做恶事。

欧洲一些国家里，生产资料私人垄断很严重。马克思主义还告知我们，社会主义是建立在公有制基础之上的。仍以瑞典为例，瑞典的90%以上的生产资料归私人所有。据1986年看到的资料，有100个大家族控制了瑞典经济的95%。其中15个大家族控制了1/3的工业。垄断寡头瓦伦堡家族控制了瑞典的40多家大银行和大公司，职工40多万。瑞典全国有1/4的股票掌握在1%的大股东手中。瑞典的一半以上财富为5%的富豪所有。瑞典垄断企业有大量的外国投资，大都投在发达国家。西方学者认为，瑞典资本家从国外获得的垄断利润与美国相比毫不逊色。到了20世纪末和21世纪初，不少学者批评了这种状况。日本学者冈崎三郎在《什么是社会民主主义》一文中说："社会民主党执政的政府，虽然在建立社会保障制度做出了实际效果，但在变更生产资料资本主义私有制为社会主义所有制，消灭阶级对立，相去甚远。英法仍是资本主义社会。"

退一步说，即使民主社会主义在欧洲一些国家是可行的，或行之有效的，对我们来讲，无可非议，可汲取其有益的成分，但无论如何，不能照搬或照抄，毕竟我国与欧洲国家在历史和现实的诸多国情上有很大的不同。例如瑞典，人口只有900万，相当中国的1/130，与重庆市的人口差不多；国土面积44万平方千米，相当中国的1/22。瑞典从1814年以来，从未卷入任何战争，这对经济的影响是很大的，不仅免去了战争的破坏或军事的消耗，而且从中获得高额利润，这为瑞典的经济发展起到了助推作用。瑞典是早就进入工业化的国家，农业产值在国民生产总值的比重为2%，农业人口在全国就业人口中只占4%（1986年）。人的文化素质较高，没有文盲。据联合国1972年公布的资料，瑞典1971年人均国民生产总值为4437美元，仅次于美国当年的5051美元。1971年以后的15年，它的国民生产总值又翻了两番。瑞典在资产阶级革命后由于获得长期的和平环境，使其有可能建立比较完善的民主和法制。根据观察，瑞典的精神文明和社会风气都比西方其他国家好得多。领土一半以上被森林覆盖，将近10%的面积是湖泊和河流，草坪植被如地毯一样覆盖大地，环境清新，风景秀丽。所有这些，都是中国无法相比的。因此，我们不能照搬瑞典的模式。

在欧洲,"中国热"也一直持续着。除了商店里都有很多中国制造的产品外,带有中国文化元素的东西,从中式老家具到老子的《道德经》都很受欢迎。瑞士的名牌表店,家家配上了华人职员。德国汉莎航空公司现在每周有54个航班直飞北京、上海、广州、香港,上座率达到100%。从布鲁塞尔到巴塞罗那,从慕尼黑到阿姆斯特丹,从巴黎到伦敦,到处都可听到有关中国崛起的议论。

在欧洲,我感到普通百姓对东方世界了解得不多,总认为,中国很落后又很穷,小脚,长辫子,出于好奇心理,在穿着打扮上有时也反映出一些东方文化。走在欧洲的街道上,经常能看到一些年轻人,特别是一些妇女,穿着印有汉字的衣服,有的还带有长城、龙、凤等图案。他们把这些装扮当成时尚。当然,任何国家或民族的长期存在,必有它合理的内核。"苟有所长,必有所短",只好择优而观了!

总的看来,欧洲是西方世界,西方世界不是什么都好,也不是什么都不好。对它的看法,只能两点论,不要一点论。对我们来讲,在建设中国特色社会主义中,应汲其所长,去其所短,切不可照抄照搬。

看到了欧洲的历史和文化,不由自主地想到中国,中华民族是一个伟大的民族,她创造了辉煌的历史和文化。但是,中华民族也有一种不容忽视的劣根性,再加上外国屡屡入侵,我们又无力保护自己,古往今来,我们有多少文化古迹先后毁于自己和外人之手。如今,我们花了多少精力、人力和财力,来对我国古文化进行修复、重建和复制。可是,修复、重建和复制后的古文化,已经与原件相去甚远了!更何况,大量失落或被遗忘了的古文化,再也寻找不回来了。

旅美观感

2013年,值得高兴的一件事,就是实现了我多年来心之向往的旅美梦想。

到了美国,我游览了加利福尼亚州和内华达州,以及美国西海岸的一些重要城市,如洛杉矶、旧金山等。其中使我感触最深的莫过于拉斯维加斯和圣迭戈。

拉斯维加斯(Las Vegas)是世界最大的赌城,有关资料称,拉斯维加斯源自西班牙语,意思为肥沃的青草地。其实,拉斯维加斯原本不是青草地,更谈不上肥沃,而是一片非常荒凉的沙漠地。但是,就在这片荒凉的沙漠上,比起周围的沙漠与戈壁地带,唯一的特点是有泉水。由于有泉水,逐渐成为来往旅客的驿站和中转站,因而日益好起来。拉斯维加斯最早是美国西部的摩门教徒栖息地,后来摩门教徒因土地荒凉而迁走了,这里变成了美国的一个兵站。

1905年,内华达州发现金矿,大量淘金者涌向拉斯维加斯,拉斯维加斯开始繁荣。1931年在美国大萧条时期,为了渡过经济难关,内华达州议会通过了议案,确定在拉斯维加斯营造赌场,从此拉斯维加斯迅速崛起。拉斯维加斯的主要经济支柱是博彩业,由于赌场是个淘金的最佳场所,于是美国各地的大亨纷纷向这里投资建设赌场,甚至日本的富豪、阿拉伯的王子、著名演员均来投资。1990年,"中国城"也在这里安家落户,拉斯维加斯成了华人的一个聚集地。随后,拉斯维加斯成为美国发展最迅速的城市。

如今,拉斯维加斯成为内华达州最大的城市,也是一座在沙漠上崛起的不可思议的城市。

当我们的汽车由洛杉矶出发向拉斯维加斯行进时，公路两旁，一片凄凉！此情此景，使我不得不问我的同行者："这是不是美国？"

中国古诗说："山重水复疑无路，柳暗花明又一村。"在沙漠的尽头，一座似乎崭新的城市拔地而起，我不由惊呼，这就是拉斯维加斯，拉斯维加斯像一座崭新的城市，拉斯维加斯真美！

拉斯维加斯是以赌博业为中心的世界旅游胜地，被富人看作是人间天堂。市内赌场星罗棋布，据说有200多个，最大的赌场建筑面积达30万至40万平方米，它们之间争奇斗艳！当我走进拥有3000台老虎机的巨大赌场时，仿佛进入了一座光怪陆离的迷宫，那成千上万台的老虎机纵横交错地摆满了整个大厅及其每个角落，无论你走到哪里，都可以听到机器沉闷的旋转声和金钱叮叮咣咣的散落声。一个个大小不同的赌场门前，都闪烁着五彩缤纷的霓虹灯，活像张着血盆大嘴的吸血鬼，它在创造出一些奇迹的同时，也在为一些人挖掘了坟墓。

拉斯维加斯的确是一个名副其实的不夜城。世界上10家最大的度假旅馆就有9家在这里，堪称世界上最豪华、最辉煌的城市。夜晚是拉斯维加斯的良辰美景，也是这座城市旺盛生命力的所在。每当夜幕降临之时，五彩缤纷的灯光激活了这座城市。在豪华的广场和街头巷尾，人们可以定时看到用现代科技模拟的火山爆发和加勒比海炮火连天的海盗大战，其情其景逼真、气势宏伟磅礴，让人心惊肉跳！许多建筑、喷泉、雕塑等，设计精美，造型奇特，令人叹为观止。人们常说："没到过拉斯维加斯，就不算到过美国。"此话并非言过其实。

据说，拉斯维加斯平均每年接待世界各地的游客高达4000万人次，其中主要是赌客，约2000万人次是回头客。一年四季，世界之财从全球各地源源不断地流向这里，因此拉斯维加斯堪称是美国的聚宝盆、摇钱树。

圣迭戈（San Diego）是加州的第二大城市。它位于太平洋的西岸，因海岸线在这里打了一个弯，形成了一个港湾，这是加州最大的天然深水良港，因用于军事，成为军港，是美国海军重要的基地，它扼控太平洋西部和东部海域，地理位置十分重要。美国太平洋舰队的总部、海军第三舰队司令部及所属部队机构都驻扎在这里。我到圣迭戈最感兴趣的是想看看这个对外开放的军港。在离市中心不远的地方停泊着从1992年退役下来的美军"中途岛号"航母，现在已经成了一座航母博物馆供游人参观，门票是20美元。航母分上、中、下3层，下层是水兵生活区和弹药库，中层是飞机库房，上层有宽阔的飞机跑道和指挥塔台，甲板上停着许多二战退役的飞机。航母附近，还有几艘不知是现役还是退役的军舰。离航母不远的地方有一个小港湾，里面停靠着许多各类军舰，好像是一个军舰制造厂。

这个港之所以对外开放，明显的是要张扬或显示它穷兵黩武的威力。

今日的圣迭戈，已成为一座现代化城市，市容绮丽多姿。一年四季棕榈婆娑，市中心的对岸，是富人居住的美丽小岛，树荫下的各式各样的别墅，鳞次栉比，错落有致，极为豪华。这里离墨西哥近在咫尺，驱车只要15分钟。当我们的汽车行进到市中心和岛之间的跨海大桥之上时，海港的全貌可一览无遗，颇为壮观。圣迭戈是旅游的好去处。

看了上述这两个城市之后，有位美国友人告诉我，世界上任何一个国家要想致富，光靠内部的积累是远远不行的，必须从世界范围内聚拢资金，这样做的手段无外硬或软。由此可清楚地了解到美国之所以能成为世界的首富，就因为它把这两个手段结合得恰到好处。拉斯维加斯和圣迭戈的存在和发展，充分印证了美国的过去、现在和未来。

第十一部分

神州纪行

重游齐鲁大地

古人云:"仁者乐山,智者乐水。"

早在20世纪60年代,我作为人大教师,因教学需要,曾几度在齐鲁大地上穿梭于济南、曲阜、泰安、青岛之间。这条线上有山有水,还有许多名胜古迹。当时,因公务(讲课)繁忙,很难饱览这里隐藏的丰富历史文物和如诗似画的自然风光,只是走马观花、浮光掠影。那时,我有一个梦想:一定要在有生之年,找个机会,作为一位自由的旅游者,自备粮草,重返故地,尽情地享受并饱览这里历史和自然的宝藏。

如今,这个梦想在我离休之后如期实现了。

济南

2008年,春夏之交,大地春意盎然,我兴致勃勃地开始了齐鲁大地之旅。

我首先来到济南,在诸多友人帮助下,花了3天多的时间尽情地游览了济南的全境。

济南是春秋时代以来的古城,因地处济水以南而得名。济南古称泉城,城有72泉,天下闻名。泉和城结合,是天然的生态城市。趵突泉,是乾隆皇帝御封的"天下第一泉"。众多的泉水涌露地面,形成湖泊,名曰大明湖。湖内,满眼都是古旧气息。影壁墙上的石刻人物皆峨冠博带;石板路上斑驳不洁,苔痕累累;小巧的石拱桥,停泊在湖畔,默不作声。大明湖的北岸建有真武阁,供奉着道教北方之神真武大帝。"偷得浮生半日闲",我独自一人,漫步于大明湖的趵突泉、黑虎泉边,细心观赏,"四面荷花三面柳,一城山色半城湖"的迷人景象。济南的柳树大多分布在大明湖畔和护城河两岸,枝条低垂,随风飘动,颇似临风散发的少女,很有诗情画意之美。济南之所以把柳树定为市树,把荷花定为市花,原因即在此。

友人一再告诉我,游大明湖,不能忘掉铁公祠。铁公祠为纪念铁铉而建。据史料记载,铁铉为明初河南邓州人。燕王朱棣与侄子争夺帝王,以讨伐主张削藩的大臣齐泰等人为借口,从北京发兵南下。兵至济南时,遭到铁铉的抵抗。当燕军炮火攻城时,铁铉令人在城上竖起朱元璋的牌位,使燕军不能开炮。朱棣久攻不下,只好撤兵。建文帝提升铁铉为兵部尚书。建文三年(1401年),朱棣再次兴兵,绕过济南,攻下南京,自立为明成祖。然后发兵复取济南。铁铉兵败被俘,朱棣亲审铁铉,铁铉坐在地上,大骂朱棣叛逆。朱棣先后割下他的舌头、耳朵、鼻子,然后投入油锅,铁铉死时年仅37岁。

大明湖水微波荡漾,早已不见当年的金戈铁马。老太太们拿着长剑,随着音乐,翩翩起舞;练太极拳的老大爷,有时拿着水笔在石板上写字。他们都把铁铉当成身边一道风景。大明湖像一双明亮的眼睛,安静地看着古往今来,人来人往。

城的西南角有一名山叫千佛山,老舍笔下的济南风光,《老残游记》中的"家家泉水,户户垂杨","一路上老圃黄花",都近在千佛山下。

泰山

接着我来到位于济南东南角离济南不远的一块宝地——泰安。往日,我经常去那里讲课,结识了不少当地朋友,至今还有书信来往。到这里,因天时、地利、人和均在,有利于我行程中的参观访问。

泰安因泰山而得名。泰山又称东岳。主峰玉皇顶海拔1525米,位于五岳之首。有"天下第一山"的称号。自古以来,中国人就崇拜泰山,有

"泰山安，四海皆安"的说法。据记载，历代统治者，不管王公贵族，帝王将相，不论身在何处，为了国泰民安，经常到这里朝圣。据说，从秦至清，有72位帝王在此封禅祭祀。

泰山屹立于齐鲁平原之上，巍巍多姿、气势恢宏而久负盛名。重叠的山势，厚重的形体，苍松巨石的烘托，云烟的变化，使它在雄浑中兼有明丽，静穆中透着神奇。

泰山日出是泰山奇观之一，也是泰山的重要标志，每当云雾弥漫的清晨或傍晚，游人站在较高的山头上，就可能看到在缥缈的雾幕上，呈现出一个内蓝外红的彩色光环，将整个人影或头影映在里面，好像神像头上方五彩斑斓的光环，所以被称为"神光"或"宝光"。泰山佛光是一种光的衍射现象。据记载，泰山佛光大多出现在每年6月至8月份的半晴半雾的天气，而且是太阳斜照的时候。

泰山的石刻闻名天下，这些石刻有的是帝王亲自题写的，有的出自名家之手，大都文辞优美，书体高雅，制作精巧。

泰山因有5000年博大精深的历史文化和优美的自然环境而闻名于世。泰山之美，在于它将建筑、绘画、雕刻与山石、林木融为一体，仅摩崖石刻就多达2000余处。泰山的书体和书意异彩纷呈，其规模之大，作品之多，以及风格之独特、流派之广泛、艺术之精湛、构思之巧妙，都是其他任何名山莫及。最令人震撼的是大观峰上的唐摩崖，顶天立地，蔚然大观。唐玄宗亲书的《记泰山铭》，金光闪闪，耀眼于上，分外显示大唐盛世之风采！杜甫诗云："会当凌绝顶，一览众山小。"我深有体会。每次登山，都流连忘返，百看不厌。

泰安人非常好客，回顾往日，每当工作之暇，总安排我上山游玩。在济南教学期间，我先后登山4次，每次都有新的感受。登山为我提升一种精神高度，体察天地物理，世态云烟。这次重登泰山，更有一番新的感受。

曲阜

我也很喜欢离济南不远的圣都——曲阜。这次重返曲阜，似乎感到改革开放中的曲阜焕然一新。

曲阜位于山东省西南部泗河南岸，古称鲁县，是周朝时期鲁国国都。曲阜之名最早见于《礼记》，曲阜东汉应劭解释道："鲁城中有阜，委曲长七八里，故名曲阜。"

曲阜是座浸透了中国历史文化的古城，相传是炎帝诞生之地，历史悠久，文化发达，人才辈出。曲阜也是我国古代伟大的思想家、教育家、儒家学派创始人孔子的故乡。1982 年被国务院公布为首批中国历史文化名城，被西方人士誉为"东方耶路撒冷"。

在曲阜，留下了许多孔子的遗迹，最著名的要算"三孔"——孔府、孔庙、孔林。孔府是孔子及其后裔繁衍生息的地方，孔庙是历代王朝祭祀孔子及其夫人和 72 贤的地方，孔林是孔氏家族的坟地。自西汉以来，历代帝王大都信奉孔道，不断扩大"三孔"的修建，并把孔子神化。直到现在，整个曲阜，仍笼罩着浓厚的孔孟文化氛围。"三孔"中最值得关注的是孔庙。孔庙建于西汉，成于宋代，兴于明代。院内雕梁画栋，气势磅礴；石碑林立，排列有序；苍松翠柏，昂然参天。孔庙也是书法艺术之宝库，真草隶篆，异彩纷呈。

曲阜我先前已去过 3 次，一次是去讲学，另一次是去调研，还有一次是去开会，每次都收获颇丰。这次更使我感慨良多，但有一件事让我感到不解：孔子生前，老牛破车，周游列国，颠沛流离，饥寒交迫，何等狼狈！死后又被推崇至极！历史为何要这样戏弄古人？

更使我困惑的是，在改革开放的今天，如何来看待儒家学说，是传承和发扬？还是扬弃？这的确是值得人们认真且不得不思索的大问题。

青岛：胶州湾之珠

我最喜爱原先这条教学线上的终点——青岛。这次故地重游使我倍感亲切，感慨良多。

青岛又名琴岛。据神话传说，古代的青岛是由古琴转化而成的，很像浮在海面上的一把古琴。因岛上苍松翠柏，四季常青，故又称青岛。

青岛是山东省仅次于济南的最大城市，位于山东半岛南部，胶州湾东南岸，是胶济铁路的终点，是东北亚国际航运中心、国际滨海旅游度假胜地、国家历史文化名城、国家级园林城市。

青岛由于它在新中国成立前是多国的殖民地，在建筑业上，它成为各列强的竞技场，红墙绿瓦，错落有致，甚为壮丽！国外的建筑大师，前赴后继，纷纷到这里考察。

青岛给我的第一印象是市容干净整洁，是我在其他任何一个城市从未见过的。

我到过许多城市，似乎每个城市都有属于自己的特点，都会有属于每个城市的"几大怪"。贵州有六大怪，沈阳有三大怪，昆明有八大怪。这些"怪"是当地风土人情、衣食住行长期积累和浓缩，这在当地人的眼里，见怪不怪。青岛也有四大怪：青岛啤酒装袋卖，坐车不如走得快，身着泳装跑在外，扑克比赛遍地开。除此之外，我感到青岛还有许多更值得人们关注的地方，如法国梧桐、天主教堂、栈桥与大海等。

法国梧桐

看青岛，最好的角度是仰视，即站在海边向上看，下低上高，依山傍水，各式各样的房屋，在随山起伏的街道上、巷弄衬托之下，像一幅幅色彩斑斓的油画。青岛是一座被绿树覆盖了的城市，特别是法国梧桐，如仅用茂盛来形容它的存在似乎有些平淡，用巍巍、磅礴，也难以尽达其义！这些树大多是帝国和殖民时代种植并留存下来的，都经历了风风雨雨，透着斑驳的历史沧桑感。据考证，法国梧桐是1901年前德国人从法国引进的，后又移至中国。法国梧桐是世界上最著名而又珍贵的物种，它具有树冠大、遮阴好的特点。它粗壮的躯干、伸展的树枝、婆娑的枝叶、浓密的绿荫，成为青岛独特的、带有标志性的景观。行人之所以爱梧桐，还有一个重要原因，因为它能遮阴、挡风。我还记得昔日行走于树下时，艳阳被层层树荫遮住，偶尔有几缕阳光透过树叶的缝隙洒下，亦幻化成石路上的一个个小光点。梅雨天的细雨落下，会滴答在五指形的叶上，路面不受太大的影响，忘带伞的行人可在树下缓缓行走。

因此青岛在城市化过程中，因大伐梧桐，引起众议，一说是为了拓宽路面，重建新城，必须砍伐梧桐；一说是城市化也不能破坏独特的标志性景观。

在青岛，除梧桐外，还有雪松、银杏。雪松，一年四季青翠，树形如同张开的伞，十分可爱！如今帝国在这里已经不在，但它们还茂密地生长着，继续来衬托和呵护这个既古老而又年轻的城市。今天的这些树，不再是单纯的树，也是历史的见证和文物了。

20世纪20年代末，晚年的康有为移居青岛，他在一封家信中写道："青岛，碧海蓝天，不寒不暑；绿树红瓦，可舟可车。"这是康有为为青岛制作的一张"名片"，也是对青岛富有诗意的写照。当我还未来青岛前，还怀疑"碧海蓝天，不寒不暑；绿树红瓦，可舟可车"是否是文学上的夸张，来了之后，才验证了它的确名不虚传。

天主教堂

　　青岛的天主教堂，本名圣弥厄尔教堂，自从1934年诞生在青岛繁华的中山路旁，一直是青岛的一座标志性建筑。红色的尖顶双塔，带着硕大的十字架，直插云端，它把人的目光带上蓝天，向往无垠的苍穹。这个教堂有着城堡式的结构和形象，外部的材料是崂山的花岗岩，坚硬洁白，雄伟壮观。沿着台阶向上攀登，似乎渐渐摆脱世俗的纠缠，远离喧闹和嘈杂的人世，逐渐接近神灵，向澄澈明净的境界飞升。每当教堂的钟声响起的时候，大地都会平静下来。

　　天主教堂守望着胶州湾的潮涨潮落，见证着青岛的沧桑巨变。长期以来，悠扬的钟声穿透历史的云烟，回荡在车水马龙之中。我仍然记得我第一次看到它的情形，我站在栈桥回澜阁上，仰望中山大道，蓦然发现红色的教堂双塔，在高高低低的一片红瓦绿树中间，鹤立鸡群。我至今都记得那种不经意间产生的震撼感，天光、云影、红顶、十字架，海浪不断扑打回澜阁的防堤上的声音，声影交汇，完好地留存在我的记忆里，永远不会忘记。

　　据说，每当教堂的钟声响起，或在落雪的黄昏，或在雾起的清晨，生活在其中的人们，被传到远方的钟声唤醒，内心柔软而安宁！有些钟声，只要倾听过一回，就能响彻一生。

　　在这里，一年四季，都有连绵不断的拍摄婚纱照的新人，留下步入婚姻殿堂的身影。

　　我还记得，改革开放前，我来青岛讲学，见中山路上还完整地保留着德式建筑，百盛、发达等大厦矗立其中，装饰中山路的辉煌。如今，中山路上的百年老街上，后起的高楼拔地而起，超越了天主教堂的双塔，往日的风光已经不在，但崭新的建筑，改变了山脚下建筑群落，形成了新的与蓝色大海重新组合的城市天际和交响曲，更是一番新的景象，这也许是一个新的物质时代的到来，挑战旧的时代精神的维度。

回忆往日，我因工作需要，经常路过这里。天主教堂背后的马牙石路，被一代一代的行人踩得光滑。道路上的"古力"（井盖）都是原装的，上面的德文清晰可见。

"文化大革命"时期，天主教堂遭遇了历史上最严重的一次破坏。塔尖上面原有两个铜制的巨大十字架，被卸下销毁。如今，在这里，在斑驳的墙面上，还可以清晰地看到"将文化大革命进行到底""大海航行靠舵手"之类的标语。教堂中有一架巨大的铜管风琴，规模、音响为亚洲之最，成为"革命"的对象，被红卫兵砸得粉碎。事后，这座气势恢宏的大教堂，一度成为工厂。

1981年复活节之日，天主教堂获得重生。2008年，当我再来到这里时，似乎感到它几乎恢复原状。历史在这里走过，它仍然巍巍挺立。教堂作为宗教建筑，好像拥有永恒的力量！

我曾想，当建筑成为艺术，双塔成为这个城市的精神高地，人来人往，都是过客。一代人来，一代人走，大地永存，明天的太阳还会照样升起，照耀双塔。

栈桥与大海

栈桥是青岛的重要一景，位于青岛湾里，在中山街的南口，深入海中。据史书记载，栈桥始建于光绪十八年（1892年），俗称前海栈桥，桥头双层飞檐八角亭阁为回澜阁，是青岛的重要标志性建筑物和象征。陈运和的《栈桥》一诗，称其为"一杆伸入大海深处的秤，称得起青岛人所特有的蔚蓝色的情感"。"长虹远引""飞阁回澜"，成为栈桥特色。回想40多年前，我在这里讲学时，我的住所和办公地点——青岛交际处（新中国成立前是美国领事馆），就在中山路南口，离栈桥入口处不足百米，我经常在工作之余，漫步桥上，站在栈桥回澜阁上，回首仰望中山路，天光、云影、红房、绿树、十字架，海涛拍打堤防轰然的声响，汇成一片神奇的声色，美妙绝伦！

在青岛，我常去中国海洋大学讲学。中国海洋大学是中国最早的海洋高等学府，始建于1924年，初称私立青岛大学，后不断地改名换姓，如相继称谓有国立青岛大学、国立山东大学、山东大学、山东海洋学院、青岛海洋大学，现为中国海洋大学。中国海洋大学濒临青岛的东北角，居高临下，面对茫茫无际的大海。我常在这里散步，观看海天一色，潮起潮落，并思人间古往今来！

海，一望无际，在不同人的眼里，或在不同的时分，会呈现出不同的状态。它有时水平如镜，有时微波荡漾，有时惊涛骇浪！

海，远远望去，又像一个个能滚动的沙丘。

海，又好像大地的血脉，浪花好像脉搏在有规律地跳动，使地球生息不止。

海，也是一个窗口，使我从中感悟到人生的变幻莫测，和世界的种种险象。

背靠这座美丽的城市，仰望蓝天，我充分地感到，这就是祖国，祖国是那么壮丽和可爱！

"落霞与孤鹜齐飞，秋水共长天一色"，经常呈现在我们的眼前！古人云："登山则情满于山，观海则意溢于海。"登山观海，惊涛拍岸，极目天下，山水自关人意，人意钟情山水，忘情于山水之间，岂不快哉！这也许就是我当时能无偿而得到的最大快慰！

我爱山爱水，我更爱由千山万水装扮起来的祖国的壮丽河山。

高原之珠：春城
——在昆明的日子里

1981年，正值改革开放之初，由全国经济学总会组织的有五六十位教授专家组成的阵容强大的讲师团，应邀分期分批地赴昆明等地讲学，成员包括像于光远、高尚全、杨启先、冯兰瑞、宋涛等一些经济学家，我仅是其中普通的一员，方生任团长。比较来说，由于工作需要，我在昆明停留的时间最长，讲课的次数最多。在昆明逗留一年多的时间里，我除了完成安排在昆明的任务外，还应邀去了西双版纳、大理、丽江、曲靖、景洪、个旧、玉溪、石林等20多个城市和地区。由于机会难得，我每到一个地方，总在课余之暇，或由组织安排，或由自己选择，不失时机地考察当地的经济、政治和风土人情，并游览当地的风景名胜。此时，我好像一只放飞了的笼中之鸟，翱翔在云贵高原之上。我的一生中，可以说要数这期间是最美好的了。

当时，我们工作的重点仍是昆明，在昆明教学期间，有意做了一些调研，对昆明有了较多的了解。

昆明是云南省会，云南省唯一的特大城市，是云南省的政治、经济、文化、科技、交通中心。

昆明位于中国西南云贵高原中部，南濒滇池，三面环山，是滇中城市群落的核心，是国家一级物流园区城市。

昆明是中国面向东南亚、南亚乃至中东、南欧、非洲的前沿和门户，具有东连黔桂通沿海，北经川渝进中原，南下越南老挝达泰柬，西接缅甸连印巴的独特区位优势。因此，昆明是中国面向东南亚、南亚、东盟开放的重要枢纽城市。

昆明市中心海拔约 1891 米。拱王山马鬃岭为昆明境内最高点，海拔 4247.7 米，金沙江与普渡河汇合处为昆明境内最低点，海拔 746 米。市域总体地势北高南低，由北向南呈阶梯状。

昆明由于受印度洋西南暖湿气流的影响，日照长，霜期短，年平均气温 15 摄氏度左右。气候温和，夏无酷暑，冬无严寒，四季如春，气候宜人。这样的气候特征全球少有，鲜花常年开放，草木四季常青，是著名的"春城"，是最适合人类生存和生活的地方。

昆明市郊，土地肥沃，盛产稻米、小麦、蚕豆、玉米、油料等作物，是云南著名的"鱼米之乡"。

昆明市秀丽而迷人，三面环山，一面环水。湖光山色，自然成趣。在昆明期间，我最喜欢并常去的地方要数滇池、大观楼、西山公园等风景区了。

滇池

滇池位于昆明市的西南，古名滇南泽，又称昆明湖。据说，古代，因滇池周围居住名为"滇"的部落（少数民族），故曰"滇池"。据考证，滇池为地震断层陷落而形成的湖泊，其外形似一弯新月，古时曾叫过月池。湖面的海拔为 1886 米，南北长 39000 米，东西最宽为 13000 米。湖岸线长 163200 米，面积为 306.3 平方千米。滇池的进水口水源十分丰富，盘龙江、金汁河、宝象河、海源河、马料河、落龙河、捞鱼河等或干流或支流，都或多或少经过这里。出水口为螳螂江，再由螳螂江注入普渡河，然后汇入金沙江。滇池为我国的第六大淡水湖，是一颗璀璨的高原明珠。滇池东有金马山，西有碧鸡山，北有蛇山，南有鹤山。这些山连绵起伏，形成了昆明的天然屏障。

滇池风光秀丽，碧波万顷，风帆点点，湖光山色，令人陶醉。四周有云南民族村、云南民族博物馆、西山华亭寺、太华寺、三清阁、龙门、筇竹寺等景区。

滇池为国家级旅游度假区。度假区占地面积18平方千米，分为10个功能区，按"高标准、多功能、国际化"的要求建设。1999年，为在昆明举办世界园艺博览会，市内外交通、城市风貌又有了极大的改观，使之成为世界独具特色的民族文化旅游度假区，使昆明名扬世界。

明嘉靖年间，杨慎在《云南山川志》中赞美滇池："苍崖万丈，绿水千寻，月印澄波，云横绝顶，滇中一佳境也。"

在昆明期间，工作之余，我常在湖边闲庭信步，观赏湖上风光，与友人谈古论今，把酒话桑麻，有时在湖里划船、游泳、垂钓。

大观楼

大观楼又称近华浦，明代清初曾称西湖。据说，清康熙三十五年（1696年），康熙帝率巡抚王继文巡察四境，路过此地，看中这里的湖光山色，遂在这里大兴土木，修建亭台楼阁，其中的主楼命名为大观楼。大观楼全系木质结构，原高两层。楼建成后，乾隆年间，当时布衣寒士孙髯翁为其撰写长联，由名士陆树堂书写刊刻，大观楼因长联横空出世而成中国名楼。大观楼的长联180字，上联："五百里滇池奔来眼底，披襟岸帻，喜茫茫空阔无边。看：东骧神骏，西翥灵仪，北走蜿蜒，南翔缟素。高人韵士何妨选胜登临。趁蟹屿螺洲，梳裹就风鬟雾鬓；更苹天苇地，点缀些翠羽丹霞，莫孤负：四围香稻，万顷晴沙，九夏芙蓉，三春杨柳。"下联："数千年往事注到心头，把酒凌虚，叹滚滚英雄谁在？想：汉习楼船，唐标铁柱，宋挥玉斧，元跨革囊。伟烈丰功费尽移山心力，尽珠帘画栋，卷不及暮雨朝云；便断碣残碑，都付与苍烟落照。只赢得：几杵疏钟，半江渔火，两行秋雁，一枕清霜。"到了光绪八年（1882年），大观楼改建为3层。由于我对此联特别喜爱，每到这里，总驻足不前，流连忘返，仰读长联，反复琢磨其义。由于我才疏学浅，只能略领一二。我觉得，上联写的是山水风光，像一幅山水画，意境高远，五百里滇池，风光无限；下联写的是千年怀古，记录了云南历史，如一篇叙事史诗。对联情景交融，对仗工整，气魄宏伟，气势磅礴。清嘉庆年间，宋湘写诗赞曰："千秋怀抱三杯酒，万里云山一水楼。"高度概括了髯翁的长联。长联问世以来，被誉为"海内外第一联""海内长联第一佳者"等，好评接踵而来。因此，大观楼跻身于"中国名楼"。

大观楼除楼之外，还有涌月亭、澄碧堂，周围添筑外堤，夹种桃柳，点缀湖山风景，从此高人韵士，选胜登临者无虚日，达官显贵，临湖宴饮，骚人墨客，登楼歌赋。乾隆二十五年（1760年）进士临安知府王文治在《秋日泛舟》诗中写道："忆偕诗太守，高宴集朋辈。丝竹贯珠玑，篇章出瑰怪。"我体会，吟咏大观楼的诗词，有的描绘山光水色，有的粉饰太平盛世，有的歌功颂德，有的吟风弄月，有的诉说离愁别恨。得意时指点江山，失意时放荡江湖。

咸丰五年（1855年），咸丰帝奕詝为大观楼题匾："拔浪千层"。高人韵士登临不绝，僧侣游人接踵而至。大观楼乃昆明绝佳之胜境。

民国时期，这里被辟为公园。在大观楼的周围，兴建许多新式建筑：近华浦东面、南面临草海湖滨，建有一批中西合璧式的私家花园别墅；1927年，庾恩锡兴建的庾庄及鲁道源兴建的鲁园；还有李园、丁园、柏园、邱园、陈园等，这批私家别墅花园，新中国成立后，即1950年，人民政府把它们均划入大观园。此时的大观园分别称为东园和南园。

1961年郭沫若登大观楼，看大观园，即兴题诗一首："睡佛云中逸，滇池海样宽。长联犹在壁，巨笔信如椽。我亦披襟久，雄心溢两间。"

大观楼的命运不是一帆风顺的。咸丰六年（1856年），因云南回民起义反清，大观楼、华严阁等皆毁于战火，一片凄凉！光绪二年（1876年），一场大水，两廊皆圮，楼亦倾斜。光绪九年（1883年）重修。新中国成立后，在大进跃期间，填湖造田；"文化大革命"期间，破坏更为严重；改革开放后，很快得到修复，修旧如旧。从历史上，大观楼的生命力是很强的，破了修，修了又破，反复多次。

1998年，为迎接1999年世界园艺博览会，省、市政府投资2500万元，征用近华浦西面197.4亩土地，开辟大观楼西园，其中包括鱼池柳堤、溪流石桥、芦苇芙蓉、芳草萋萋等景观。这样一来，大观园以长联历史文化为主题的游览区，分为近华浦文物古迹东园区、中西合璧园林景南园区和现代园林景西园区三大部分。今天的大观园已经不是仅因大观楼而存在的大观园，而是比大观楼大许多倍的大观园。

今后的大观园还会在不平静的历史长河中继续缓缓行进。

西山公园

西山公园位于昆明西郊，有高原明珠之称。西山唐代称为碧鸡山，元明以来称太华山，因在城西，自古以来又称它为西山。西山公园距市区15公里，北起碧鸡关，南达灰湾，由碧鸡山、华亭山、太华山、太平山、罗汉山等山峰组成。

西山由北向南逶迤升高，最高峰海拔2507.5米，最高的罗汉山高出滇池水面620多米。

西山峰峦起伏，林木苍翠，百鸟争鸣，涧壑流泉，云蒸霞蔚，景色秀丽。

我们住在公园西侧一座名叫黄土坡的山坡上的学院里，距西山公园10多千米。每当日出，远眺西山群峰，在晨光照射下，宛若一位美人，仰卧于西山之巅，轮廓都清晰可见，故西山又称睡美人。当日落西山，阳光从背后照过来，它又好像一尊庞大的卧佛，头枕滇池，面向东侧，庄严肃穆，安详地静卧在西山之上，故西山又称卧佛山。在明代，昆明的西山与海秀山、巍山巍宝山、宾川鸡足山，合称云南四大风景名山。

面对大自然的鬼斧神工塑造的如此人间仙境，我不由在赞叹之余，双手合拢，顶礼膜拜！不禁感叹，大自然如此偏爱昆明，北京也有西山，也叫西山公园，为什么那里就没有这样或类似这样的佳境呢？

在昆明的日子里，我时常在假日或闲暇时刻，踏单车进入园中，这时的西山，又是另外一番景象。美人和卧佛不见了，见到的是一片林海。茂密的森林，郁郁葱葱，华亭寺、太华寺、三清阁等古刹殿宇楼阁，均掩映于茂林深处。其间，百鸟朝凤，百虫争鸣，好一派大自然的交响乐章，真是天籁之最。

龙门石窟是西山公园一绝。据说，龙门石窟是前人在悬崖绝壁上雕琢出来的。诗云："万钻千椎显巨才，悬岩陡处辟仙台。何须佛洞天生就，直赛龙门禹凿开。"

龙门石窟位于西山风景区终端，北起三清阁，南至达天阁，是云南最大、最精美的道教石窟。龙门胜景以"奇、绝、险、幽"为特色，雄居昆明西山众多的名胜之首，在国内外享有很高的知名度，到昆明的游客都要去游览，故有"不要西山等于不到昆明，不到龙门只是白跑一趟西山"之说。

登龙门观日出，面对烟波浩渺的滇池，心旷神怡，产生无穷无尽的遐想。

园林老者告诫我们："登龙门，举步维艰，脚跟要稳，心境放平。""居高临下，背倚绝壁，面临深渊与缥缈的云海，仰笑离天五尺，凭临恰在水中。"

在西山公园里，最难得的是森林里清新无比的空气，是我多年来在北京从未感觉到的！从高处鸟瞰昆明，纵横交错的街道，鳞次栉比、错落有致的建筑，如织如画的人流、车流，一番兴旺发达的崭新景象，充分显示出新中国改革开放后的空前盛况。

附 录

老树春深更著花[1]

——访著名经济学家宋养琰教授

宋养琰教授出生在民国时期,在起伏跌宕的岁月中成长,从硝烟弥漫的时代里走来。伴随着新中国成立的号角,他从华北大学毕业。沐浴着共和国的阳光,他又进入中国人民大学求学问道,而后专心治学、教书育人。宋养琰教授甘于坐冷板凳,先后出版专著14本,发表论文约千篇。他也深谙为师之道,先后在中国人民大学、中国社会科学院研究生院传道、授业、解惑,深受学生爱戴。近年来,这位年逾八旬的老人依然笔耕不辍,著书立言,多次撰文为改革建言献策。日前,宋养琰教授接受了《中国经济时报》记者的专访。让我们一起回顾宋教授求学、治学的历程,回顾共和国经济改革的历程,聆听这个变革时代中一位长者、智者的声音。

《资本论》令我如痴如醉

《中国经济时报》记者:您读大学时是学数学的,后来是怎样走上经济学的求学和研究之路的?

宋养琰:1949年,我大学毕业后来到北京,原本想考北京大学数学系研究生,继续深造,争取做一名为国效力的科学家。因受阻而转入华北大

---

[1] 此文原发表在2013年3月27日《中国经济时报》,作者崔克亮,实习生杨召奎。

学，后服从组织分配，在人大当经济学研究生。原本，我自认为有一点数学的天赋，也比较喜欢数学，但是那时只讲服从组织，坚持个人的想法是要挨批的，因此，我也断了继续学数学的念头，走上了经济学的"不归之路"。

《中国经济时报》记者： 您之前说过，就读研究生期间，对《资本论》的阅读时间几乎占您总阅读时间的一半，您为何对《资本论》如此情有独钟？

宋养琰： 做了研究生之后，有两点是十分明确的：一是既然读研究生已经敲定，只好全身心相许并投入；二是必须学好，这是历史赋予我的使命。

我打童年入学以来，因为出身贫寒、环境恶劣，读书甚少，自觉缺乏宽广的文化视野和深厚的学术底蕴。身处最高学府里的非常正规的"研究生"这个群体中，我与身边的同学相比，有些自愧不如。俗话说得好，"人贵有自知之明"。因而，我只能拼搏向上。说实在的，我虽然上过几年旧大学，也读了一些书，但当时对什么是资本主义，什么是资本主义社会，知之甚少。我如饥似渴地想了解它，认识它。

《资本论》作为马克思主义经济学的经典著作，自然是我的首选。马克思是带着浓厚的阶级情感来写《资本论》的，其中讲的都是资本主义的现实。他深刻地揭露了资本主义制度内在的不可调和的矛盾，进而揭示其发生、发展和灭亡的客观规律，科学地论证了社会主义必然代替资本主义的历史必然。虽然《资本论》讲的都是深刻的道理，但是它读起来温润亲切，仿佛一幅幅温婉的油画。用马克思自己的话说，他是把《资本论》当作一件高雅的艺术品来精心设计和雕琢的。为了表述他高深的理论命题，《资本论》中，引用了但丁、莎士比亚、歌德、巴尔扎克、塞万提斯等文学巨匠的作品，甚至像古代的作家荷马、索福克勒特、荷力士安蒂、巴特洛士的诗篇，马克思也都巧妙地加以运用。在《资本论》中，还不时见到希腊、罗马、印度、北欧等文明古国的许多神话，这些典故都令我如痴如醉。

可以说，我从《资本论》中学到的不仅仅是经济学，也有文学和历史。要说今天我还能懂点文学,写几篇散文,从根本上说,是受了《资本论》的熏陶。因此,不仅过去,直到如今,我对《资本论》依然情有独钟。当然,今天看来,随着阅历的提高,认识的加深,也逐步改变了过去的一些看法。

马克思主义是开放的思想体系,是发展的理论

《中国经济时报》记者:我们知道,《资本论》的主要内容包括劳动价值理论、资本和剩余价值理论等。现在,马克思的剩余价值理论受到了一些学者的挑战。对此,您如何看待?

宋养琰:今天,受到挑战的不仅是马克思的剩余价值理论,也包括劳动价值理论和资本理论。马克思主义创始人之所以研究劳动和劳动价值理论,以及在此基础上建立资本和剩余价值理论,其目的和资产阶级古典经济学家根本不同。他不是为了为资本主义唱赞歌和为社会创造财富,而主要是为了揭示当时资本主义社会中人与人的关系,即资产阶级如何利用资本来剥削工人阶级所创造的剩余价值,揭露资本主义生产方式内在矛盾,即生产力和生产关系之间不可克服的矛盾,主要是揭露阶级矛盾,以此来唤醒、武装、鼓动工人阶级和广大劳苦大众,拿起批判的武器起来革命,推翻资产阶级统治,埋葬资本主义制度。但也要看到,正因为马克思的劳动价值理论是革命的理论,为了快速地推进革命进程,所以在看待当时资本主义的问题上,激情多于理性,批判的多,肯定的少,对一些问题的分析也不够客观。而且,在马克思那个时代,由于受到历史条件的限制,当时也有很多人们难以预料的东西。诸如:发轫于20世纪中叶的新科技大革命、科技大发展及其广泛应用;第三产业的蓬勃兴起和迅猛发展;社会主义在一些不发达国家的胜利和发展;社会主义社会中仍存在商品、货币、资本、市场和市场经济等。正因如此,马恩著作中的有些观点不能说在今天还是有效的。事实上,任何理论,都不能认为它绝对和永远正确,任何理论都必须在实践中修正和发展。这些现实,作为一个真正的马克思

主义者，不能视而不见。我们不能苛求马克思为其身后的人类社会提供一切现成的答案。

但是，劳动价值理论、资本和剩余价值理论作为一种科学体系，我认为还是不能否定的。古人云："观时变以养学术""世异则事异""事变则世变"。意思是说，学术思想要随着时代的变化而变化，经济科学只有跟上时代步伐，才能永葆青春和活力。马克思主义是开放的思想体系，是发展的理论。马克思从来不把自己的思想禁锢起来，看成是"至矣，尽矣，不可复加矣"的绝对真理。马克思主义在创立之初就公开宣布，"我们不主张树起任何教条主义的旗帜""我们不想用教条主义预料未来"。因此，我们必须在现实生活中发展马克思主义的劳动和劳动价值理论、资本和剩余价值理论，大胆创新，力戒墨守成规。

如果没有市场这只"看不见的手"，就不会有今天的人类文明社会

《中国经济时报》记者：的确，我们在理论探索上必须大胆创新，并且也要勇于借鉴人类文明的一切优秀成果。那么，您认为我们应如何对待西方经济学理论？

宋养琰：我记得，英国大文豪萧伯纳有一句名言，"倘若你有一个苹果，我也有一个苹果，如果我们俩彼此交换苹果，我和你仍然各有一个苹果。倘若你有一种思想，我也有一种思想，我们俩彼此交换思想，你和我各有两种思想。"我认为，思想的优化组合和优势互补，可以产生集成和放大效应，甚至会产生大于两种思想之和的×思想。要实现马克思主义创新，必须研究、汲取非马克思主义经济学中的一些合理内核，涵盖古典的和现代的。否则，马克思主义很难发展。

资本主义，特别是发达的资本主义国家，如早期的英、美、法，继而是德、日，都是西方经济学产生的土壤。必须看到，资本主义从意大利文艺复兴时期算起，已经有了600多年的历史。资本主义在它存在的年代里，虽然它在原始积累中走过了难以避免的"血腥道路"，如残酷剥削工

人和农民，掠夺殖民地，在世界范围实行种族歧视和压迫，发动侵略战争等，但是，从总体上看，资本主义由于在打破封建制度中解放了生产力，对人类历史和当今世界带来的巨大影响和强大的推进作用是难以估量的。西方经济学之所以大肆赞赏资本主义，仅就这点而言，也不是完全没有道理的。我还记得，20世纪40年代，我在旧大学念书时，从读亚当·斯密的《国富论》中，受益匪浅。至今我还记得其中的这么一段精彩的片段："商品生产者在为自己的私利而疲于奔命的时候，真正获利最大的并非他们自己，而是社会。"他还说过："市场经济下的人际关系准则是，要想满足自己的利益，先要满足他人的利益。"斯密正是从这个基本原理出发，引发出在商品经济中起重要作用的"看不见的手"，又由于这只"看不见的手"的强烈作用，促进并加速了18世纪在英国发生的产业革命和技术革命，进而使英国成为当时名副其实的"世界工厂"。接着，英国再以商品输出为前驱，资本输出跟上，然后政治征服，从而使其成为世界历史上的"日不落帝国"。帝国的殖民主义和政策，一方面，对落后国家和地区实行血腥的掠夺，另一方面，不可避免地也把资本主义的火种播种到那里，促进那里的经济和文化发展。这些事实已为人类的历史所认可。中国的香港就是在这种形势下割让出去的。从一定意义上讲，如没有市场经济中的这只"看不见的手"的发展，就不可能有今天的香港。从大局上看，如果没有市场这只"看不见的手"，也不会有今天的人类文明社会。

西方经济学，不管古典经济学，还是当代经济学，总体说来，是以生产力和社会财富的增长作为自己的研究对象，因而积累了许多有益和可取的东西。例如，它对社会资源如何在市场经济运作中实行优化配置，提高社会生产力，增加社会财富，分析得比较严密、精辟，很值得我们学习。我们应当抛弃门户之见，敞开心扉，汲取其一切有益的东西，为我所用。

中国改革在争议中前行

《中国经济时报》记者：刚才您说，如果没有市场这只"看不见的手",也不会有今天的人类文明社会。但是改革开放之初,我国围绕要不要或能不能以市场经济为改革取向争论很久,最终,最高层还是认可了,党的十四大确立了建设社会主义市场经济体制的目标。可否结合您自身的经历谈谈,这其中经历了怎么样的争论过程?

宋养琰:中国的改革进程,通常都说是从1978年召开的十一届三中全会开始的,其实,改革从1975年就开始了。那时不叫"改革",而叫"整顿",后因"四人帮"的干扰而中断。1978年十一届三中全会召开,将改革开放以党的决议形式定了下来。此后,废弃了"人民公社",农村实行了家庭联产承包责任制,农民解放了,农民的积极性调动起来了,促进了农业的大发展。在城市工业领域,厂长负责制代替党委负责制,强化科学管理与经济核算,追求计划平衡与最优化,因而工业也得到迅速恢复和发展。但是,"乔厂长"的寿命很短,很快出现了局限性,加上这时在苏联以及东欧一些计划经济比较完善的国家,也都开始出现了计划经济的"末世",计划经济不灵了,市场经济明里或暗里都在发展。在这种国内和国际因素综合推动下,市场经济很快在我国农村和城市以及工业等领域发酵、传导和推进,市场交换在扩大,大力推动了城乡经济的发展。

1984年以后,我国工业在国有经济体制下引进"市场调节"机制,实行"政企分开"。相继在财政分配上实行"利改税"改革,在投资上实行"拨改贷"改革,在流通上实行"双轨制"改革,在经营上实行"承包制"改革,乃至发生1988年的价格"闯关"。与此同时,农村经济出现第二次高潮,乡镇企业异军突起,并且很快突破"画地为牢"的限制,发展到"三分天下有其一"的地步,乡镇企业在农村产值中的比重开始超过农业和种植业,农民突破了由"离土"不"离乡"到"离土"又"离乡"的限制,"非农化"之潮开始兴起,传统的城乡壁垒开始动摇乃至局部坍塌。但是,此时的乡镇企业仍未摆脱"给国有大企业拾遗补缺"和"不与国企争资源、争市场、争人才"的桎梏;同时,工业承包制导致的"短期行为""公鸡下私蛋""个人负盈公家负亏",双轨制下"官倒"的产生,也使改革的公正性受到质疑,从而导致20世纪80年代末的"改革危机"。

这时，社会上反改革开放的声浪甚嚣尘上，更在"特区"问题上大做文章，迫使中国第一阶段的改革不得不落下帷幕。

1992年，邓小平南方谈话，力挽狂澜，端正了以市场经济为改革取向的大方向。在这期间，按照市场经济的要求，我国大批国有企业从承包制转变到以"明晰产权"为标志的"现代企业制度"——公司制改革上来，完成了"转制"与"重组"，一部分乡镇企业也实行了"转制"和"重组"。相继，各种金融工具与虚拟经济也在改革开放中获得了空前发展。

市场经济制度是好处较多、坏处较少、效率较高、成本较低的经济制度

《中国经济时报》记者： 在这期间，您也写了不少有影响的文章，鼓吹并推动改革。

宋养琰： 改革期间，我在《经济科学》《经济研究》等重点刊物上发表了《计划不是规律》的文章。我在文章中明确指出：计划本身绝不是规律。科学的计划是客观见诸主观的产物，是"必然王国"到"自由王国"的飞跃，是一种意识形态。相反，脱离实际的主观主义的"计划"，不是真正的计划，而是"空话""大话""假话"。随后，针对当时社会上广为流行的带有政策性的所谓"计划第一，价格第二"和"计划调节为主，价格调节为辅"等问题，我又写了批评文章。文章指出，既然计划不是规律，它和市场一样，都是调节手段，因而它们在社会资源配置中，就没有"第一"或"第二"、"为主"或"为辅"的问题，而只有如何更好地结合的问题。在现实社会经济活动中，二者调节的范围有所不同：计划调节大多是从宏观经济方面发挥作用，而市场调节大多是从微观经济方面发挥作用。正是由于宏观和微观的相互结合，才促使国民经济更好地发展。

我在党的十四大提出建立社会主义市场经济体制之前，就以《市场经济功德无量》为题发表文章。在我的著作和论文中，多次阐述了市场经济天生的五大功能，即自我启动功能、自我调节功能、自我约束功能、自我

组合功能和自我实现功能。改革开放后,我一直在想,并逐步认识到,在几千年来的人类文明史中,根本不存在绝对理想、绝对优越的经济制度。在人类已经找到的经济制度模式(我指的不是社会形态)中,通过历代实践证明,市场经济制度是好处较多、坏处较少,效率较高、成本较低,弹性较强、刚性较弱,包容性较广、排他性较少的经济制度,也是比较容易自我启动、自我调整、变革和完善的经济制度。它之所以好,就在于它本身蕴藏着巨大的内生能量,持续不断地推动社会生产力的发展,推动科技的进步,成为历史和当代精神文明和物质文明发展的原动力。当然,它也有缺点。它的主要缺点是凸显个人财产所有权,个人的能力和拼搏,个人的享乐,容易产生两极分化。这种情况如果任其发展,将会导致社会上的自私、贪婪等心理的发展和由此而来的其他一些问题。因此,为了克服其弱点,一切必要的社会经济行为及其组织等,都必须纳入法律的、制度的框架之内,强化社会管理,充分发挥政府的能动作用。

我的"改革观"

《中国经济时报》记者:您的研究领域主要涉及企业经济、经济体制改革、经济理论及经济思想史,您在这些领域的主要著述和理论观点是什么?

宋养琰:我研究和学习的领域较为广泛,但重点仍在经济理论和经济改革上,包括宏观和微观。从改革开放至今,我在这方面的著作有10多本,已公开在国内外报刊上发表的论文上千篇。我在报刊上公开发表的带有超前性的、言人所未言(指当时)的主要观点如下:

1. 观念更新是改革的先行官。
2. 计划不是规律,是"必然王国"到"自由王国"的飞跃。
3. 改革的本质特征是实现权利的回归,是还权于民、还利于民的问题。
4. 政府改革是实现政府权力的减肥和瘦身。

5. 政府既是改革的领导者、策划者,也是改革的对象。

6. 政府的权力不等于政府的权威。

7. 改革的成败关键在政府。

8. 中国的对外开放是时代潮流,不容逆转。

9. 万紫千红总是春(指多种所有制改革)。

10. 市场经济制度是人类有史以来有缺点的好制度。

11. 市场经济生而有之的五大功能:自我启动、自我调节、自我约束、自我组合和自我实现。

12. 新体制如同一支"联合舰队",既能各自为战,又能联合作战。

13. 替代支付制是旧的分配体制的致命弱点。

14. 公司法人所有权是大权,出资者的股权是小权,小权要服从大权。

15. 中国的多数企业正经历一场深刻的战略危机。

16. 信誉危机是当前市场经济及社会的大敌,为害深远。

17. 体制改革主要涵盖两方面:经济体制改革和政治体制改革,政治体制改革是难啃的骨头。

18. 国有经济和市场经济之间必须实现化解矛盾、扩大兼容的有机结合。

19. 民企除民营外,还要民有、民享。

20. 对民企应实现"五放""三看""三不看"政策。

21. 杀富和仇富都是对改革的"反动"。

22. 公平不公平是相对的,不能绝对化。

23. 在这个世界上,不可能有很完美和永恒完美的制度。

"国进民退"还是"国退民进":改革和反改革博弈的焦点

《中国经济时报》记者:您是企业经济研究领域的专家,对近年来学界和经济界谈及的"国进民退"现象,您如何看待?您认为国企改革的难点在哪里?

宋养琰:"国进民退"还是"国退民进"一直是改革和反改革博弈的

焦点。学术界在这方面的讨论，我参加了多次，多少有些了解。最早关于"国退民进"的问题，是1999年9月党的十五届四中全会《决定》中提出的。《决定》指出："国有经济需要控制的行业和领域主要包括：涉及国家安全的行业，自然垄断的行业，提供重要公共产品和服务行业，以及支柱产业和高新技术产业中的重要骨干企业。"这是党中央对国有经济战略调整的重大方针，将对国有经济控制的范围缩小到"三个行业和两类重要骨干企业"之内，腾出更大的空间发展民营经济，这就是"国退民进"的内涵。《决定》指出：国有经济的职能是为社会提供重要公共产品和社会服务，不是为了获得盈利，公共产品及特殊服务领域一般民营经济不进入，因无利可图，只能由国有经济来承担。

国发〔2010〕13号文件，即"新36条"，又明确指出："政府投资主要用于关系国家安全、市场不能有效配置资源的经济和社会领域"，即投入"三个行业两类骨干企业"，这是国有经济"进入"的方向，除此之外国有经济应当"退出"，中央的这一"有进有退"的精神是非常坚定和明确的。可是在国民经济运行中，有许多国有企业没有按中央决定办，"国进民退"的现象时有发生。例如，国资委将中央决定控制的"自然垄断的行业"改为"重大基础设施和重要矿产资源"，大大扩大了国有经济控制的领域，使一些地方用行政权力，强行收回民营小煤矿和小油田等。再例如，有些小型国有企业没有从该退出的部门退出，反而固守阵地，甚至不惜工本，加大投资，扩大营业范围。有些大型国有企业，在"做大做强""保值增值"方针指导下，盲目追逐利润最大化，不仅不退，反而激流勇进，如央企中的房地产企业，仍在市场上呼风唤雨。

虽然如此，但从总趋势上看，并没有改变"国退民进"情况。据统计，无论从绝对值，还是从相对值（数）上看，在主营收入、利润、就业等方面，私营企业始终呈现持续挺"进"的态势。比如，在1998年至2009年期间，私营企业从数量上看，增加了近24倍；从主营收入规模上看，由1846亿元增加到156604亿元，达到与国企相当规模，增加了近84倍；从利润总额上看，由67亿元增加到9678亿元，增加了140多倍；从就业规模上看，由160万人增加到2973万人，增加了近20倍。再从相对值上看，私营企业数量比重从6.46%增加到58.94%，主营收入比重从2.88%增加到28.8%，利润总额比重从4.61%增加到28.02%，就业比重从2.6%增加到33.66%。

在这之后，即2009年之后，国企"退"的速度逐渐减缓。减缓的主要原因可能有三：一是已经"退"到一定程度，减慢是必然规律；二是在2004年国有资产大流失大讨论后，国家在政策上开始谨慎对待国企改制或出售；三是在国资管理体制建立后，对国有企业的业务收入和盈利的硬约束加强，国企逐渐呈现出企业本应有的特征，即追求盈利，从而拉动了企业收入规模和盈利能力的提高。总体情况表明，国企产业布局已经逐渐集中到关系国计民生和国家安全的领域，包括限制进入型、重大资源型以及少量的技术资本密集型行业，而在大多数资本密集型、技术和资本双密集、附加价值大的劳动密集型行业，国有企业不再拥有主导地位，特别是在劳动密集型行业国企收入比重降幅最大。

近来，"国进民退"之争又泛滥起来，主流声音认为，"国进民退不符合国有经济战略性调整精神""国企发展壮大是改革的倒退""国企造成了垄断、低效、遏制竞争等问题""国企与民在争利"等等，也有一些支持"国进民退"的声音。

我认为，这种争议的出现主要是针对一些具体现象展开的。一是在近年特别是全球金融危机以来，受惠于宽松信贷和4万亿经济刺激方案，不少国企规模、利润不断壮大，有的在本行业扩张，有的不断进入新领域，有的甚至出现在土地拍卖"地王"中；二是近年出现的行政力量介入的山东钢铁收购日照钢铁、山西煤矿国有化整合等事件，使人们感到与十五大提出的国有经济"有进有退"以及1998年以来大面积国企改制或出售的"退"的主流相悖。

对于这些争论，在我看来，其中有些观点，有失偏颇。如有些观点认为，国企"垄断""不公平竞争""低效率"，而民企"贡献了90%以上的就业率""高效率"，民企处于"不公平竞争的弱势一方"，因此应该"国退民进";也有观点认为民企"造成大量资源破坏","有大量低工资、拖欠工资和超时用工等劳动用工问题","社会责任低",而"国企则体现出良好的社会责任感和道德形象",因此应该"国进民退"。

我认为,首先,不宜把国企和民企对立起来,不能针对一些现象简单地做出价值判断,认为国企好或不好、民企好或不好,也不宜把这个原本属于经济学意义上的议题,上升到意识形态。因为即使在一些西方发达资本主义市场经济国家,国企也在多个领域长期存在并发挥了重要作用。其次,对"国进民退"或"国退民进"的评判尺度,应该符合我国目前市场经济初级阶段的现实条件。

当今,从总体上看,在国企中,的确存在着该退未退的现象,需要深化改革来解决,但不能因此而以偏概全,全盘否定。

中国虽然经过 30 年的改革开放,在财富创造、生活水平提高和市场体系建设上取得了巨大成绩,但仍存在不少经济社会运行的深层问题。如法律体系不完善,执法随意和执法难并存;行业监管不到位,导致资源破坏性开采和严重产品质量问题;权力寻租导致的经济目标和行为扭曲问题。在企业层面,可进入世界 500 强的通过市场竞争成长起来的企业寥寥无几,可跨出国门全方位参与全球竞争的企业更属凤毛麟角;具有全球领先技术创新能力的企业不多,"中国制造"曾一度成为质量低劣、没有技术含量的代名词。在经济增长方面,随着"人口红利"的逐步消失、城镇化水平达到一定水平以及人们生活水平已经提高到一定程度,下一阶段经济增长的发动机在哪里?这些都成为问题。

30 年来的国企改革,虽取得了巨大成就,但与改革的初衷还相去甚远。国企改革初衷的一个重要内容是政企分离。30 年过去了,回过头来看,远没有达到预期的目的。政企难解难分的根源究竟在哪里?根子不在企业,而在政府。我们从中看到一种令人困惑的现象:一方面政府要求企业走向市场,"不找市长,找市场";另一方面,政府又不愿放弃自己已经长期拥有的对企业可以任意干预并从中获益的特权。现在看来,政企不分,过去是、现在仍然是深化国企改革的制度性障碍。

改革最终的成败关键在政府

《中国经济时报》记者：中共十八大之后，时任国务院副总理李克强在全国综合配套改革试点工作座谈会上强调，改革是中国最大的红利。"改革红利论"引发国内外舆论的高度关注，那么，什么是改革红利？当前深化改革面临的挑战有哪些？如何实现改革红利？

宋养琰：十八大后，我及时写了一篇题为《畅想改革红利》的文章，发表在次年1月21日的《企业报》上，文章中的主要观点有：

其一，什么是红利？什么是改革红利？经济学中有明确定义，红利就是经济在运作过程中的边际效益。通俗点说，红利是挤去水分的干干净净的利润。这里讲的改革红利，就不单纯是经济利益，即经济红利，而是包括经济、政治、文化、教育、医疗、卫生等凡是能使人民受益的方方面面的红利。

其二，改革红利中的改革，不是目的，而是手段，目的是要获取能使广大人民受益的最大红利。手段是为目的服务的。要实现红利最大化，必须在改革上多下功夫。

其三，红利既然是边际效益，说明改革是有"边际"的，不是什么都改，也不是什么都全盘否定。改革首先要选准对象，知道改什么，怎样改，使改革能在一定时间内，获得最大的红利。

其四，改革不是任何个人、任何集团、任何阶层或任何阶级的特权，而是历史赋予我们这一代人的神圣使命，是全民的事业，必须动员和凝聚全民的力量推进改革。

其五，改革只有进行时，没有休止符！改革只能前进，不能止步和后退，止步和后退只能是死路一条。

那么，如何正确判断改革开放以来已取得的改革红利呢？

改革是一场深刻的革命。问题是：革谁的命？革什么命？我认为，应该革旧体制的命。这种旧体制包括经济体制、政治体制、计划体制、思想体制等诸多方面。其中，3个垄断即经济垄断、政治垄断、思想垄断是最主要的。回顾30多年来，我国经济一路高歌猛进，保持强有力的持续快速发展势头。到2010年，我国经济总量超过日本，成为全球第二大经济体。由于市场经济发展的推动，长期被压抑的企业家精神和创业的积极性磅礴而出，民营经济跑步前进。到本世纪初已经涌现出了3000多万家民营企业。民营企业是中国经济改革中最基础的推动力量。由于市场经济和民营企业的发展，激活了大量的原本近乎闲置的劳动力、土地、资本等生产要素，促进经济增长。由于对外开放政策的实施，国际资本像潮水一般涌进，促进国内产业特别是制造业的发展，扩大了出口贸易，使国际市场的需求弥补国内需求之不足，从而进一步支持了我国经济的高速增长。所有这一切，都是改革红利在这一阶段从经济方面能够实现最大化的主要表现。

再来看看如何实现今后10年或20年甚至30年的改革红利最大化。

我想，今后10年或30年，要实现中国改革的预期目标，即实现改革红利的最大化，必须稳妥地逐步解决以下6个方面"大与小"的矛盾。

一是大政府和小社会的矛盾，二是大计划和小市场的矛盾，三是大国企和小民企的矛盾，四是大城市和小城镇的矛盾，五是大富和小富的矛盾，六是大权和小权的矛盾。以上6组矛盾，涉及经济、政治、社会等诸多方面，均带有全局性，而且互相交叉、渗透和制约，形成一个多元的矛盾网络。在这个网络中，政府是矛盾的主要方面。比如政府与社会，政府与市场，政府与民企，政府与分配，政府与人民等，无不与政府有关。改革政府，正是我们面临的最大难题，是改革的重中之重。我非常相信卢梭的一句名言：所有的社会问题根子在政治，政治的背后是政府。所以，改革最终的成败关键在政府。如果政府能在改革中逐步化解或最终解决这些矛盾，将是人民获得的怎样估计都不过分的"最大红利"。

执教心得:"放鸟出笼"

《中国经济时报》记者: 您从中国人民大学毕业之后即留校任教,后又调入中国社会科学院研究生院,执教生涯接近 60 年。您有什么教学心得?

宋养琰: 我认为,必须发挥教师的主导作用。教学活动一般说来是教师和学生的双向活动,这个活动应当是一种生气勃勃的人们交流感情和传递信息以及启迪智慧的过程。在这个过程中,首先要发挥教师的主导作用。虽然现时代的研究生知识面较广,思想也很活跃,有许多地方为教师所不如,但是,闻道总有先后,教师在有些方面,如专业理论和专业基础理论方面,不论在广度和深度上,在系统性和科学性上,在治学和研究的方法上,又都是一些学生所不及的。如其不然,又何以为师呢?教师的主导作用体现在:首先,需要教师作为教学过程的主体,充分发挥自己的主动性和积极性,发挥自己的优势,以诲人不倦的精神,引导学生充分而有效地参与教学过程的实践,领略广阔无垠的知识风光。其次,需要教师在教学思想、教学内容和教材建设上,时刻关注时代发展,密切结合实际,不断地去传授新思想、新观点和新方法。教育效益的长效性和后发性,决定了教育思想的超前性。在这个问题上,任何因循守旧和墨守成规都是要不得的。"问渠哪得清如许,为有源头活水来"。只有这样,才能唤起同学的学习兴趣,引导同学如饥似渴地猎取知识,从而使自己成为一个深受同学欢迎的名副其实的教师。教师在课堂上传授知识,搭配合理的知识结构,串通知识之间的联系,对于开发智力和培养能力,无疑是十分重要的。另外,教师必须有高尚的职业道德,有高尚的情操,有精湛的学识,有创新的精神,有勇于占领某些学科前沿阵地的本领,否则,要想在研究生中赢得声誉,树立威望,充分发挥教师的主导作用,是难以做到的。

当然,教学的重点必须放在教会学生掌握脱离教师也能独立学习的能力上,放在培养和提高他们的科研能力和运用学到的知识去观察、剖析和解决各种实际问题的能力上，放在教会他们能掌握和妥善地运用打开知识大门的钥匙上。"授人以鱼，不如授人以渔"。我十分赞赏"马厩里养不出千里马，花盆里长不成万年松"的道理。我主张在法律和制度所许可的范围内，对研究生要敢于"放鸟出笼"，任其在学识的海洋里，在广阔无垠的生活空间展翅翱翔。同时我也十分强调，要强化对研究生的道德教育，教育其如何做人，即如何树立正确的世界观、人生观和价值观，养成远大的理想和高尚的情操，恪守合理的行为规范。这是做人的"大局"。我在社科院研究生院做负责工作时就曾有针对性地说过："绝不容许在我们这个科学殿堂里，出现知识增长和道德水准下降这种反常的情况。"

苍龙日暮还行雨，老树春深更著花

《中国经济时报》记者： 您已年近 87 岁，依然笔耕不辍，撰文立言，力求老有所为。请问您有怎样的人生感悟？您又如何理解一个知识分子的社会责任和历史使命？

宋养琰：有些人认为，人到老年万事休！我不这样看。我体会，人到老年，送走了春的灿烂，也告别了夏的火热，但迎来了秋的成熟和冬的收藏。唐代诗人刘禹锡曾写下这样的诗句："自古逢秋悲寂寥，我言秋日胜春朝。"所以，我以为老年或晚年，尚有许多的事情要做和可做，有时也许能为社会做出在青壮年时代难以做到的贡献。研究人类寿命的科学家们最近发现，辉煌的成绩并非渐行渐远，人的创造力在老年甚至晚年时期也能达到高峰。外国学者还提出"年轻型老年人"的理论。这一理论指出，老年人的美满生活是靠积极参加社会活动和勤奋的工作而获得的，这也是延缓衰老的一种有效措施。我非常赞同这种观点并身体力行。

老有所为，也得到古今中外许多事实的充分证明。

近代，国画艺术大师齐白石，他的艺术成就主要在晚年，95 岁还在坚持书画创作。草书大师林散之，他的书法到了 70 岁以后才达到炉火纯青的地步。科学家竺可桢，83 岁时完成了《中国近五千年来气候变迁的初步研究》。文学大师巴金，近百岁时继 5 本《随想录》之后，又写了一本《再思录》。水稻专家袁隆平，70 多岁还在奋力攻关，从事超级水稻的研究。汉语拼音之父周有光，在 100 岁之后，还出版了 10 本书。30 多年前，北京四大名医中的施今墨、萧龙友，都年过八旬，仍孜孜不倦地为人治病。中国有老话：姜还是老的辣。

人为什么能做到这样呢？原因是：人到老年，不仅自己的阅历和经验更丰富了，思想境界更超脱了，顾虑更少了，而且时间更充裕了。我国明末清初著名学者顾炎武说："苍龙日暮还行雨，老树春深更著花。"明代思想家吕坤说过："进德修业在少年，道明德立在中年，义精仁熟在晚年。"人们也常说："人老心不老，树老根不老。""老在眉头壮在心。"这就是说，人到老年，虽如暮色苍苍，日薄西山，但也会迎来满天星斗！

20 世纪 90 年代初，当我被病魔折磨得精疲力竭时，曾一度萌生出告别经济学界的念头，封笔保身，颐养天年。但老天有眼，可能认为我在人世间缘分未尽，故又逢凶化吉，身体状况慢慢好了起来。这时，我又按捺不住自己不甘寂寞的心情，很快投身火热的学术和科学研究工作。在病愈以后的岁月里，我在报刊发表论文 500 多篇，出版了 8 本专著。

其实，何止老年人，自然规律告诉我们，人的最后归宿都是死亡，不管帝王将相，还是平民百姓，概莫能外。但在由生到死的过程中，存在各式各样的选择，因而有各式各样的人生。我以为，生命的价值，不在于燃烧的结果，而在于燃烧的过程。同样道理，对待人生，任何时候也不能持消极态度，一定要积极进取。人生在世，虽如行云流水，但无论如何，总不能当"匆匆过客"，要珍惜自己的生命，争取为社会多做些力所能及的有益的事。生命长短虽然用时间计算，但生命的价值是用贡献来衡量的。在现实生活中，真正证实一个人的"身价"的不在于他官位多高，多么富有，有多少豪言壮语和自吹自擂，在社会上又多么风光，而最重要的在于他是否有所作为。高尔基说过："生命的意义在于创造，而创造是独立自主而且无穷无尽的。"爱因斯坦也说过："一个人的价值，应当看他贡献什么，而不应当看他取得什么。"

勤奋、认真、严谨、求实是我毕生的工作和学习的作风。我很喜欢汪国真的那句话："既然选择了远方，便只顾风雨兼程。"回顾我的大半生，平心而论，除病卧床榻外，几乎没有给自己放过一天真正意义上的假，包括过年过节。回过头来看，我的大部分科研成果及观点大都是在人们已经熟睡时萌生和完成的。有时梦幻中萌生新的想法，只好起而记录在案，或输进电脑，以备用。今后，如不发生意外，这条路还得这样走下去。"老牛已知夕阳短，不用扬鞭自奋蹄。"

近期有好多朋友非常善意地劝我，要服老，该休息了！还有人说，什么都可忘记，切不可忘记自己的年龄！当然我谢谢他们对我的非常友好的、善意的关心。但在我看来，生命的意义，主要不在于怎样益寿延年，而在于拼搏、执着、开拓和创新。正是在拼搏、执着、开拓和创新中来提升生活的意义和生命的质量。当然，人老了，虽然力不从心，但我仍想以老年之"有余"来补早年之"不足"。因为我们这一代人前半生的黄金时代几乎都无辜地被那种无休止的、没有理性的、完全扭曲的荒唐年代葬送了。

人到老年，哲学理念在生活和工作中好像逐渐多了一点。近来，我似乎加深了或提升了对"九九归一"的悟性。浮躁心态少了，沉静心态多了；幻想少了，实想多了。古人云："大道归一。"为人之道，贵在"归一"：心一则明，性一则清，精一则灵，情一则真，德一则正，气一则雄，言一则诚，业一则专，行一则成。所以近期好像有好多事都少想了或不想了，只想在我所喜欢的工作上和爱好上，在力所能及的范围内，再多下点功夫，多出点成果，出点好成果。

历经多年实践，我深切体会到，作为一名普通的理论工作者，要对改革有所贡献，光有勇气是不够的，最重要的必须要有时代的感悟力和洞察力。而这两种力量又不是从书斋中和个人天赋里所能得到的，而必须对历史有科学的认识，对现实有正确的看待，对发展有明确的判断，能听取不同的声音，并在跌宕起伏的环境中准确把握时代的脉搏。这些都表明，当前，我作为一个老年经济学者，依然肩负不容松套的历史使命。